集英社オレンジ文庫

宝石商リチャード氏の謎鑑定

転生のタンザナイト

辻村七子

本書は書き下ろしです。

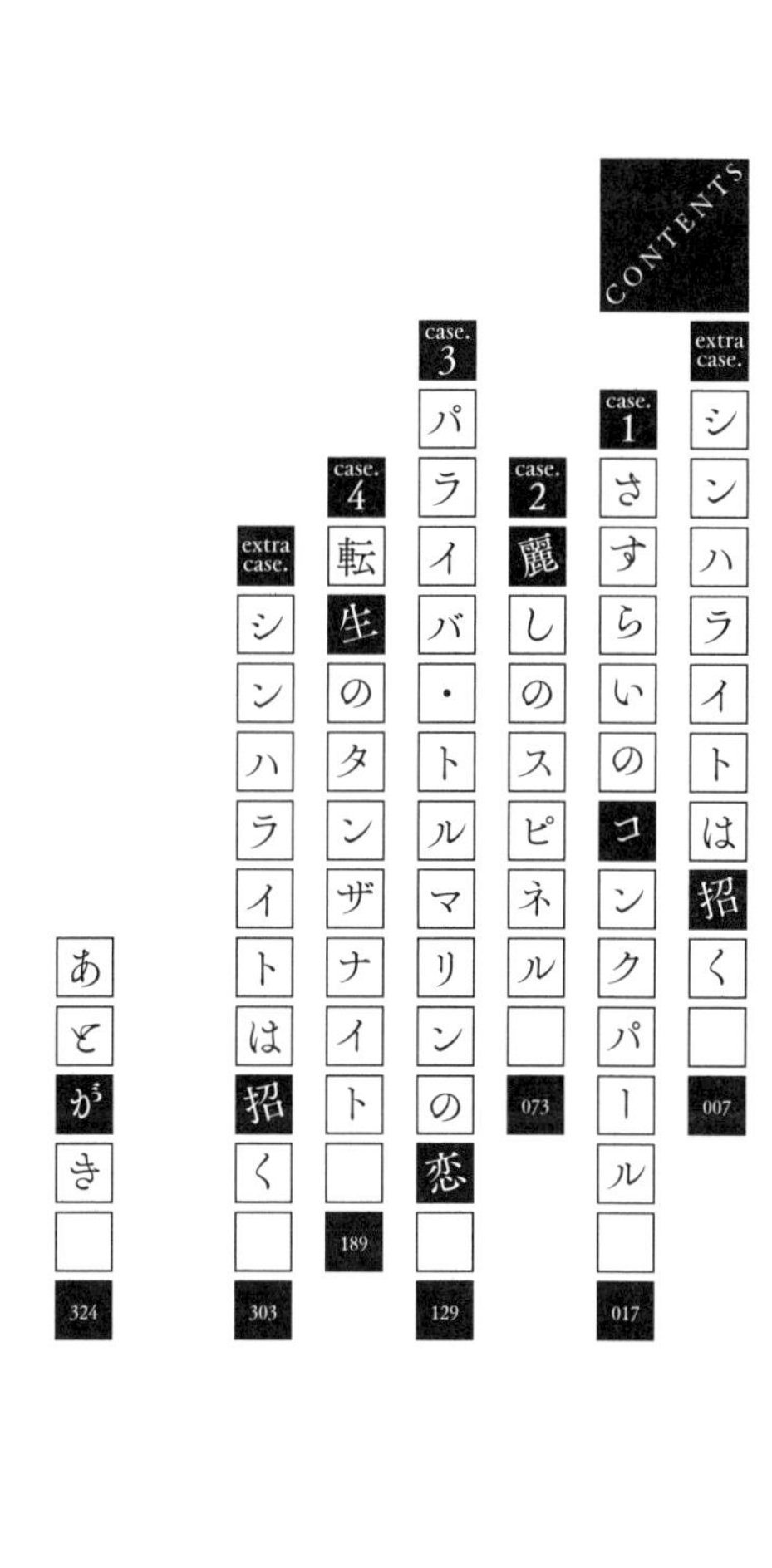

CONTENTS

イラスト／雪広うたこ

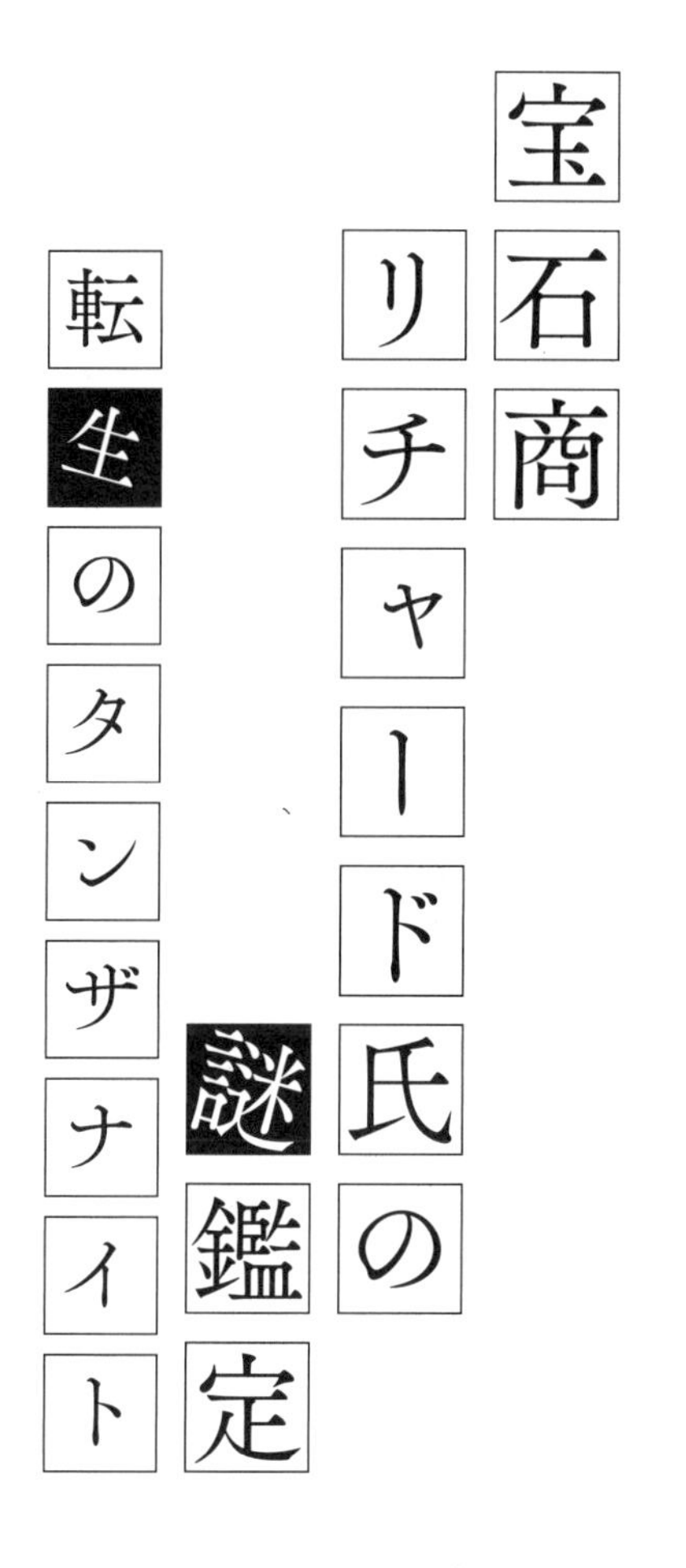
宝石商
リチャード氏の
謎鑑定
転生のタンザナイト

CHARACTER

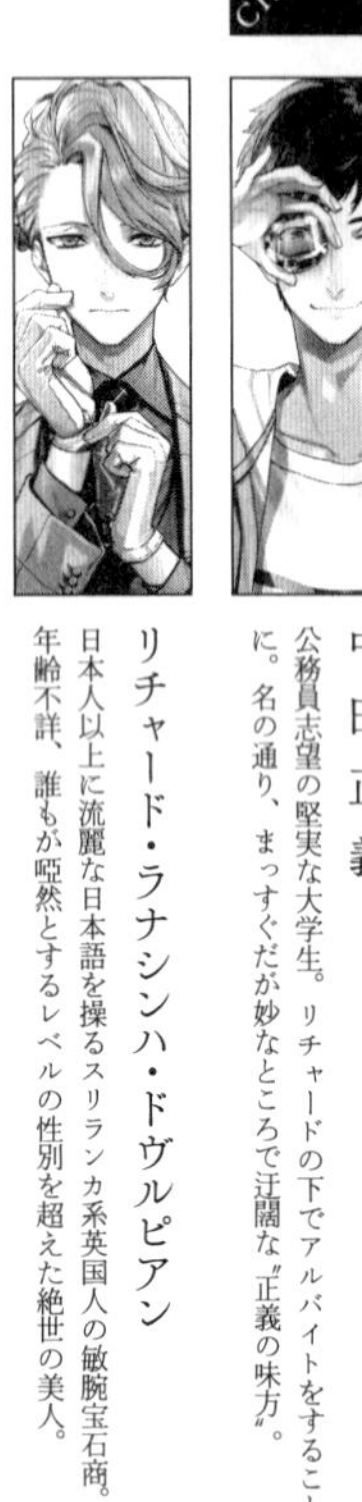

中田正義

公務員志望の堅実な大学生。リチャードの下でアルバイトをすることに。名の通り、まっすぐだが妙なところで迂闊な〝正義の味方〟。

リチャード・ラナシンハ・ドヴルピアン

日本人以上に流麗な日本語を操るスリランカ系英国人の敏腕宝石商。年齢不詳、誰もが啞然とするレベルの性別を超えた絶世の美人。

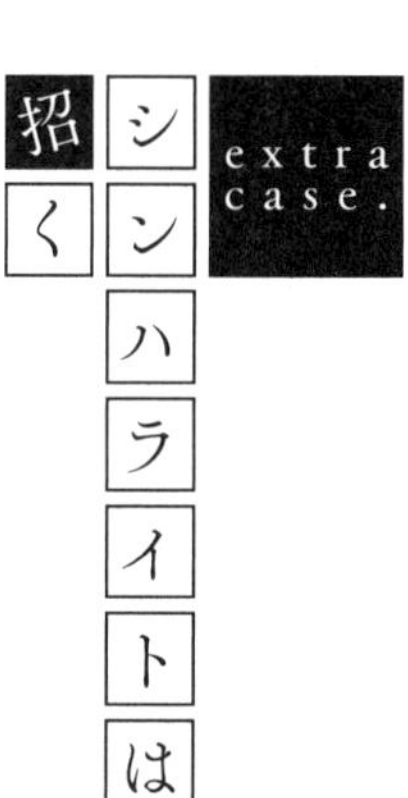
extra case.
シンハライトは
招く

物事は何もかも一期一会だ。同じ一瞬は二度とない。代わり映えのしない日々を送っていると、あまり気にしないことでも、非日常の中では痛々しいほど意識することもある。たとえば旅先とか。もう二度とこの場所に来ることはないと、強く考えるせいだろう。同じ状況が二度ないことはいつでも同じはずなのに、よりそのことが強く思われて、焦燥感で胸がひりひりする。こんな時は特に。

旅先で出くわした宝石店が、閉まっている。

店主の姿はどこにもない。関係者の姿も見当たらない。

人通りのない路上では、野犬がお腹を出して寝そべっている。

ここはスリランカだ。インドにほど近い小国で、名産品は紅茶と宝石。近隣の店の人々に、このお店の人を知らないかと話しかけてもそっけない。私は英語ならばかなり話す自信があるけれど、通じていないのかもしれない。覚えてきたシンハラ語は『こんにちは』の『アーユーボーワン』一言だけだ。隣の床屋の店主は東洋人の女に肩をすくめるだけだった。

「…………………」

私が見つけた小さな宝石店は、キャンディという街の片隅に建っていた。ショーウィンドーの中には色とりどりの石がきらきらと輝いている。大粒の高級そうなものはなく、小さなルースをたくさん並べているところが、いかにも『ぽい』感じだ。

私はそれほど石に詳しいわけではないけれど、きれいな石を何となく眺めるのは好きで、石の色で大体の名前くらいはわかる。三段に仕切られたウィンドーの中身は、上段からアクアマリン、ペリドット、そしてレアストーンのシンハライトだろう。『スリランカの石』という名前を持つ、澄んだブラウンカラーの石だ。石の中にゴミが見えない。かなり良質なものじゃないだろうか。

今の私は旅のお土産（みやげ）として、珍しい石を所望している。

諸事情によって、かなりの熱意を持って。

しかし私がこの山間（やまあい）の町に滞在できるのは、今日の午後の三時までである。三時になったらバスに乗って、飛行場に近い町まで移動するのだ。そして明日には日本に帰る。現在時刻は正午である。仏さまの歯があるというお寺にも朝一番で詣（もう）でたし、お土産屋さんでスパイスも買って、何となくぶらぶらしていたら、空港で見繕（みつくろ）おうと思っていた宝石に出くわしたのだ。運命を感じる。しかし店主がいない。一期一会が空振りで終わるなんて、ありがちすぎて少し寂しい。

もうしばらくここでねばって、店主を待つこともできるだろう。しかし待ったところで店主が戻る保証はない。この国の人たちは全体的にまったりムードの中で生活している。インドのような物乞いの子どもたちをほとんど見かけないのはありがたいが、だからといって女が一人いつまでも路上に立ち尽くしているのは少し物騒だ。

どうしたものか、炎天下の路上で決めかねていた時。

「どうなさいましたか」

背後から聞こえてきたのはよどみのないキングス・イングリッシュだった。おや、と思った。この国の人たちの多くは訛りの強い英語を話す。だが彼の声は、美しい歌のようにたおやかだったのだ。

振り向いたところにいた若い男の人に、私はみっともないことに、しばらく見とれた。

「突然お声をかけてすみません。何かお困りのようでしたので」

こういうのを何と言えばいいのだろう。一目惚れ？　違う気がする。私の好みの男性はマッチョの金髪だ。彼はどちらかというと細身である。それに付き合いたいという感じではない。いつまでも見ていたいような、パーフェクトなたたずまい、とにかくかっこいい
——強烈なまでにそう思ってしまっただけである。しかし本当にかっこいい。

「あの……イケメンですねって言われません？」

「は？」

「あ、ごめんなさい」

情報伝達の優先順位を間違えた。近所の商店の人かもしれない。私は彼に、そこの宝石店の人を知らないかと尋ねてみた。あの石が欲しいのだと。

彼は少し、困ったような顔をして、どの石をご所望ですかと私に尋ねた。まさかお店の

人なのだろうか。だとしたら多少は警戒しなければならない。優しそうなイケメンの男といえば、女性観光客を油断させて有り金を巻き上げる詐欺(さぎ)の餌(えさ)の定番だ。一番欲しいものを悟られては、値切り交渉の時に不利になる。

「あの……この、一番上のアクアマリンを、ちょっと見てみたいなって」

　彼はぱちぱちと目をしばたたかせたあと、麗(うるわ)しい瞼(まぶた)をふせ、たっぷり数秒言いよどんだあと、気品を感じさせる声でお気の毒ですがと言った。

「こちらはアクアマリンではなく、ブルートパーズかと」

「えっ」

　そんなはずはない。私の知っているブルートパーズというのは、もっと蛍光(けいこう)色の強い青で、こんな淡い水色ではなかったと、私は英語で反論したが、彼は気まずそうに付け加えた。

「おそらくそれを意図した加工ではないかと。スリランカを訪れる方の中には、多少の宝石の知識をお持ちの方も多くいらっしゃいます。あまり良い趣味とは思いませんが」

「……このお店の人じゃないんですか？」

　そういうわけではと、お兄さんは気まずそうに笑った。どの表情もパーフェクトにかっこいいのだから恐れ入る。じゃあこれはと私は中段を指さした。これはペリドットだろう。と思ったのだが。

「いえ、グリーンジルコンかと」

「ほ、本当ですか。本当に？　ペリドットじゃないかな……」

「野暮なことを申しますが、ペリドットはスリランカでは産出しません」

「うわっ。じゃあ…………この、シンハライトも？」

スモーキー・クオーツですね、と彼は淡々と告げた。水晶のことだ。声も出ない。くあ、とあくびをした犬が、私たちのやかましさに愛想(あいそ)をつかし、通りの向こう側に歩いていって、ばったりと倒れて二度寝を始めた。

少なくとも三時間待つ価値はない店だった。それがわかっただけでも収穫だ。

しかしこれからどこへ行こう。

ありがとうございましたとすさんだ瞳で告げて、その場を立ち去ろうとすると、彼は私を一瞬引き留めようとし、どうしたものかと迷ったようだった。何だろう。ナンパだろうか。今の私はシングルだし、ごたごたが片づいて多少気分も上がっているし、ちんけな詐欺なら押しの強さとアメリカ製の強力な防犯スプレーで撃退できる自信はある。お誘いがあるなら喜んで受けたい気分なのだけれど。

どうも雰囲気が違う。

「何ですか？」

「……私はおそらく、あなたに利のある申し出をすることができるのですが、今この場でこのようなお誘いをして、詐欺師と思われないだろうかと悩んでいるところです」

　あまりにも正直な言葉だった。私が大笑いすると彼は苦笑した。目元にあどけなさが漂う。ますます素敵な人だ。そばにいるだけでご利益がありそうな気がする。

「もしかして、ご職業は宝石商ですか？」

「その通りです。もっともこの国の人間は、多かれ少なかれ宝石商を副業にしているように思いますが」

「今ここで、アクアマリンとか、ペリドットとか、見せてもらえるんですか？」

　今ここでは無理だと彼は言った。なんでもここから三十分ほどの場所に、彼の商業拠点のような場所があり――お店ではないんですかと私は確認した。店ではないという。怪しい。しかし本当の詐欺師ならここは間違いなく『店』と言うだろう――そこでなら宝石が見放題だという。よく見ると彼の後ろには、スリランカ到着以降既に一万回は目にした気がする屋根付きのスクーターが控えていた。スリーウィラーと呼ばれるタイプの、幌付きの三輪スクーターだ。エンジンの音は聞こえなかったから、彼はこれを押して歩いてきたのだろう。三十分ならそれほど遠くもない。下手に連れまわされそうになっても、このバイクからであれば飛び降りても大怪我はしないだろう。

「わかりました。連れていってください」

　私がほぼ即断すると、本当によろしいのですかと、彼は逆に驚いていた。仮にも女の一人旅だというのに、無防備さに呆れたのだろうか。けっこう豪快なところがあると昔から家族には言われ続けてきたし、まあそういうところがあるのは自覚している。二週間の旅はそれなりの長丁場だが、私の荷物はバックパック一つである。高級ブランドのバッグや一眼レフカメラをぶらさげて、強盗を呼ぶ趣味はない。もちろん用心していても嫌な目に遭ったことは何度もあるけれど、それはそれだ。

　私は彼を嫌な気分にさせることを承知で、自分の『人を信じる基準』を伝えた。シンプルである。『この人になら騙されてもいいや』と思える人にしかついていかないのだと。

「……信用していただいたと、思ってよろしいのでしょうか」

「七割くらいは。だってそもそも詐欺師って、そんなにまっすぐ人を見ないでしょう？」

　彼はしばらくぼうっとしていたようだった。そういう姿も様になる。しかしスリランカの人たちは、Tシャツがあまり好きではないのだろうか？　彼もそうだが、暑いのに襟のある服を着ている人が多い気がする。そして彼にはそれが似合う。

　わかりましたと彼は頷き、私にスクーターの後部座席を促した。さっそく腰を下ろし、おそるおそるかっこいい運転手さんの腰に手を回すと、スクーターは静かに走り始めた。よく整備されているらしく、エンジンがぱつんぱつんと嫌な音を立てることもない。

　市街地を抜け、湖の横の遊歩道を走って、スクーターは郊外へと向かった。

「あの！　『イケメンですね』とか『ハンサムですね』とか、よく言われませんか！」

「はあ」

「かっこいいですよね！」

「たまに言われます」

「ええっ、『しょっちゅう』じゃないんですか」

私が畳みかけると、彼は少し、みじろぎしたようだった。バイクのスピードが少し緩んだ時、声が聞こえてきた。

「……憚りながら、容貌をお褒めにあずかることが、少々苦手です」

「あっ、すみません」

確かにここまで『イケてます』ムードがダダ漏れの人ならば、ありそうな話である。私のような自重しない人間がこれまでにも大量に存在したのだろう。申し訳ありませんと私が言うと、いえと彼は恐縮してくれた。控え目な人らしい。

「ただ、その」

知人の話ではあるのですが、と前置きをし、彼は不思議な話を口にした。

「自分のポジションを盤石にするために、ただ親しい人間を褒め称える相手が存在したそうです。どのような不条理な要求でも通してしまうための、オブラートのようなものとして、麗句を活用していたと言ってもよいでしょう。モラルの問題かと存じますが」

麗句を活用。歴史ドラマでもなかなか耳にしないような言い回しだ。文字通り褒め殺しの達人ということか。

　彼の知人は、それがとても苦しかったという。知人、知人というが、私にはそれが彼自身の話に思えてならなかった。そうでなければこんなにも真に迫った語り方はしないだろう。背中しか見えないせいかもしれないが、彼はどこか、寂しそうだった。

「しんどそうな話ですね。その『知人』の人は、大丈夫だったんですか？」

　彼はしばらく黙り込んだ。三方向から道が合流する地点だったせいもあるだろう。左右のトラックを確認してから、山へ続く道を上り始め、彼は再び口を開いた。

「さあ、どうでしょう。何をもって『大丈夫』というのか。まあ……痛みを伴わなかったといえば嘘になりますが、相応の決着にはなったのではないかと」

　そう言って彼は、微かに笑ったような気がした。

　穏やかな排気音を立てて、私たちを乗せたスクーターは走っていった。

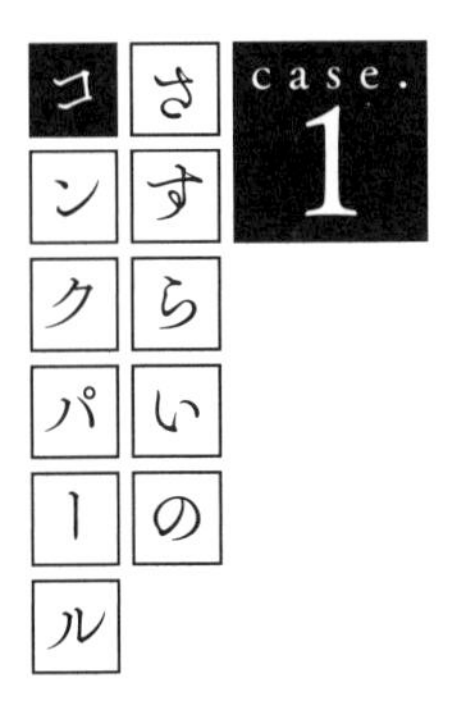
case.
1
さすらいの
コンクパール

変な夢を見た気がする。リチャードが二人乗りのスクーターに乗って、どこかへ誰かと向かう夢だ。舞台は暑いところだった気がする。一体何だったんだろうと考えていた俺は、スマホの画面を起動したところで飛び起きた。朝の十時。一時間寝坊した。今日は土曜だ。エトランジェの始業に間に合わない。スマホのアラームをかけ忘れていた。

死ぬ気でシャワーを浴びて身支度を整えたあと、どう頑張っても間に合いません申し訳ございませんと、俺はリチャードに留守電を入れた。エトランジェの生命線たる牛乳パックを、昨日のうちに買っておいたことだけが不幸中の幸いだ。

慌てて家を出る前に、俺は金庫の鍵を確認した。既に日課になっている。あまりにも自己分析の結果がひどかったので、昨日の夜はホワイト・サファイアを取り出して眺めていたのだ。いろいろあってリチャードの実家から俺の手に渡ってきた、いわくつきの石ではあるが、あの澄みきった造形物には、俺の心を安らげる不思議な力がある。ダイヤルロックはきちんとかかっていた。ありがとう昨日の夜の俺。

承知しました、慌てずにいらっしゃいという寛大な留守電メッセージを聞きながら、俺は東西線にゆられ、大手町で丸ノ内線に乗り換えた。地下通路のお菓子屋さんを眺める暇はない。いつもは山手線で新橋駅から店まで歩いているのだが、大慌てで行けば地下鉄ルートのほうがいくらか早い。銀座に到着したら、地下街から中央通りにかけあがって、七丁目の店を目指す。時刻はそろそろ十一時である。開店時間だ。店主に開店の準備を全部させてしまったことが申し訳ない。ロイヤルミルクティーの作り置きも済んでいたら、この牛乳の存在意義はパアだ。それなら久しぶりに牛乳寒天でも作ろうか。缶詰のみかんを入れて、練乳も入れて——と。

そんなことを考えながら、息を整えて速足に歩いていた時。

エトランジェを二階に擁する雑居ビルの前に、見慣れない影があった。ネイビーブルーのスーツの男性だ。一階のビル管理会社の事務所に用があるならさっさと中に入りそうなものだが、二階へと続く階段の前をうろうろしているだけだ。エトランジェに何か用だろうか？

「おはようございます。あの、うちの店に何かご用ですか」

開店は十一時ですけど、と俺が告げると、スーツの男は振り返った。若い。二十代後半くらいだろうか。軽くワックスで整えた、おしゃれなオールバックの髪型と、日焼けしていない顔立ち。少しだけ猫背で首が長く見える。

男は質問に答えず、逆に俺に問いかけてきた。

「二階の宝石店の方ですか？」

「ええ、まあ」

一応そうですけど、と俺が言いよどむと、彼は不思議そうな顔をした。確かに宝石店の店員には見えない風体だろう。彼はまっすぐ俺を見てきた。ちょっと怖いほどだ。

「あなたは浜田さまのお知り合いか、ご縁のある方ですか？」

「えっ、誰ですかそれ」

「……失礼しました」

　お手本のように一礼すると、男はさっさっと大きな歩幅で中央通りのほうへ歩き去ってしまった。何だったんだろう。浜田って誰だっけ。最近会ったような気もする。いや今はそれどころじゃない。さっさと店に入ってリチャードにお詫びをしなければ。

　階段を駆け上がった俺は、ミルクマン中田でーす、牛乳のお届けに上がりましたー、とインターホンに死にそうな裏声で話しかけ、ロックが開いたところではーっとため息をついた。

「リチャード、本当にごめん。寝坊して」

「あれー？　ミルクマン中田って、牛乳屋さんじゃないんですか？　あっはっはっは！」

　既にお客さまがお越しになっていた。若いご夫婦連れだ。奥さまは、俺を指さしてげらげら笑い、旦那さんはぽかんとしている。二人がお引き取りになったあと、リチャードは渋い顔で俺を見た。わかっている。宝石店の雰囲気がぶち壊しだ。

「……あの……このたびは、軽率なことをいたしまして、誠に申し訳」

「何かトラブルが？」

「え？」

「珍しく遅刻したでしょう」

ただ寝坊してしまっただけで、トラブルではない、と恥じ入りながら正直に告白すると、リチャードは目元を緩めた。そうですかと短く言う。心配してくれていたらしい。申し訳なさのボルテージが限界まではねあがる。叱ってくれたらいいのに。俺が情けない顔をしていたのか、リチャードは笑った。

「昨日は説明会、おとといはOBとの飲み会だったのでは？　レポートも重なっていたはずですよ。あなたはよくやっています」

「それは…………いや、それは俺の事情だよ。英会話でちょっと話しただけなのに、よく覚えてるな。普通に叱ってくれたらいいのに」

「では叱りましょう。『勤務態度が乱れるのは困ります。注意するように』」

はい注意します、と俺は頭を下げたが、リチャードはまだ笑っていた。リチャード先生の英会話教室は継続中で、俺はちょくちょく平日の都合もリチャードに連絡するようになった。いつどこで何をすると事細かに伝えることこそないが、課題の種類と提出期限くらいは把握されている。だからといって甘やかしてほしいなんて思っているわけではないのに。ええい、これは俺がしっかりすればいいだけの話だ。ロンドンでの一件以来、リチャードはあまり俺を叱らない。変に気を使われている気はしないし、どちらかというと最近のほうがすっきりした顔に見えるから、そこまで気にしたことはなかったのだが、身が引きしまる思いである。これからは気をつけよう。きっとあいつはまだ明るい気分に浸っていたいのだ。

「ええと、次のお客さまは」

「香港時代からお世話になっている方々です。あなたは初めてお会いするはずですよ。ご挨拶なさい」

「了解しました」

香港時代。スリランカでの商売のあと、日本の銀座にやってくるまでの間、リチャードが商売をしていたという土地だ。そういえばこの前東京駅で、スリランカ時代のリチャードを知る女性と――あれ？　記憶の海の中で、小さな白い砂粒がちかちかとまたたく。そうだ、思い出した。

「そうだ。浜田さんって、あの人か」

「正義？」

「ついさっきの話なんだ。ビルの外で『まあさんの知り合いですか』って聞かれてさ」

「『まあさん』？」

それは誰のことですかと尋ねられ俺は慌てた。浜田真夜。京都のジュエリーデザイナーさんだ。春に東京で出会った時には名前を知らず、まあーまあーという特徴的な口癖があったので、こっそり『まあさん』とお呼びしていたのだが、リチャードは知るよしもない。

京都の真夜さんのことだと俺が補足すると、リチャードは怪訝な顔をした。

「……奇妙ですね。紹介もなしに、彼女に用があってここへ来たという方は今まで一人もいませんし、仮に彼女から私を紹介されたというなら、電話の一本くらいはあるのが筋でしょうに。本当に彼女に用があったと、その人は言ったのですか」

「多分そうだと思うんだけど……声をかけたらすぐいなくなっちゃったんだよ」

美貌の男は黙り込んだままロイヤルミルクティーを飲んでいる。リチャードが自前で作ったものだ。とはいえ準備したのは小鍋の一杯分だけだったそうなので、やはり一日分のお茶の作りだめは俺の仕事だ。季節は初夏である。作りすぎていたませるなんてことだけはないように気をつけなければならない。もうじきアイスロイヤルもおいしくなってくる季節だ。

次にご来店になられたお客さまは、父娘の二人連れだった。お父さん、優菜と呼び合っている。お嬢さんは俺と同世代、お父さんのほうは五十代くらいに見えた。丸っこい顔の輪郭もどことなく似ている。二人でわいわい言いながらロイヤルミルクティーを飲んでいる姿がとても楽しそうだった。親子二人で香港まで宝石を買いに行っていたのだとしたら、かなり裕福な人たちなのだろう。

「リチャードさん、お願いしていたパールはありますか？」

「もちろんございます」

美貌の宝石商は奥の間に戻り、間もなく玉手箱を持って帰ってきた。ベルベットの箱。今日はこの中にパール、つまり真珠が隠されているらしい。どんな姿なのだろう。ルースのままだろうか、それともイヤリング？　俺が数秒のうちにいろいろな空想を巡らせていると、リチャードは音もなく、蓋を開いた。

中に入っていたものの姿に、俺は思わずうなってしまうところだった。すんでのところで控えたが、気持ちは抑えられない。

「リチャード、これってパール……なんですか？」

最後の『なんですか』に、かろうじてお客さまの存在を思い出したバイトの矜持が見え隠れしている。今日はうっかりな挙動が多い。注意しなければ。

それにしてもこの石は、パールには見えない。

まがりなりにもジュエリー・エトランジェに勤め始めてはや一年である。エトランジェが得意とするのは南アジアで産出するカラーストーンの取り扱いなので、あまりパールを扱った覚えはないが、それでもどんな宝石なのかくらいは知っている。色は白かったり黒かったり、形は真ん丸、つやつやの光沢があって、貝からとれる。三重県は英虞湾の養殖が有名だという話は、日本中の中学生が暗記しているはずだ。

しかしこのパールは、ピンク色だった。つやつやの光沢も、ほぼない。強いていうなら子ども向けのお菓子の、カラフルなチョコレートのような、あんな感じの光沢のピンクである。空気にとろけるような透明感もない。

そして形状も風変わりだ。いわゆる『真珠』のような球形とは少し違う。どんぐりのような形で、よく見ると茶色いよごれのような粒が表面に浮き上がっていた。

お嬢さんのほうが、怪訝な顔をする俺をしげしげと見て、くすっと笑った。

「あんまり宝石に詳しくない店員さんもいるんですね。いい芸風だと思います。全員が『何でもきいてください』って顔をしてると、お客さんが気後れして、なかなか質問できないから。香港のアシスタントさんの反面教師ですか？　あっちは怖そうだったし」

「優菜」

お嬢さんがお父さんに窘められているうちに、リチャードはもう一つ小ぶりな玉手箱を持ってきてくれた。こちらには真珠の首飾りが入っている。白いパール、オレンジがかったパール、ピーコックグリーンの黒真珠の連なるカラフルなネックレスだ。形はどれもきれいな球形である。そう、これだ。これが俺の知っている真珠だ。

眼差しから言わんとするところを理解してくれたらしく、麗しの宝石商は、俺のほうに一瞥をくれた。

「正義。これらの真珠と、こちらのピンク色の真珠。違いは何だと思いますか」

「えっ」

いいんですかと俺はお客さまの表情をうかがった。こういうのはお客さまがいなくなってから、リチャードが個人授業で教えてくれるものだと思っていた。しかしお客さまはお二人とも、にこにこしながら俺を眺めている。よしわかった。ここはひとつ、新手の芸を披露する店員としての真骨頂をお見せする局面かもしれない。

「色が違う！」

リチャードは無言で指でバツを作った。何だその澄まし顔は。美しすぎて腹も立たない。確かに色の違いだけでは安直だ。つやも材質も、通常の真珠のようには見えないし。

「形が違う、か？　こっちのベーシックな真珠は、きれいな球形だよな」

返事はまたしてもバツ。父娘はリチャードと俺のやりとりを漫談のように楽しんでいる。こういうサービスもあるのか。

「確かに形は異なりますが、こういった真珠の中にもバロック・パールと呼ばれる、独特の形状のものも存在しますよ。でこぼこした風合いが、通の方に愛好されています」

ということは、この二種類の『真珠』の一番の違いは、色でも形でもないのか。

思いのほか難題だった。どこが違う。そもそも見てわかることなのか。

俺が渋面で首をかしげると、リチャードはくすりと笑い、口の形だけでグッフォーユーと言ってくれた。

「正解は『とれる貝の種類が違う』です」

とれる貝。貝が違う。なるほどわかった。でも。

「なあ、俺はここで『そんなの初見でわかるか！』って突っ込んでいいのかな」

「あなたの洞察力をもってすれば容易い問題かとも思ったのですが」

「あのなあ」

「ごめんなさいね、お兄さん。このピンク色のほうは、コンクパールっていう種類の真珠なんです。アコヤ貝じゃなくて、コンク貝からとれる真珠。だからコンクパール」

とりなしてくれたのは優菜さんだった。そうか、この人たちは香港時代からリチャードと付き合いがあるのだから、当然宝石にも詳しいのだろう。

「……コンクパール、ですか。初めて聞きました」

「普通はそうですよね。アコヤ貝は、ホタテ貝とか平貝みたいな二枚貝ですけど、コンク貝はトゲトゲのついた巻貝なんです。貝の内側の色が、この真珠みたいにツヤツヤした、きれいなピンク色なんですよ」

「よくご存じですね……！」

「だってうちの玄関にその貝があるんだもん」

ね、とお嬢さんは朗らかにお父さんに微笑みかけた。お父さんのほうは苦笑いだ。

「まあ、私は娘ほど宝石に詳しくはないので、今の説明はありがたかったですよ」

なるほど。今の俺とリチャードのやりとりは、お父さんの面子を潰さないためのパフォーマンスだったようだ。

流れのまま、優菜さんは自分の話を語ってくれた。彼女は十九歳のエンジニア志望で、一浪してアメリカの名門大学に合格したところだという。すごい人だ。欧米の大学の新学期は九月からである。準備のことも考えれば、そろそろ本格的に引っ越しをしなければならない。日本にはなかなか戻れなくなるだろう。

その前に記念として、ご両親は彼女にパールのセットジュエリーを贈ろうとしているのだという。普通のパールではなく、彼女の好きなコンクパールの。

「何年も前から考えていたことはいえ、これだけの数のコンクパールを集めるのは困難ですからね。感謝していますよ。リチャードさん」

「嬉しいお言葉ですが、お礼をいただくのはジュエリーが完成してからのほうがよろしいかと。以前お見せしたデザイン画もこちらにございますが、もう一度ご覧になりますか？」

「どうする、優菜？」

「見たいです。あれ大好きなので」

そう言って三人は、どうやら実物大の首飾り、耳飾りの設計図をテーブルに広げ、玉手箱の中のコンクパールを置き、照らし合わせて、これがここにくる、セッティングはこう、などと楽しそうに話し始めた。こうなると俺の出る幕はない。ほどほどのところで、銀座名物の予約者しか買えない老舗店舗の最中をお出しして、それじゃあよろしくお願いしますとお二人がお帰りになるまでは空気になっていた。

宝石と設計図をリチャードがまとめて片づけてしまうと、俺はさっと挙手をして、リチャード先生に質問がありますと英語で告げた。お時間よろしいでしょうかと。予定のない夜に付き合ってもらっている英会話電話の時と同じやりかただ。リチャード先生もシュアと短く返してくれる。構いませんよ、という長い日本語が、英語になるとこんなに短い音になるのだから不思議だ。それでも同じリチャードの声だと、変わらずたおやかに聞こえる。心を穏やかにしてくれる声だ。

「真珠って、集めるのにそんなに時間がかかるのか？」

「おや、質問は日本語なのですね」

「難しい単語はわからないんだよ。俺のイメージだと真珠って『養殖の技術を日本人が発達させて、世界中で流通するようになったすごい宝石』ってイメージだったから、集められなくても、人工的に作れば何とかなるんじゃないかと思ってた」

たしか小学校か中学校の道徳の副読本に、そういう苦労話が掲載されていた気がする。養殖真珠。アコヤ貝を一度開けて、中に真珠の核になるものを入れて閉じ、海に戻すと、真珠ができているという画期的なシステムだ。もちろん百発百中とはいかないが、多くの人々が湾にもぐって天然のアコヤ貝を探さなければならなかった時代よりも、ずっと真珠が身近な宝石になったのだと。

俺がそう告げると、リチャード先生はにこりと微笑み、口を開いた。

「クエスチョン」

そこから先は英語だった。ホタテ貝のような二枚貝と、巻貝、二種類の貝があるとして、二枚貝を開ける方法は？　と。

ふむ。二枚貝のほうは簡単だ。二枚の貝の間に刃を入れてぐいっとやればいい。そのまま網の上に乗せて、バターと醤油（しょうゆ）でほどほどに焼く。ごちそうだ。余談はあきらかに余剰だったようで、リチャード先生は渋い顔をした。そうだ、中身を食べてしまったら真珠はできない。蓋を開けて核になるものを入れ、閉じて、何事もなかったように戻さなければ。

では巻貝の場合はいかがです？　とリチャードは問いかけてきた。巻貝。さっきのホタテのバター焼きのイメージのせいで、どうしても俺の頭に思い浮かぶのはサザエである。チョココロネみたいな形状の貝の中身とこんにちはするためにはどうしたらいいのか。まずは貝の蓋をしているパーツを取り除いて――あ。

「巻貝って……一度開けたら閉じられないな？」

お返事はエグザクトリーだった。まさにその通り。頭の中でいろいろな情報が繋（つな）がる。貝の形状の違い。養殖。閉じられない貝。集めるのに時間が。

「ああ！　貝の違いって、そういうことか！　閉じられなきゃ養殖できないもんな」

「グッフォーユー。一息にそこまでたどり着くとは大したものです。ご想像の通り、コンクパールはその貝の形状の関係で、養殖に適しません」

「百パーセント無理なのか？」

「近年では成功例もあるようですが、商用に至るまでの道は、未だ遠いそうです」

時間をかけなければ集めることができないというのは、そういうことだったのか。

「コンクパールの入ってる貝って、どこでとれるんだ？」

「主に南洋、メキシコ湾からカリブ海にかけて生息しています。コンクパールと同じ、内側に美しいピンク色の光沢をもつ貝ですよ」

ということは、さっきのお客さまのおうちの玄関には、メキシコ湾あるいはカリブ海のお土産が飾られているということか。アメリカの大学といい、何とも話が世界規模なお客さまである。そういえば名字をおうかがいしていなかった。優菜さま、孝臣さまとリチャードはそれぞれのお客さまを呼んでいた。

「真珠は貝の中で形成される『生体鉱物』ですので、鉱物学的には『石』とは異なるものとして扱われますが、美しい装身具として親しまれてきた歴史は、とても長いものです。美しさという点においても、間違いなく『宝石』でしょう」

「ナイス蘊蓄ありがとな。ところでリチャード、あの人たちって、俺は何て呼べば……」

「失礼。何かあったようですね」

俺の言葉を遮り、リチャードはエトランジェの入り口に目を向けた。間を置かず、インターホンの音が鳴る。予約はなかったはずだ。

こんにちは、入ってもよろしいでしょうか、という声に、リチャードはどちらさまでしょうと応じていた。売り込みだったらここでお引き取り願わなければならない。小松と申します、と男の声は名乗った。おうかがいしたいことがございまして、という声に、どたばたした朝の記憶がよみがえってきた。監視カメラの映す、ドアの向こうの人影を見る。この人だ。

「リチャード、さっき俺に話しかけてきた人だ」

あれからもう一時間以上経っているが、ずっと外でお客さまがいなくなるのを待っていたんだろうか？　そんなまさか。

よろしければ中でお話を、という声に、リチャードは少し思案顔をしてから、ドアロックを外し、客人を招き入れた。

「こんにちは。わたくしは小松信一郎と申します」

飾り気のないスーツの男は、俺と会った時よりも随分はきはきと喋った。やたらと目をかっぴらいて話す癖があるのか、それとももともと目が大きいのか、かなりインパクトのある顔である。朝の不審な行動のことはもう話してあるのに、美貌の店主はいつもと同じ顔で微笑んでいた。俺はこういう時リチャードが少しだけ怖くなる。小さなことに慌てる必要などないと知っている、泰然としたサバンナの王者のようだ。牙は鋭く爪は硬い。

「ようこそ、ジュエリー・エトランジェへ。店主のリチャードと申します。何かお探しの宝石や、ジュエリーがおありでしょうか？」

「わたくしはこういうところから参りました」

文脈をぶった切って、小松さんはリチャードに名刺を渡した。文字が小さくてよく見えなかったが、どこかの研究所という文字だけ読めた。大学院みたいなところから来た人なのだろうか。そもそも一体エトランジェに何の用だ。彼は促される前に赤いソファに着席し、リチャードに問いかけた。

「ご店主さまだそうですが、浜田さまという方をご存じですか？」

「浜田、どなたでしょう」

「浜田弘雄さまです」

あれ。俺の予想は外れていた。てっきり浜田真夜さんに関係した人だと思っていたのに。まあさんの親戚の人だろうか？　リチャードは少しためらってから、ええと答えた。

「こちらのテナントを借り受ける際に、何度か顔合わせをいたしました」

「香港の頃からのお知り合いでは？　あなたと懇意にしているという話を聞きました」

「憚りながら、どちらのどなたからそのようなお話をお聞きになられたのか、お尋ねしてもよろしゅうございますか」

「……こんなに喋る外国人って珍しいな」

「ええ、時々そう言われます」

ぼそっと呟いた言葉にも弁舌麗しい言葉を返されて、小松さんは少しだけ気まずそうだったが、そうですかと大きな目を細めて笑ってみせた。お茶を出すかどうか決めかねていた俺の脳内会議は、満場一致で「出さない」に決定した。まだ用件を切り出していないので、何のためにここに来たのかもわからないが、要警戒だ。

「そうお構えにならず。わたくしがお尋ねしたかったのはシンプルなことなんです」

シンプルなこと。何だろう。小松さんは目を大きく見開き、切り出した。

「あなたがお会いした時、浜田弘雄さんは、幸せそうでしたか？」

え？

俺のみならず、リチャードも同じ心境のようだった。幸せそうだったかどうか？　わざわざ銀座までそんなことを質問しに来るような研究所が、この渋いご時世の日本に存在するのか。不可思議すぎてリアクションに困る。

何なんだこの人は。

麗しの店主は、あくまで礼儀正しい表情を崩さないまま、淡く微笑んでみせた。懐にある刃を一瞬確認するような不穏な気配は、俺にしかわからなかっただろう。小松さんは窓の外を見て、お向かいのビルのショールームにある車を眺めていた。

「さあ、何しろ一介の外国人ですので、浜田さまがお幸せそうであったかどうかなどということは、皆目見当もつきません」

「そうですね、質問が抽象的すぎました。あなたと話している時、浜田さんは楽しそうにしていましたか？　どんなことをお話しされましたか？　あなたと一緒に過ごしている時、金銭のことを気にしているようなそぶりはありましたか？」

「お客さまであれそうでない方であれ、どなたかのプライバシーに関することをお話しするのは、私の流儀に反します。このビルの一階には浜田さまの事務所がございますので、そちらを訪問してみては？　私よりもよほど親しい方がおいでかと」

ほんとによく喋るなあ、と最後にもう一度呟いて、小松さんはありがとうございましたとお辞儀をし、何事もなかったようにエトランジェを出て行った。リチャードが軽く眉間をもみほぐす。合図されるまでもなく、これはロイヤルミルクティーの出番だ。

「オーダー。ホットか、アイスか」

「ホットに氷を入れてください」

「無理やりアイスロイヤルだな、了解だ」

光の速さでお茶を用意し、午後のお楽しみだったフルーツのゼリー菓子のパックを並べると、リチャードはくすくすと笑った。

「グッド、フォー、ユー」

「どういたしまして。思ってたほどお前が疲れてないみたいで、安心したよ」

「心配性」

お茶を一口飲んでから、さてとリチャードは切り出した。取り繕ったような声は消え、少しだけ冷たいが、いつものエトランジェの店主の声だ。

「奇妙な方でしたね。何を知りたかったのかも判然としません」

「なあ、浜田弘雄さんって」

「このビルのオーナーです。覚えていませんか？　エトランジェの住所は、銀座七丁目の浜田ビルです」

「……ああーっ！」

そう言われれば、階段の前の壁に、金属のプレートがかかっている。何度も目にしすぎて風景の一部としか思っていなかったが、あれには『浜田ビルヂング』と書かれていた。以前一度ビルの名前を教えてもらったはずなのに、ずっと忘れていた。浜田さん。そうだ思い出した。今エトランジェがあるまさにこの場所で、昔は喫茶店を開いていたという、このビルのオーナー。

「……名字が一緒だけど、まあさんの親戚、とか？」

「そういう話は聞いたことがありません。偶然の一致です。なるほど、あなたが勘違いをしたのはそういう理由ですか」

全くもってその通りである。しかし思えば、この銀座の店を借りたいきさつは、確かビルのオーナーが、香港時代のリチャードの顧客だったことが発端のはずだ。そしてさっきの二人も香港時代からの知り合い。まさかとは思うが。

　俺がおそるおそる問いかけると、美貌の店主は無表情に、首を縦に振った。

「先ほどご来店のお二方は、浜田さまのご令息と、孫にあたるお嬢さまです」

　ありがたい。おかげで今度あの人たちがご来店なさった時、何と呼べばいいのかわかった。『浜田さん』と呼ぼう。そして不気味さが増した。

　俺がエトランジェに遅刻してきて、路上で小松さんと出会った時、店の中にはまだ優菜さんと孝臣さんはいなかった。

　来店時の優菜さんと孝臣さんは、外に変な人がいたなどとは言わなかったし、最初から上機嫌だった。

　しかし彼らが去ったあと、小松さんは見計らったように店へとやってきた。

　何なんだ。俺と会ったあとに銀座をブラブラしてきて、偶然彼らの退店後にエトランジェにやってきたとは考えにくい。彼はあの二人の入店を確認し、かつ退店を待っていたのだろう。何のために？　質問をしてもやましいことがなにもないのなら、何故息子と孫に直接『おじいさんは幸せそうにしていますか？』と質問しない。

　リチャードは小松何某が置いていった名刺を光にかざし、もう一口、ロイヤルミルクティーを飲むと、何も言わずに奥の間に消えていった。

　まあいい。今の俺にできることは、あれこれ思考を巡らせることではなく、洗い物を片づけておくこと、そして三十分後にやってくるはずの次のお客さまのために、お茶とお菓子を準備しておくことだ。何しろ不可思議な謎を解くのは、俺の上司の得意分野なのだから。

言うまでもないことではあるが、アルバイトにおける遅刻というのはかなりの禁忌だ。何度もバイトに遅刻するということは、額に極太のゴシック体で『私にはやる気がありません』と書かれているようなものだろう。そんなのは困る。俺は就活にも燃えているが、エトランジェでのアルバイトにも力を入れたいのだ。それほど長く続けられそうもない今は特に。

そんなわけであの遅刻以来、俺は意識的に少し早めにエトランジェに到着するようにしていたのだが。

いた。またあの人だ。ネイビーブルーのスーツに、えんじ色のネクタイを合わせた、小松氏が、一階のオフィスの前で、俺のことを待っていた。

「おはようございます。小松です。お店にお邪魔しても構いませんか」

バイトと一緒に入れば、門前払いはされないだろうという作戦だったのだろうか。店の掃除がありますのでと断って、俺は彼に少し店の前で待ってもらい、リチャードに事情を説明した。追い返すかと思いきや、美貌の店主は涼しい顔で客人を招きいれた。小松信一郎氏はリチャードへの挨拶もそこそこに、前回の訪問時にはお話のできないことが多かったので、不審がらせることになってしまったのではないかと懸念していると言った。

「わたくしどもが調査しているのは、戦後の日本で青年期を過ごされた方の、現在の幸福度の調査のようなものです。さまざまな貧困があった時代ではありますが、彼らこそが日本の高度経済成長を支えた屋台骨と言っても過言ではないでしょう。浜田さんの現在のお暮らしぶりも、彼の獅子奮迅の努力の成果というべきものかと」

お暮らしぶり、という言葉を、小松さんは少し強調した。昔から頑張ってきた人がいるからこそ、今の日本人は豊かな暮らしを享受しているとか、そういう路線の話になるのだろうか。だとしたらトピックが二十年くらい古い気がする。俺の思惑を素通りして、小松さんは言葉を続けた。

「しかし幸福の概念はさまざまです。家族があっても友人のいない生活は味気ないという方もいます。そこでなのですが、彼が親しく交流を持っていたという方に、彼の日々の様子をお尋ねしております。簡単なアンケートも準備してまいりましたので、口頭でのお話が煩雑でしたらペーパーでも構いません。ご家族の了承はとってあります」

「ご家族とは、具体的にどなたの？」

「一人息子の、浜田孝臣さまです」

孝臣さんといえば、この前やってきた、丸っこい顔のおじさんだ。

この人は彼に会ったのか。そして彼は、小松さんにオーケーを出したのか。

奇妙だ。確かにこの人は着こなしのしっかりした頭のよさそうな人で、リチャードの様子からしてこの前の名刺の研究所も実在するのだろうが、質問の意図の一番根っこになる部分をまだ明かしていない気がする。単純に高齢者の幸福度の調査をしているのなら、調査する相手は無作為抽出(ちゅうしゅつ)だってかまわないだろう。統計の授業でそういうことを習った。あるいは所得ごとにサンプルを設定しているのか。

何故そこまで、このビルのオーナーにこだわるのか。

リチャードはしばらく小松さんの姿を見定めたあと、音もなく立ち上がり、観葉植物の柘榴(ざくろ)の木の隣から、何かを取り上げて戻ってきた。

大きな貝だった。イベントで山伏(やまぶし)さんが吹いている、ほら貝くらいのサイズはあるだろう。ホヤ貝のような棘(とげ)がたくさんついていて、外側はかさかさした茶色っぽい色だが、内側は甘いピンク色である。もしかしたらこれが。

「こちらはコンク貝というものです」

「ああ、これを浜田さんがあなたへ？　記念か何かに？」

違いますとリチャードは告げた。短い言葉にひそむすごみに、俺はなんとなくスイカを一刀両断する出刃包丁を想像した。切れ味抜群のぴっかぴかである。小松さんは困惑気味の微笑を浮かべていた。

「……あの、何か勘違いなさっているのでは？」

「こちらの貝がどのような地域で生息しているのか、小松さまはご存じですか」

「ええと、困ったな。なぞなぞをするために来たわけじゃないんですが」

「正義」

店主が俺の名前を呼んだ。任せておけ。リチャードの質問の意図はわからないが、答えはちゃんと覚えている。

「コンク貝は、メキシコ湾やカリブ海あたりの、南の海にいるんだよな」

「その通り」

俺がそう答えると、小松さんの顔色がさっと変わった。リチャードは氷のように冷たい瞳でスーツの男を見つめている。小松さんには分が悪い。何しろこのエトランジェという店はリチャードの城みたいなものだ。どの角度から見ても美しいパーフェクトな人間が、よりいっそう磨きこまれて見える魔法の空間である。

「お心当たりがありそうですね」

「…………………」

「沈黙もまた雄弁な答えです。お話しすることがないのなら、このようなところにわざわざ足をお運びになることはないかと。美しい海に面した小さな島々のことや、そこに暮らす人々の生活を知りたいというのであれば、向かうべきは銀座の宝石店ではなく、カリブの小国、あるいは大使館でしょう。どうぞ」

　お引き取りを、とリチャードは告げた。唇に微笑みの影はない。小松さんは負けを悟ったのか、何も言わずに立ち上がり、それでも最後には礼儀正しく一礼して去っていった。静かな一ラウンドが終わった気配に、俺は内心胸をなでおろした。しかし解せない。

「……何だったんだ今の」

「あとで話します。それよりも、彼は気になることを話していました。正義、今日一番のお客さまは八坂さまのご一家です。お見えになられたら」

「お菓子とお茶でおもてなししておくよ。何かやらなきゃいけないことができたんだろ。大丈夫だから、ゆっくりやってくれ」

　俺が早々に立ち上がり、厨房に入りかけた時、正義という声が聞こえた。何だろう。俺にも何か手伝えることがあるのだろうか。

　立ち上がったリチャードは、穏やかな顔で俺を見ていた。

「最近あなたのことが、とても頼もしく思えます。気のせいでしょうか」

「……希望としては、『気のせいじゃない』って言いたいな」

「私もそう希望します。ありがとう」

　俺に向かってにこりと微笑んで、リチャードは奥の部屋に姿を消した。電話の声が聞こえてくる。俺はお茶の準備だ。口元が緩んでしまうが我慢しよう。次のお客さまは、二人の子どもと一緒にお見えになるはずだ。割れもののグラスを出してはならない。喫茶店時代に使われていた、お子さまランチ御用達(ごようたし)みたいなコップの出番だ。しかし嬉しい。にまにましてしまう。リチャードが俺にありがとうと言ってくれた。頼もしく思えるとも。あいつの笑顔がいつも美しいのはさておき、その直撃を喰(く)らうとこれほどの威力があるものか。しばらく顔が元に戻らない気がするので、リチャードが奥に引っ込んでくれて本当によかった。もう少しにやけていられる。と思っているうち茶が噴きこぼれかけていたので、俺は慌てて火を消した。危ない。頼りがいのある中田正義像が蜃気楼(しんきろう)と化すところだった。

お茶の支度が整い、奥の部屋の様子をうかがうが、まだ電話の声が聞こえる。

大丈夫だろうか。

どさくさで尋ねそびれてしまったが、気になることというのは何だったのだろう。

俺の懸念の答え合わせは、思っていたよりも早く行われた。その日の夕方、もう閉店時間になろうかという頃合いに、浜田さん親子が連れ立ってエトランジェにお越しになったのだ。やはりリチャードが連絡したのは彼らだったのか。

「突然のご連絡をお詫び申し上げます。しかしこちらにやってきた調査員が、孝臣さまの許可をいただいたと話していたことが気になりまして」

「小松さんでしょ？　うちにも来ましたよ。政府のシンクタンクの人で、貧困問題に対する提言の資料作成に、うちのおじいちゃまの話を聞かせてもらえないかって」

政府のシンクタンク？　俺の就活豆知識が間違っていなければ、官僚組織の頭脳みたいな集団のことであるはずだ。たとえば貧困問題にまつわる法案を都議会議員や国会議員が議会に提出しようとしていると、その人たちに『現段階ではこういう問題があるのでこういう可能性が考えられます』と、政策を発展的な方向に持ってゆくための提言を行う、専門家による下調べグループである。思考の貯蔵庫（シンクタンク）ということだ。そんな人が何故？

以前の来店時よりラフな格好の孝臣さんは、困惑したような顔をしていた。

「大したことでもないと思いましたし……今の父は高齢者向けのホームで悠々（ゆうゆう）とやっているので、息子の立場から多少、お話をさせてもらいましたが」

孝臣さんが言うと、リチャードは少しためらったあと、弘雄さまとお話をしましたと言った。弘雄さんというのは、このビルのオーナーのおじいさんのはずだ。どうやってという顔をする孝臣さんに、リチャードは自分のスマホを見せた。メールのやりとりの画面である。おお。高齢者世代の方は携帯電話でのやりとりが苦手なものだと思っていたが、このビルのオーナーはばっちり使いこなしているらしい。

今朝の小松さんの訪問をしらせ、彼が所属している研究所のウェブサイトのリンクをはった、リチャードからのメールに、弘雄さんが返信していた。文面は短い。

『わかりました。あなたから話してやってください』と。

弘雄さんのアイコンの写真に設定されているのは、何だかよくわからない浜辺にうつったシルエットだった。優菜さんが指さして、これ私じゃないのと笑う。去年の秋、家族で江の島に行った時、記念撮影した写真の一部だという。

「ちょうどあのあとからでしたよ。父は一人で有料老人ホームに入ってしまって、『あとは好きにやるから』なんて。気楽な引っ越しみたいな口ぶりでした」

奥さまは既にお亡くなりになっているらしい。孝臣さんの家に同居するという選択肢もあったそうなのだが、彼は一人がいいと言ったそうだ。負担になりたくないとも。

「親父を負担だと思ったことはありませんが、あの時には優菜の再受験も決まっていましたし、気を使ってくれたんでしょう。ああ……そういえば解せないことがありました。親父に話があるなら直接聞けますよと私が言ったのに、小松さんは『それには及びません』とお断りになったんです」

「『高齢の方ですし、直接お尋ねするようなことでもないので』って。おじいちゃまじゃなくて私たちのことを探りに来たのかなって勘ぐっちゃいましたけど、提示してくださったお勤め先の資料がしっかりしていたし、『家族円満で楽しくやってます』ってことしか話しませんでしたよ。それでも、あとで何か問題になる可能性があるって、おじいちゃまとリチャードさんは思ってらっしゃるんですか」

思っているのだろう。この美貌の宝石商は。そうでなければこいつはわざわざ人をエトランジェに呼んだりしない。今だってまだいつもに比べれば麗しのかんばせが曇っている。

二人に面倒な申し出をしてしまったことを申し訳なく思っているのだろう。あるいは。もっと他に心配があるのか。

お客さま二人がお茶を少し楽しむくらいの時間のあと、リチャードは重い口を開いた。

「……このようなことをお話しするのはどうかとも思うのですが、弘雄さまからの依頼です。私にできるのはただ、お話しすることだけでしょう。孝臣さま、『ドミニカ移民』という言葉をご存じですか？」

ドミニカ？　って何だ。いや待て、この前覚えたカタカナ語の中に確かあった。地名だ。もっと言うなら国名だったと思う。そうだ、ドミニカ共和国という国があったはずだ。ここでございますねと、リチャードはスマホではなく本棚から地図帳を引っ張りだしてきて、カリブ海のページを見せた。地図はスマホでも見られるが、複数人で覗き込む時にはやはり紙の本が便利だ。

広大なアメリカと、南アメリカ大陸の間を、アンバランスな細い橋のようにメキシコがつないでいる。その東側に存在するのがカリブ海で、さまざまな島が浮かんでいる。一際大きな島はキューバ。そのお隣さんにある東側の島に、ハイチ、ドミニカという名前がある。樺太くらいの大きさの島を、二つの国が分け合っている。なるほど。小さな国だ。

そこに『移民』？

「戦後すぐの日本政府の話になります。当時の日本には、多くの引揚者たちが職を失い、溢れていたことが社会問題になっていました。そこで当時の政府が、ドミニカ政府と移民条約を結び、農業開発に従事するという目的をもって、行われたのがドミニカ移民です。孝臣さまと優菜さまは、この移民政策の話をご存じでしたか？」

「…………えっ、全然知りませんけど」

ねえ、とお父さんのほうを仰ぎ見た優菜さんの隣で、孝臣さんは厳しい顔をしていた。

「それは、厳密には西暦何年のお話になりますか」

「一九五六年かと」

「親父から聞いたんですね」

「その通りでございます」

「わかりました。続けてください」

リチャードが頷く。一瞬、俺はこの店がまるごとタイムマシンになってしまったような錯覚に見舞われた。戦後の日本の話である。その頃といえば、俺のばあちゃんは引き揚げてきた夫に愛想をつかし、母のひろみを抱えて一人で生きる決意をした頃だろうか。そして掏摸になった。あちこちでいろんな人がみんな困っていて、どうにかしようにもどうにもならないことが多すぎた時代だったのかもしれない。

リチャードはあくまで淡々と、ドミニカ移民の話を続けた。日本政府の募集は破格の条件を提示しており、広大な土地を無償で与えるなどの条件で、新天地での新規巻き返しをはかる家族が移民の誘いに応募した。その数二百家族超。一家まるごとで引っ越しをするのだ。飛行機よりもタンカーのような大型船のほうが海外渡航には身近だった時代である。太平洋を横断し、パナマ運河を越えて、カリブ海へ。何十日もかかる長旅だ。

「当時のドミニカ政府の主は、いわゆる独裁者とよばれる類の存在でした。近隣諸国との関係が良好とはいいがたく、国境線を接するハイチとの間には険悪な空気が漂っていました。裏を返すのならば、当時の日本人を受け入れてくれる国家は、社会的にも地理的にも、それほど遠くまで行かなければ存在しなかったのでしょう」

ドミニカ。ハイチ。めちゃめちゃ遠くの国の話なので、なかなかこの話のキャストに日本人が入っていると言われても実感がわかない。でも。

そこへ赴いた人々の中の一人に、弘雄さんもいたと。

リチャードがそう言った時、孝臣さんは奥歯をぐっと噛みしめるような顔をした。優菜さんは信じられないという顔で半笑いだったが、そういえばとふと真顔になった。

「……玄関に飾ってある貝、どこで手に入れたのっておじいちゃまにきいた時、『遠い南の海のお土産だよ』って言われたっけ」

もしかしてそれはこういう貝ですかと、俺はリチャードが本棚に避難させていたコンク貝をテーブルの地図帳の隣にそっと置いた。そうそうこれですと優菜さんはエキサイトしたあと、真顔になった。一体あの貝はどこからやってきたのだろうと考えているのか。

錠前のかかった重い扉を開けるように、孝臣さんがゆっくりと口を開いた。

「……親父は戦時中、東南アジアのほうにいたんですよ。戦争が始まる前から、電子機器のエンジニアとしてあっちにいたから、戦争が負けに向かい始めてからはしばらく収容所暮らしもして、日本に戻ってきたと……その話は聞いたことがあるんです」

「そして電気製品の小売り会社を興されたと？」

「そうです。まあ、あの時は、会社というよりただの商店だったと思いますが。親父の会社は一九六四年創業のはずです。私が三歳の頃だ。思えば、戦後すぐに何をしていたのかは、話してもらったことがなかった」

あれ？　そうするとおかしなことになる。一九五六年に移民に応募して海を渡り、一九六四年に会社を立ち上げていたというのなら、弘雄さんがドミニカにいたのはそう長い期間ではなかったはずだ。弘雄さんはすぐに日本に帰ってしまったのだろうか。だとしたら何故？

ロイヤルミルクティーで軽く喉を潤してから、リチャードは再び、口を開いた。

「ドミニカと日本の二国間には条約が締結されましたが、ドミニカ政府が移民たちに与えた役割は農業従事者ではなく、どちらかというとハイチとの国境線を守る屯田兵のような役割であったと言われています。国内に大量の失業者を抱え、治安の悪化を懸念していた日本政府との間に、利害の一致があったと申し上げてもよいでしょう」

やってきた人々を待っていたのは、約束の広大な面積とは比べるべくもない、猫の額のような荒地だった。

ドミニカはスペイン語圏である。言葉も通じない。貯金はドミニカで耕作するはずの農作物の種や機械に換えてきた人が大半。助けを乞おうにも、日本政府は地球の裏側、遙かはる彼方である。ネット回線はおろか、国際電話すらおぼつかない時代だ。八方手づまりである。どうしたらいいのかわからない。

それでも移民の人たちは、何とかやってみようと、力を尽くして耕作を始めたという。祖国に裏切られていたことも知らないで。

「あとあと発覚したことだそうですが、日本政府はドミニカ政府の思惑を知っていたそうです。移民を受け入れるといっても、与える土地はわずか、耕作権は与えるが土地そのものは与えない」

「ちょっとそれって、普通に、詐欺さぎ事件じゃないですか」

優菜さんが声をあげると、リチャードも頷く。俺と孝臣さんは絶句するばかりだった。こんな、日本人でも知る人ぞ知るような案件を、リチャードがいつもの博識で知っていたとは思えない。そもそも『ドミニカ移民』という言葉を知っている日本人が何人いるか。弘雄さんだろう。当事者であった彼が、リチャードにこの話をしたのだ。

「三年間は力を尽くしたと、弘雄さまは仰おおせでした。力を尽くした結論が『帰ろう』であったと。日本に頼れる人がいなくても、貯金が尽きていても、それでも南国の土地にへばりついて耐えるよりも帰国するほうがよいだろうと決断したのは、若い奥さまに妊娠の兆候があらわれたからであったともお聞きしました。彼は考えたそうです。ドミニカの暮らしにも慣れてきたが、子どもをここで育てるのと、自分の故郷に連れ帰るのと、どちらがよいだろうと」

それが孝臣さんか。渡航した五六年から、三年後に引き揚げて、その時に妊娠していた子どもだというのなら、彼の生まれは六十年くらいということになる。確かに孝臣さんの年格好と一致する。

そして彼も長じ、結婚し、子どもを得て、今そのお嬢さんがアメリカに留学しようとしている。地図帳で見ると、アメリカの南部とドミニカはかなり近いところにあった。

孝臣さんも優菜さんも、黙り込んでいたが、先に口を開いたのは孝臣さんだった。

「それを、親父があなたに話したのは、いつですか」

「香港で初めてお目にかかってから、一年半ほど経ってからのことでした。お会いするのは十数回目だったと存じます。孝臣さまとは、まだお目にかかったことがございませんでした」

ああ、そうか。香港時代のリチャードと、最初にコンタクトをとった浜田ファミリーが、弘雄さんだったのか。その後彼は家族を紹介し、きっとシャウルさんに銀座のビルのテナントを紹介し、今に至るのだろう。俺が高校生の頃にも、リチャードは宝石を扱う商売をしていたんだなと思うと、何だか不思議な気分になってくる。きっとその時にも宝石のように美しかったであろうことは、想像にかたくないけれど。

孝臣さんは複雑そうな顔をしていた。

「……リチャードさんと知り合いになった時、親父はとても嬉しそうだったんですよ。『孝臣、香港で日本語とスペイン語を話すイギリス人に出会ったぞ』って。それからたびたび香港へ通い詰めてね。親父は……何故かスペイン語だけは得意だった。世界旅行が好きな人だったし、収容所にはいろいろな国の人間がいたと言っていたから、きっと手慰み（てなぐさ）に習得したのだろう程度にしか、私は考えていませんでしたが……」

孝臣さんはしばらく、岩になったように黙り込んでいた。リチャードも優菜さんも何も言わない。お茶を一杯飲み干せるほどの時間が過ぎてから、彼は短く息を吐いて切り出した。

「すみません、リチャードさん。あなたにこんなことを言いたくはないが、息子の立場から言わせてほしい。何故親父は実の息子にも話さなかったことを、あなたに話したのだろう。今の私の腹には、あなたに対する怒りがある。納得しかねるものがあります。私はもう随分長いこと、父の経営を手伝ってきて、今は背中に引き受けている、彼の対等なパートナーであるという自負があります。だというのに」

何故、と。

低い声には苦いものが滲んでいた。確かに、俺もばあちゃんの昔話を、家族ではない誰かから聞いていたら、何故直接打ち明けてくれなかったのだろうとショックを受けるだろう。家族なのに。血が繋がっているのは自分なのにと。

こういう局面に立たされた時にはいつも、まるで美しい人形そのもののように見える宝石商は、青色の瞳に変わらない光を湛えていた。俺はこの光の名前を知っている。これは優しさとか、慈しみとかいたわりというものだ。どんな羽根布団よりも柔らかく、温かい。

「……孝臣さまは、真珠というものが、どのように貝の中で育まれるかご存じですか？」

変化球をくらった孝臣さんは、しばらく考えるような顔をして時間を取ってから、いえ、と短く言った。

「知りませんね。時間がかかることは知っていますが」

「生きた真珠貝の中で育まれるこのような物質は、生体鉱物、バイオミネラルと呼称されます。一粒のパールが生まれるまでには、貝は一年から二年ほどの時間を要しますが、これは貝の生殖機能とは無関係に、体内に侵入した異物を貝が包みこむ防衛機構の結果です。自分の身を守るために、貝は真珠を生みだすのです。憚りながら私には、弘雄さまが孝臣さまに何もお伝えにならなかったことで、過去の記憶を真珠にしてしまったように思われてなりません」

記憶を真珠に？　どういうことだろう。温かい水の中で育つコンク貝の真珠のように、リチャードは言葉を重ねてゆく。

「香港でお会いしていた時、弘雄さまが私に一番多く聞かせてくださったのはご家族のことでした。彼らが幸せそうに笑っていてくれるからこそ頑張れるのだと。核を得たあとも、発育に適した状態で生きながらえ続けた貝の中でしか、良質の真珠は生まれません。思うに弘雄さまは、苦労を重ねた分だけ、自分の子どもには愁いのない生活を送ってほしかったのでしょう。無論、大切な人に秘密を持ったまま生きることは難しいことではありますが、同じように平穏な日常に石を投げ込む覚悟もまた困難です。そして僭越ながら、『秘密』は何よりも、抱えた本人を蝕むものかと存じます」

「……それは、私にも、わかりますよ。親父はつらい話をしない人だったから。とりわけ家族には、全然ね。人を喜ばせたり、笑わせたりするのが大好きな人だから」

「そのことは私もよく存じ上げております。とはいえ、それを私があなたさまに黙っていたことについては、申し開きもございません。この通り、お詫び申し上げます」

リチャードは椅子から立ち上がり、深く頭を下げた。孝臣さんは困った顔をしている。

「……謝っていただく必要はありませんよ。先ほどは失礼なことを申し上げました。あなたは父によくしてくださっただけだ。外国の人の歳はわかりにくいが、あなただって私の息子くらいの年齢でしょう。そういう人をいじめると優菜に叱られる」

「お父さん、よくわかってるじゃない。リチャードさんは何も悪くないですよ、座ってください。打ち明け話の相手がいて、おじいちゃまはラッキーだったわ」

宝石商は無言で着席した。二人の客人はまだリチャードとの話を消化するのに精いっぱいの顔をしている。それはそうだろう。まさかのファミリーヒストリーの御開帳である。でもちょっと待ってほしい。

「あ、あのさ、リチャード」

「何ですか、正義」

「今の話と、あの小松って人の調査と、何か関係があるのか？」

きっとあるのだろう。だからこそリチャードは、弘雄さんの秘密の話をこの二人に打ち明けたのだろうし。孝臣さんと優菜さんの顔色がさっと変わる。二人もあの男のことを思い出したようだ。

微かに呆れた顔をしたリチャードは、少しは休憩させろと窘めるように笑って俺を見たあと、ロイヤルミルクティーで一服してから新しいチャプターに入った。仕上げにかかるようだ。

「お電話でご連絡した通り、小松氏はエトランジェにもやってきました。おそらく一階の事務所にも取材を試みたのでしょうが、あちらでは思うような話が聞けずに困っていたのでしょう。当店と浜田さまのつながりをどこから知ったのかは存じませんが、彼が宝石を愛好していることなどから、私とも個人的なつながりがあるのかもしれないと考えたのやもしれません。彼がここへ来たのも無理からぬことです」

「……あの人は、何か特別な目的があって、親父の調査をしていたということですか。リチャードさんはそれもご存じなんですか」

「推測の域を出ない話ではございますが」

　そしてリチャードは、小松氏の所属するシンクタンクが提言を行っているのは、主に貧困対策にまつわる分野であると告げた。おっと。いきなり俺の未来に関係したにおいがしてきた。俺が目指しているのは国家公務員で、できれば貧しくて困っている人たちの力になりたいと思っているのだ。

　現状、小松氏が従事している可能性が高いのは、『自助努力』にまつわる分野の法案ではないかと、リチャードは語った。

「浜田さまはドミニカ移民の経験者の中でも、非常に特異な経歴の持ち主です。無事に帰国し、会社を立ち上げたのみならず、軌道に乗せ、バブル崩壊を生き抜き、現在も息子であるあなたと共に多額の資産を有していらっしゃる。このようなケースは稀です。語弊のある言い方ではありますが、彼の姿は『逆境に追い込まれても、精進すれば身を立てることができる』という、錦の御旗になりうるのではと」

「……無事に帰国する、というところから、レアケースになるのですか」

「ほぼ無一文で帰国した人々がどうなったのかには、それぞれのケースがあるはずですが、帰国できなかった人々も存在します。日本に頼れる相手がいるなら、ドミニカに渡ろうとは思わなかった方もいらしたでしょう。彼らの子孫は、現在のドミニカで日系人として生活していますが、いずれも困難な道のりを歩んできた方々がほとんどのはずです。十年ほど前には大規模な訴訟もありました。自分たちを騙(だま)したままそ知らぬふりをしている国に対して、謝罪を求めるために。原告の方々は、浜田さまと同じくらいか、より高齢の方も多かったかと」

今度こそ孝臣さんと優菜さんも、言葉がないようだ。俺も途方もない気分になった。

その人たちはきっと浜田さんのように、南の島に渡った人たちなのだろう。そしてそのまま、ドミニカで耕作を続けた。でも、もともと小さな島である。それほど巨大な資産がある国でもない。力を尽くしても限界がある。こんなはずじゃなかったと思う日もあっただろう。それでも歯を食いしばってきたのだ。俺のばあちゃんのように。

過ぎてしまった時間も、人も、可能性も、戻ってこないことなんて、当事者が一番わかっているだろう。だからせめて、謝ってほしいと思ったのだろう。

他でもない自分たちの祖国に。

俺は自分の目の前を、大きな暗い塊(かたまり)が通ったのを見たような気がした。大きなもので、深くて暗い竪穴(たてあな)に住んでいる。それは哀しみの化身のようなものなので、もう穴をふさぐことはできないが、その穴に食べ物や金貨を落として、そこに潜む巨大なものに向かって、手を合わせることはできる。それしかできない。

「どのような国においても同じ話とは存じますが、一度貧困に陥った人々が、不自由のない暮らしを再び得ることには、多大な困難が伴います。個人の努力の範囲内で片づけられる問題ばかりならば、まだしも救いがあるとは思いますが」

「……おじいちゃまが成功したのは、新しいものの好きな電気機器オタクで、困っちゃうほど人当たりがよくて、何より運がよかったからでしょ。四十年前に宝くじで百万当たってお店を畳まずにすんだって、今じゃ笑い話だけど本当のことだもの」

リチャードは無言で、曖昧な表情をした。

「優菜。ではリチャードさん、彼が何度も尋ねた『幸せそうでしたか』という言葉は」

貧しい人たちをどういうふうに補助するか、いかにして豊かな生活を送れるようにするかという問題は、この国の喫緊の課題だ。生活保護を与えるか与えないかなんかの話は目立つ部類だろう。その中でもちょくちょく耳にするキーワードが『自助努力』だ。自分を助ける努力をせよということである。でもこの言葉には語弊がある。貧困に陥った人が、まるで努力していなかったから貧しくなったように聞こえるのだ。貧乏しているのは怠けていたからという構図はわかりやすいが、現状そんなにわかりやすい話ではないのは、DV野郎から逃げてきた俺の母のひろみの話をすればわかってもらえると思う。一人親家庭の貧困率は相当のものだ。百万円の宝くじに当たる人もいるように、負の宝くじに当たってしまう人間もいる。そこに努力が関係していると、頑張り屋のひろみの前で本気で言える人がいるだろうか。いないと思う。いてほしくない。これは俺の願望だ。

　浜田弘雄さんのケースを考えてみよう。彼は過去、貧しかったが、今はそうではない。ほぼ無一文でドミニカから日本に引き揚げてきたが、一旗あげて、今は銀座のビルのオーナーをしながら、時には息子と孫娘に宝石店を紹介したりしてくれる。今の彼は、俺の目から見た範囲では――そしておそらく彼の家族の目から見た範囲でも、幸せそうに暮らしている。

　でも、そうはならなかった可能性だって明らかにあったはずだ。それも大いに。リチャードは険しい顔をする二人の前で、また言葉を続けた。

「不遜とは存じましたが、私から弘雄さまへ、今回の件についてお話しした上で、ご意向をおうかがいしてみました。彼は自分の存在が助けになりこそすれ、困窮している誰かの障害になることは、望んでいないと強く仰いました」

「それはそうよ。おじいちゃまはそういう人よ」

「よかった、私も彼の名刺はまだ持っています」

「小松さんだっけ、彼に連絡しますね。『気が変わりました。データを使わないでください』って言います。何か問題があったらいつでもご連絡くださいって、ちゃんと言ってくだったもの。向こうも公的な組織に従属しているわけだし、おじいちゃまや私たちの意向を無視して大っぴらなことはできないでしょ」

任せてくださいとばかりに気合を入れる二人の姿に、リチャードは内心ほっと胸をなでおろしたように見えた。俺もほっとする。歯を食いしばって頑張って、暗闇(くらやみ)を抜けて明るいところにたどり着けたのなら、それは本当に幸せなことだと思う。

そうではない人がその何倍もいることを、誰もが知っているから。

「あの、リチャードさん」

優菜さんは不安そうな顔をしていた。何でしょうとリチャードが応じる。

「私たちからおじいちゃまに、今回のことを踏まえて『話を聞かせて』って連絡しても大丈夫だと思いますか？　おじいちゃまは、その、昔のことを私たちには知られたくないと思っていたんでしょう」

心配そうな優菜さんに、リチャードは力強く、もちろんですと告げた。

「あくまで私見ではありますが……非常に喜ばれるのではないでしょうか。彼はご自分の過去の経験を秘めてきた一方、打ち明ける相手も必要としていたように思います。私のような立場の人間に、過去という名前の重い荷物を少し持つ手伝いをさせてくださったことには、そのような事情があったのではと。無論、親しい人と忌憚(きたん)なく言葉を交わせるのであれば、その喜びは何倍にもなるはずです」

孝臣さんは黙っていた。リチャードもいつになく険しい顔をしている。ややあってから、丸顔の紳士は口を開いた。

「……つらいことを誰にも言わない人だって、おふくろも親父のことを言っていたけど、まったく、夫婦で子どもにまでこんなに大きな隠し事をしていたんじゃ、世話はない」

「でも本当に知らなかったの？　隠せるものなの、そんな話って」

「仕方ないだろう。親父には本当に身内がいなかったから……しかし、考えてみれば妙な話だよ。私はカリブ海の人間になっていたかもしれなかったんだな」

「そうしたらお父さん、ラテン系の美女と結婚してたりしてね」

「優菜」

ため息をつく孝臣さんの姿に、さっきの岩のような緊張感はなかった。空気が弛緩したところで、俺はすかさず厨房に入った。ほっとすると人間はお腹が減るのだ。新しいお茶をいれて、ついでに菓子棚からとっておきのマドレーヌを出す。これはリチャードが取り寄せた大阪のもので、米粉の生地に黒豆が入っているのだ。マドレーヌの定番の貝型はしていないが、巻貝から生まれるピンクの真珠もあることだし、こういう黒い豆が入っているのもオツなものだろう。ふわふわしてとてもおいしいことは、この前一つずつリチャードと食べた時に知っている。

ばばばっと三人分マドレーヌとお茶を並べ、よろしければと微笑んだ俺を、優菜さんが指さして笑った。

「中田さんさあ、この前も自分の分だけ出さなかったでしょう」

「え？　それは、俺はあとで食べるので、別に今じゃなくても」

「いいじゃない。四人で食べましょうよ。ほら早く」

「わ、わかりました」

なんだかんだで気を使っていただいた。彼女は俺より年下のはずだけれど、優菜さんには不思議な風格がある。お嬢さまというのはああいうものなんだろうか。

立ち食いをするのもなんなので、空いているリチャードの隣のソファに腰を下ろして、俺もお茶とお菓子をいただいた。食べて初めて気づいたが、俺も緊張していたらしい。優しい甘さが体に染み渡る。

それから二人は、パールやデザインの確認はせず、足早に店をあとにした。時刻は既に午後六時半である。急いで片づけをしなければ、リチャードのこのあとの予定に差し障るかもしれない。

「リチャード、掃除は急いだほうがいいかな」

「あなたの予定は？　このあとに急ぎの用事がありますか」

「ないけど、そっちはどうなんだよ」

「土曜の夜はあなたと食事をして戻っても平気なように、あまり予定をいれません」

「うわ、そこまで気を使ってくれなくていいよ。プリンくらいだぞ、俺が返せるのって」

「あなたこそ気にしすぎです。私にはこれが自然体ですので」

「感謝してるけどさ……」

　俺はそのうちこの店を去るかもしれないんだからさ、とは言えない。いや言わなくてもリチャードはわかっていると思う。この前結婚式に招待された帰り道で、休みが増えるかもしれないという話をした。察しのいいこいつならその先の展開くらい予想しているだろう。だからなのか、こいつは最近やけに優しい気がする。ちょっとずつ港を離れてゆく船を、見送りの人が精いっぱいの笑顔を浮かべていつまでも見送ってくれるように。船が見えなくなるまで。

　別にそんな寂しいことをしてほしいわけじゃないのに。

　とはいえ文句を言うのも贅沢(ぜいたく)な話である。ありがたやと拝んでおくのが最大限俺にできることだろう。どこかで食事をして帰ろうかという話になりかけたところで、リチャードの懐の携帯が震え始めた。着信らしい。一言俺に言いおいて、リチャードは奥の部屋に下がっていった。液晶に『浜田さま』という文字が見えた。表情からして、優菜さんや孝臣さんではないお方だろう。俺の察するところ、彼とリチャードは歳の離れた友達のような感じだ。そうでなければあそこまで親身にならないだろう。

　エトランジェの応接室と厨房を俺が気合を入れて掃除し、シャウルさんの厳しい基準でジャッジされても問題なく仕上げた頃に、リチャードは戻り、ほっとした顔で微笑んだ。

「感謝されました。『ありがとう、墓までもってゆくつもりの話だったのに、孫と語り合えるなんて』と」

「だと思ったよ」

リチャードの傍らには黒いキャリーケースの姿があった。退店用の荷造りまで終わったようだ。俺は少し迷ってから、掃除中考えていたことを口にした。

「あのさ、考えたんだけど、これから俺の家にこないか」

「は？」

久しぶりにリチャードの『は？』を聞いた気がする。そんなにびっくりするようなことだろうか。高田馬場の駅前までは、何度か送ってもらったこともあるわけだし。

「夕飯を作るからさ、食べていかないかなと思って。いつもおごってもらってばっかりなのもつまらないし。大したものはできないけど、何か食べたいものがあったら」

「明日の夜のあなたは、来週の説明会に参加する友人と一緒に、職場の先輩に対する質問を練っておく予定なのでは？　次週、説明会に参加する会社は、ミーティングの質問の内容如何で、採用不採用を決めているという噂があるということで」

「うわっ、俺そんなことまで話したっけな？」

「悔やむのならば、その思考と言葉が同時に溢れだしてくるシンプルな頭の構造を悔やみなさい。料理をふるまう暇があるのなら、さっさと家に帰って就活の対策をするがよろしい。慢性的な睡眠不足のはずですよ」

「五時間も寝てるんだ。余裕だって。俺の友達は三時間とか四時間睡眠で……」

「オウフル。人間のとるべき望ましい睡眠時間の下限は、七時間半です」

それはちょっと無理だろう。会社研究も就活サイトの確認もできなくなってしまう。それでも別に体調不良も起こしていないし、エトランジェに来るたび俺はとても元気にしてもらっている。でも、まあ、心配をかけるのもいやな話だ。

「じゃあ、今日はこのまま帰るよ。それで早寝する」

「よい選択かと」

「うん」

返事をしたあと、奇妙な間が開いた。多分リチャードは俺が何か続けて言うと思っていたのだろう。でも俺は迷っていた。言うか、言わないか。少し迷って、迷っていることをリチャードに気取られていると悟る間があってから、俺は結局言うことにした。

「なあ、俺のこと心配してくれるのが嬉しくないって言ったら嘘になるよ。でも頼むから、本当に自然体でいてほしいんだ。面倒が片づいたのに、いらないところで気を張るのは、もったいないだろ。シャウルさんやジェフリーさんほど、俺はお前のこと細かいところまではわからないし」

だからさ、と俺が困った顔で笑った時、少し寒気がした。リチャードが俺のことを見ている。不思議だ。青い瞳の優しい光が、どこかへ消えてしまった。青い瞳が、氷の湖のような色を湛えている。

「私はあなたに、私のお守りをしてほしいなどとは思っていない」

低く重い声色に、俺は自分のうっかり発言を悟った。またやってしまったらしい。

「……ごめん。最近の俺、大分無神経なこと言ってるよな。気をつける」

「そのようなことは思っていませんし、あなたに対して怒ってもいません。それでは、お気をつけて。本日もおつかれさまでした」

「おつかれさまでした店長。明日もよろしくお願いします」

「はい。よろしくお願いいたします」

そして最後に二人で電気と奥の部屋の施錠を確認し、外に出て、俺が先に階段を下りようとした時に、くぐもった音がした。何だ。リチャードが転んだのか。違う。壁を叩いている。ええ。エトランジェは警備会社と契約しているはずだ。今のショックで警備員さんが来たらどうする。

謎のアクションを起こした店主は、俺のことを見ていなかった。ただうつむいている。だが異様な気迫がみなぎっている。そして頬が引きつっている。笑っているのではない。軽く歯を食いしばっている。何故か俺の脳は、何の脈絡のない光景をフラッシュバックした。スーパーマーケットの前でキレていた子どもだ。お母さんと知り合いの人の立ち話に、俺が店に入って買い物をして出てくるまでずっと付き合わされていた。あの子は何も言わず、黒い瞳をギラギラさせて、じっとお母さんを睨んでいた。少しは文句を言うべき筋合いが自分にはあると。正当な怒りを訴える顔だった。

リチャードは何か言いたげな顔をしながら、ゆっくりと俺のほうを見降ろした。何だ。怖い。本当にどうしたんだ。

「リチャード、どうしたんだよ。さっき何かあったのか」

「……できれば今日は」

「うん」

「可能であればですが」

「うん」

「あなたと食事をして帰りたい」

三十分で済ませるので、とリチャードは再び壁のほうを見ながら言った。

しばらく沈黙が流れる。そうか、今日のリチャードにとって、俺との食事は織り込み済みの予定だったのか。申し訳ないことをした。何故リチャードが猛烈な仏頂面をしているのかはわからないが、ともかくいつものようにきれいだ。一人で食べるより二人で食べたほうが消化にいいという話も聞く。

「オーケーだ、店長！　そういうことなら早く言ってくれよ。行こう、行こう。何食べる？　資生堂パーラーもいいけど、仏蘭西屋のドリアもおいしいよな」

「資生堂パーラー一択です。時間短縮をはかるのであれば、あそこでアラカルトを注文すべきでしょう」

「別に急いでないって。お前が行きたいところでいいよ。どうせ払わせてくれないんだろ」

その時のリチャードの瞳に走った色を、俺はしばらく忘れられなかった。

俺の見間違いでなければ、リチャードは怒っていた。

どうしてだ？

何故今、俺に怒る？

わけのわからない顔をしている俺に気づいたのか、リチャードは俺に背を向け、エトランジェの施錠を済ませながら喋った。

「……そんなことを言うのなら、あなたも、もう随分長い間、私が支払うべきものを支払わせてくれない」

「え？」

補足説明はなかった。リチャードが俺に支払うべきもの。何だろう。給料はもらっている。源泉徴収の年末調整の還付金？　それも振り込まれていた覚えがある。大丈夫だ。もらうべきものはちゃんともらっている。あとは何だろう。

「今のってお金の話か？」

「……何でもありません。行きますよ」

「うーっす！　カレーにしようかな。リチャードは何にする？」

「私の言葉を理解しない、異邦の子犬を煮て焼いて、頭からばりばりと食べます」

「…………韓国料理……か？」

「クロケットにします。そのあとにストロベリーパフェと季節のパフェを両方」

「うわあ、ごめん。何か変な言葉と聞き間違えた。血糖値にだけは本当に気をつけろよ」

「ええ、もちろん、心得ていますとも」

その瞬間、ぞっとするほど美しい顔で微笑んで、リチャードは颯爽（さっそう）と歩き始めた。キャリーケースを引く店主に従って、俺たちは目と鼻の先にある赤いビルに向かった。

その後、リチャードはコンクパールのセットジュエリーを見事に仕上げた。まあさんの仕事ではないらしいが、ゴージャスかつエレガントである。試着をしてくれた優菜さんの姿に、俺はおもわず拍手した。

電車のレールのように二本走った、金色の太めの地金に、四角くカットされたダイヤモンドが隙間なくはめこまれたネックレス。ダイヤモンドが三つはまるごとに、コンクパールが一粒、さし色のように配置される。合計五粒のコンクパールが、プラチナの縁取りと共にはめこまれていた。左右の耳にも一粒ずつ、コンクパールのイヤリングがぶらさがっている。パール自体が小さいので、大量のダイヤがついているけれど、繊細で可愛らしい印象に仕上がっていると思う。権威のある学術賞の授賞式につけていても恥ずかしくないジュエリーだろう。映画に出てくる人みたいですよと俺が言うと、優菜さんは笑い、「リチャードさんを見なれている人にそんなこと言ってもらえるとは思わなかった」と口を尖らせた。いやその言葉はおかしいと、俺は思ったが言わなかった。俺にとってリチャードの美貌は、赤富士とか砂漠の風紋みたいなもので、他の人の——そう、人間のだ。俺はあいつの姿を見る時に、湖や空や海に感じるような不思議な癒やし効果を覚える——容貌とは、比べる対象にならない。しかしこんなことを言ったら四方八方に角が立ちまくる。

　同じく手を叩いていた孝臣さんは、リチャードにお礼を言っていた。このジュエリーは優菜さんのお見送りパーティで披露されるもので、当然弘雄さんも出席するという。だからあなたに作ってもらえてよかったと。この前ぶつけてしまった怒りへの、彼なりの謝罪でもあったのだろう。ちなみに弘雄さんはまだ、豪華なホームでの生活を満喫しているそうだが、じきに家に戻ってくるだろうと優菜さんは踏んでいた。最近はホームシックらしく、メールが多いから、と。

　優菜さんの渡航後、家族はドミニカへの旅行を考えているそうだ。直行便がないため長旅になるだろうが、孝臣さんたっての希望だそうで、どんな旅になるのであれ、きっと素敵な家族旅行になるだろう。本当にこの人たちには、家族円満という言葉が似合う。家がまるごと真珠貝に守られているようだ。でもそれは運でも何でもなく、構成員めいめいの努力によってしか維持できないものだと、俺はよく知っている。

エトランジェの書棚には、あの時リチャードが持ってきた、コンク貝がまだ飾られている。よく見ると巻貝の背中の部分に穴があいている。貝の中身を確かめるためには、こうして穴をあけて中身を出すしかないそうだ。中に真珠が入っていることはめったになく、一万個あけて一つ見つかるかどうかだとも。

人が幸せになる『運』とは何だろう。家族に恵まれること？　健康であり続けられることと？　お金に不自由しないこと？　でもそんなことは、生きている限りどうなるかわからない不確定な要素だ。どんな結末をたどるのかは死ぬまでわからない。

俺はふと、自分という貝をこじあけようとしているナイフを想像した。

俺という貝がらの中には、真珠は入っているのだろうか。

入っているとしたら、それはどんな種類の真珠なのだろう。

どんな種類でもいい。何か一粒でも入っていたらいいなと、俺は祈るように思った。そうすればあとは、宝石に詳しい宝石商に「これは一体何の宝石なんですか」と尋ねればいい。夢のような青い瞳は、きっと小さな粒を見定めてくれることだろう。生体鉱物どころか、つまらないゴミのようなものでしかないと看破されたっていい。

自分自身の一番やわらかいところにある真実のかけらを、嘘のない言葉で見てもらえるのなら、それは間違いなく、幸せなことだと俺は思うから。

case. 2
麗しの
スピネル

「頼む中田！　ほんとごめん！　頼れるのがお前しかいないんだよ！」

依頼と謝罪のコンボは卑怯だと思う。はなからそんなことを言われると、退路がなくなってしまう。

ゼミの竹沢とは正直それほど話したこともなかったが、同じ公務員志望で一般企業も受験する間柄で、俺の苦手な統計学の分野でよくアドバイスをくれるから、新学期になってから少しずつ親交を深めていた。眼鏡をかけた頭がいいやつという印象通りの人となりだったが、管弦楽同好会に所属していたのは知らなかった。思えば二人で話すのもあの時が初めてだったように思う。

竹沢は管弦楽インカレサークルの副会長をつとめているという。パートは第二ヴァイオリン。第二って、ヴァイオリンには何番まであるんだと俺が尋ねたら、第二で終わりだよと呆れられた。でも第一とどう違うのかは尋ねそびれてしまった。山手線沿いの大学と、三カ月に一度管弦楽喫茶という催しをしていて、この金曜日にもその活動がある。しかし行けなくなってしまった。理由は就活関係ではなく、何やら個人的なことらしい。ちょっと恥ずかしがっている様子の竹沢に、俺は『デート』の三文字を想像した。青春である。

ただでさえ櫛から歯が抜けるように、サークルメンバーが脱落している今、自分まで活動に参加しなくなったら残りのメンバーが何を言い出すかわからない。だからせめて代理人を派遣したい、と竹沢は熱く語った。呆れ半分、「俺はお前の舎弟か何かなのか」という言葉が喉まで出かかったが、頼みの内容で、俺の溜飲はすとんとさがった。

「業務は、ほぼお茶くみなんだ。中田は接客業のバイトが長いんだろ……？　サークルだから給料は出してやれないけど、お前だったら間違いないんじゃないかと思ってさ」

　お茶くみといえば、土日のバイト先、エトランジェでの俺の業務内容である。もはや誰に何がどこまで知れ渡っているのか確認するのも面倒くさい。わかったやるよと答えると、竹沢は喜んでくれて、統計学だけじゃなく数学などの理系の分野で困ったことがあったらいつでも頼ってくれと言ってくれた。なるほど、こういう小さな積み重ねが未来へ続いているのかもしれない。金曜日の三時間は図書館で試験勉強にあてようと思っていたのだが、まあ気分転換の時間を先に使ったことにして、収支を合わせればいいだろう。

　そしてやってきた、目黒駅。坂を上ったところにある公園を越えてさらに進むと、音楽ホールが見えてきた。しかしサークル活動の場所はホールではない。その横に併設された小さな事務棟内の会議室だ。

「あっ、竹ちゃんの代打の人が来た！　ほんとに来た！　超いい人だよ！」

「すみませんねえ、副会長が迷惑かけて。えーと、楽器弾く人？　お茶出す人？」

「お茶です。俺、中田って言います。音楽経験は何にもないんですけど……」

　竹沢はろくに説明してくれなかったが、さすがに管弦楽サークルの皆さんでただお茶を出すということはなく、日本では日常的に触れる機会の少ない管弦楽に親しみを持ってもらうため、地元の人が遊びに来てもらいやすいように、管弦楽喫茶を開いているという。優雅な音楽を聴きながら、ティーバッグでいれたお茶を紙コップで出して、百円のクッキーと一緒に楽しんでもらったりするのだ。お茶に異様なこだわりを見せるどこかの誰かなら「水」と言いそうなラインナップだが、ここは銀座の宝石店ではない。優雅な催しだ。もし近所でこんなことをやっていたら、俺もふらっとお邪魔してみたくなるかもしれない。そして。

「ただの管弦楽喫茶だとパンチがないからって、毎回コンセプトを決めて仮装をしてるの。この前は和装喫茶で、その前はゾンビ喫茶。写真あるけど見る？　血のりだと物騒だって、喫茶の許可が下りなかったから、みんな緑のラッカーつけてさ」

「ジャングルで戦争してる人のメイクみたいだったよね」

「今回はそんなにハードじゃないですよ。メイドとフットマン喫茶です」

おお、竹沢よ。お前が三時間俺に任せたがった理由がよくわかった。悪ふざけを目にしてもいつも一歩引いたところにいて、自分の格が落ちそうなところには交わらないというスタンスを崩さない彼は、きっとこの言葉を言いたくなかったのだろう。

「おかえりなさいませ、お嬢さま！」

きゃー、お嬢さまですってー、と笑いながら、年配の女性の三人連れが管弦楽喫茶に来てくださった。女の人にはお嬢さま、可愛らしい年頃の男の子ならば坊ちゃま、ご夫婦の方には旦那さま、奥さま。しかし俺はうっかりものなので、言葉の使いどころには気をつけなければならない。明らかに夫婦ではない二人組にそんなことを言ったら怒られる。部屋の中では、思い思いに買ってきたのであろうメイド服に身を包んだ女の子たちが、イージーリスニングのCDのような音楽を奏で続けている。お手軽で優雅な空間だが、渋谷のハロウィンのようなうきうきした空気も漂っている。ちなみに俺の格好は、上が指定されていた通りの白いシャツで、ジーンズの上に黒いギャルソンエプロン、ついでに黒い蝶ネクタイという姿である。

ギャルソンエプロン超似合ってますよ、と女子高生さんに言われ、俺はちょっと弾んだ気分でおかえりなさいませを言い続けた。声が大きいのとそこそこ背が高いのとが重宝されたらしく、外の看板の前に立っていてもらえませんかと言われる始末である。もはや呼び込みだ。客寄せパンダにしては俺は地味だと思うけれど、いいのだろうか。でも変質者の撃退も業務に含まれているのなら、あながち間違った人選でもないだろう。体の頑丈さには自信がある。

「おかえりなさいませ！　管弦楽サークルの音楽喫茶をやってます。よかったらどうぞー」

「おかえりなさいませ坊ちゃま、メイドさんが中でヴァイオリン弾いてますよ」

「そこ行く奥さま、チェロの演奏が始まったところですよ。聴いていきませんか」

楽しい。

エトランジェとはまた違った種類の接客だが、俺はこういうのが好きだ。元気が出てくる。通り過ぎてゆく中学生くらいの女の子たちに手を振られ、また振り返すと、通学見守りの旗振り役になったような気がする。ああいうのを見るたびいいなあと昔は思っていた。女の人が多いけれど、どうせなら男が旗を振るほうが安全だろうになとも。

ぼうっとしているうちに、俺は人の気配を傍に感じた。呼び込みチャンスである。靴からして男性だ。脊髄反射のように声は出た。

「おかえりなさいませ！　ご主人さ………」

ま、が言えなかった。

汗をぬぐった時、目の前にいるのが誰なのかわかったからだ。

立ち尽くしているスーツの男は、信じられないという顔をしていた。お互いさまだ。俺も信じられない。

「………なんで？」

リチャード。

何も言わず、俺を見て呆然としている。

美の神さまに愛された姿かたちの持ち主は、今日はグレーにストライプのスーツに身を包んでいた。シャツの色も白なので、取引中のビジネスマンという感じだ。控え目路線である。中身がちょっと美しすぎるとはいえ。今日は金曜日だから、出張営業の日だけれど、毎回遠隔地に行っているわけではないらしい。

本当にいつもきれいだなと思った時、リチャードはようやく言葉を投げかけてきた。言いたいことはもう、眼差しでわかっていたけれど。

「あなたは一体、ここで何をしているのか」

「実は、ここで三時間フットマンを」

「意味がわからない」

意味がわからないのはこっちである。

目の前に立っているのはリチャードだけではなかった。少し遅れて歩いてきたのは、茶髪の派手なパーマの女性である。眉毛がシュッとして、唇がてかてかしていて、ファッション雑誌に出てくるような美人だ。白いハンドバッグ一つしか荷物はないが、あの坂を歩いて登ってきたのなら大変だっただろう。ぜえはあしている。リチャードがいるのにタクシーを使わなかったのか。

俺は声を潜めてリチャードに耳打ちした。

「違ったらごめんな。彼女？」

返事は至近距離大音量の『ばかもの』だった。耳がきーんとする。申し訳ございませんでした。ここは何なんですかと問いかける彼女が、リチャードの今日のお客さまか。

「ええと、大学生の管弦楽サークルがやってる、喫茶店みたいな催しです。百円でお茶やお菓子が出ますけど」

「こちらで休憩なさいますか」

「……ありがたいです。これ以上歩いたらヒールが壊れそうだし」

お二人ご案内でーす、と俺が声をかけると、おかえりなさいませーとメンバーが唱和する。どちらかというとこれはメイド喫茶ではなく居酒屋のノリだと思うけれど、仕方がない。みんなバイト慣れした大学生なのだ。

できるだけ奥のほう、出入り口からは見えないあたりに据えられたテーブル席に、リチャードと謎の女性は腰を下ろした。女性の表情は晴れない。緊張しているというより、何かを怖がっているようにも見える。二人の様子をうかがいつつ、俺はまた外に出たが、どうしても気になって何度も中を覗(のぞ)き込んでしまう。そのうち女の人が俺の視線に気づいて立ち上がり、近寄ってきた。

「あの、お願いがあるんですけど」

「はあ」

「ここに変な男が来て、誰かのことを探してるって言っても、そんな人知らないって言ってください」

「はあ！」

やばい。刑事ドラマの定番だ。『追われている』というやつである。しかも片方はリチャードだ。一体何があったんだろう。ありそうな事象の選択肢の幅が広すぎて困る。英国貴族の相続問題から昼下がりの痴話喧嘩まで各種取り揃えたラインナップだ。背中を向けて戻ってゆく女の人に、リチャードは仕方なく付き合っているように見えたが、果たしてどういうお客さまなのか。やっぱり一緒に逃げていたのだろうか。

と。

「あのっ、すみません、このあたりに、きれいな女の人が来ませんでしたか！」

　いきなり背後から声をかけられた。早い。備える間がなかった。

　俺が振り向くと、目の前にはチェックのネルシャツを着た小太りの男の人が立っていた。息切れしているのは走ってきたからだろう。しぼったら服から汗がしたたり落ちそうだ。大丈夫ですかと声をかけたが、返事にも一苦労の様子である。とりあえずお水を。俺は紙コップを取りに喫茶の中に戻ったが、その時一緒に彼も入ってきてしまった。俺がそうと気づくより早く、彼はあやめちゃんと叫んだ。ヴァイオリンの音が一瞬小さくなる。リチャードと彼女のテーブル目指してどたどたと駆け寄ってゆく彼に、俺は何となくダンプカーの突進をイメージした。シュッとした眉毛の女性が俺を睨んでいる。ああ、申し訳ない。

「あやめちゃん、エステに行くって話だったのに、どうして男の人と一緒にいるの。その人は誰なの。最近外国人の犯罪が増えてるっていうだろう。心配でついてきたんだよ」

「……私が一人で外出するって言ったのに、なんであなたが後ろからついてくるの。私にプライバシーはないの？　仕事はどうしたのよ」

「心配だったんだよ……！　何かトラブルに巻き込まれてるんじゃないかって」

「声が大きいのよ。学生さんの音楽喫茶なのよ。迷惑だからもっと小さな声で話して」

いや、もし迷惑を気にしてくださるというのなら、静かに話していただくより出て行っていただけるとありがたいですというサークル総員の視線を、彼ら二人とリチャードはまとめて浴びていた。美貌の宝石商だけは気づいているだろう。しかし彼は特に気にせず水を飲んでいた。今のリチャードはいつものようにお客さま第一主義の宝石商モードだ。

とりあえず様子をうかがいに、俺はテーブルへ赴いた。さっきはさすがに驚いたが、突進してきた男性も、ごく普通の三十代くらいの人に見える。この人は一体『あやめちゃん』の何なのだろう。俺がお水を出すと、彼はすみませんと頭を下げてくれた。

「お邪魔ですよね。すぐ出ますから。あやめちゃん、理由を教えてほしいよ。どうして嘘をついたの」

「……さっさと仕事に行きなさいよ。原宿にお迎えでしょ」

「さっき『時間が押してる』って連絡があった。その人は誰？　日本語はわかる人？」

「静かにして。私、ヴァイオリンが好きなの」

そんな無茶苦茶な、と思ったが、彼は追及しなかった。俺の顔は見もせず、お水を一気飲みしてしまう。仕方ないけれどやりきれない、という顔で管弦楽サークルのメイドさんが奏でているのは、何だか物悲しくてドラマティックな曲だった。よければどこか別の場所でやってくださいという気持ちがひしひしと俺には伝わる。ゲストの二人にはどうだかわからないが。

　彼はしばらく押し黙ったあと、思い出したようにあっと呻き、俺のほうを見た。

「申し遅れました！　板垣と申します」

「は、はあ。中田です。どうも」

　リチャードとあやめさんは、何も言わない。

　管弦楽喫茶は無言で過ごすにはとてもよいところだが、全員にこのままだんまりを決めこまれては、この人たちは永久にここから出て行ってくれないだろう。どうにか話を進展させなければ。俺がテーブルを離れないと悟ると、リチャードは微かに呆れたような顔をした。そんな他人事みたいな表情をしないでほしい。俺にだって目はついている。おおかたの筋は読めているのだ。

　多分この板垣さんという男性は、あやめさんの恋人で、リチャードのことを彼女の浮気相手か何かと勘違いしているのだ。彼女はゴージャスな美人だが、板垣さんはそうでもない。そういう男の人が、自分の彼女がイケメンと二人で歩いているのを見たら、それはつらい気分になるだろう。ここは弁解しないとまずい。余計に面倒なことになる。

　さっき俺に言った四文字を、もう少し婉曲にした丁寧な言葉でこの男の人に伝えてあげてはもらえないだろうかと、俺は眉毛と瞼と目玉の許す限りのアクションで訴えてみたが、宝石商は表情を変えず、首を左右に振った。ああ。何か言えない理由があるのだろう。そして俺にも言うなと無言で圧力をかけている。わかった。何も言わない。リチャードが宝石商であるとか彼女はお客さんであるとか、そういうことは言わない。しかしうっかり出くわしたよしみというものもある。

できる限りのサポートはしたい。

俺は板垣さんの傍に回り込み、あのうと声をかけた。

「あの、板垣さん。事情は全然わからないんですけど、俺、何かお力になれますか」

「……大丈夫です。そのかわり、もうしばらくここにいてもいいですか。静かにしていますから」

「あ、ああ……」

見た感じ、全然『大丈夫』には見えない。あやめさんはそっぽを向いたままだ。リチャードはリチャードで板垣さんを心配しているようだが、俺が三回店の中をめぐって戻ってきて、何となく明るい曲調の曲が始まっても、まだ三人で黙り込んでいた。この管弦楽喫茶はあと二時間で終了となる。そうしたら彼らは外の公園でこのお見合いを続けるつもりだろうか。初夏とは思えない暑さなのに、リチャードは長袖のスーツである。誤解さえとけば終わりそうな話なのに。

「あのう」

　再三の俺の登場に、リチャードは目を三角にした。しかし顔立ちが疲れている。あとで怒られる局面であることはわかっている。でも今はごり押しさせてもらう。

　俺はあやめさんに話しかけていた。

「お願いですから、板垣さんに何か言ってあげてください。恋人じゃないことはわかってますけど、このままじゃそれも伝わりませんよ」

「はあ？　あなた何なの」

「何って、ええと、こっちの人の」

「正義（せいぎ）」

　リチャードの声に、俺の舌は緊急停止した。それ以上何も言うなと、氷のような青色の瞳と低い声が告げている。しかし板垣さんは少しほっとした顔をしていた。よかった。

　俺がこの人だったら、自分がリチャードに太刀打ちできるとは到底思えないだろう。一番心配なポイントはやはりそこだったのではないだろうか。

　ありがとうございますと微笑（ほほえ）んだ板垣さんは、またしても思い出したようにジーンズのポケットをさぐり、革のカード入れを取り出すと、中身を俺に差し出した。

「自分、こういう者です。ご挨拶（あいさつ）が遅くなりました」

「はあ！」

驚いたことに、彼がくれたのは芸能事務所の名刺だった。あまりぴんとこないが、一度、二度、何かのドラマのエンドテロップで事務所名を見たことがあるような気がする。名前は板垣俊希。役職名はマネージャー。

恋人ではなかったのか。

「こちらは自分の担当しているタレントの、北条あやめです」

「やめてよ。この子は私のことなんか知らないわよ」

「まずは変な人じゃないってわかってもらわないといけないよ。こちらの方のお知り合いですか。交際じゃないってわかってほっとしました。面倒なことになると、あやめも会社も困るので……」

ああ。ああ。全然違った。何が『大筋は読めている』だ。俺の目は節穴もいいところだった。リチャードはほれ見たことかという眼差しで俺を一瞥する。申し訳ない。

板垣さんはリチャードにも同じものを渡したあと、少し背筋を伸ばして話し始めた。

「どういう方なのかはお尋ねしません。でもうちのタレントと何をしていたんでしょうか。プライベートな時間のことなので、確かにプライバシーに立ち入ったことではありますが、それだけ教えていただけませんか」

汗をぬぐいつつ、板垣さんの顔は真剣である。タレントのマネージャーさんという生き物を、俺は何度も見たことがある。テレビ局の守衛をしていた時の話だ。膨大なスケジュールを背負ったタレントの、一日の行動をほぼ全て管理し、まわりの人にも気を配り、自分の会社の大切なタレントがテレビ局で変なふうに扱われていないか目を光らせなければならなくて、長時間労働で男女を問わずみんな睡眠不足の顔をしている。そして大体の場合、一人のマネージャーが一人のタレントしか持っていないということはない。掛け持ちが普通だ。そういえばさっき『原宿にお迎え』の仕事があるだろうとあやめさんが言っていたけれど、あれはきっと他のタレントさんのお迎えのことだろう。

　でもこの二人は、本当に『ただの仕事上の付き合いのある人』なのだろうか？　疑いすぎかもしれないが、さっき俺の隣をすり抜けていった時の必死な様子は、演技には思えない。あるいは特別にあやめさんを心配する理由があるのか？

　どうしたらいいのかと俺が途方に暮れていると、最悪、という女性の声が聞こえた。あやめさんだ。ううっ。自業自得だが針の筵の気分だ。

「こういう時だけマネージャー面されてもね。今の私はあなたの紐みたいなものでしょう」

「そんなつもりはないよ。すみません、あやめは今、芸能活動とは別件で忙しくて」

「ただの病休。よくある話でしょ。放っておいて」

「でも僕は心配なんだよ」

「また『外国人の犯罪が』なんて空々しいことを言うの？　久しぶりに外出した私が、外で倒れたりしないかどうかが心配なんでしょ。大丈夫。今日は調子がいいの。この金髪の人は、そうね、ただのアクセサリー屋さんの人。買い物をしてたのよ。それだけ」

あやめさんの言葉は短くて、言いっぱなしで少しきつく聞こえるけれど、何だか息切れしながら喋（しゃべ）っているようでもある。本当にあまり調子がよくないようだ。板垣さんは視線をさ迷わせ、俺のほうを見たあと、もう一度リチャードを見た。

美貌の宝石商は何も言わないと決めているらしい。

板垣さんはややあってからあやめさんに問いかけた。

「……わかったよ。でも一つ教えてほしい。どうして僕の姿が見えた時に、逃げたの」

そういえばこの二人は、走ってここにやってきた。

あやめさんはまた黙り込んでしまった。俺も困る。

「…………………」

テレビ局で聞いた噂（うわさ）話だが、タレントとマネージャーの恋愛はご法度（はっと）であるという。

考えてみれば当然という気もする。事務所にとってタレントさんは商品であるわけで、彼や彼女との恋の夢もまた売り物の一部と言えなくもない。そこに自分からお邪魔虫をくっつけるようなことは職業上できないはずだ。万が一発覚してしまった場合は、マスコミにすっぱぬかれる前にマネージャーが業務を外される。別のタレントさんの担当になるのだ。まあそんなものかなと思いながら、耳の中を右から左に通り抜けていった話ではあったのだが。

「あの……差し出た話なんですけど、お付き合いしながらタレントのマネジメントって、できるんですか？」

「え？　ああ、そうだね、今はちょっと特別なんだよ。原則ありえないけど、たまにそういうこともある。君も芸能界志望？」

「いや、公務員です……」

「へえー。堅実ですごいねえ」

そういう子もいるんだなあと、板垣さんは子どものように笑った。いい人だが、ちょっと頼りない人という印象だ。しかしお仕事モードになるときりっとした姿になる。あやめさんは高いヒールの足を、ピアノを弾く人のようにぺたぺた動かしていたが、途中で小さく舌打ちした。

「……やめた」

「え？」

「私この仕事やめるわ。どうするか悩んでたけど、決断しちゃえば簡単ね。やめるわ。社長に伝えてよ」

「あやめちゃん、それは今こんなところで決めることじゃないよ。冷静に」

「私はずっと考えてきたのよ」

少しだけ大きな声に、再び喫茶の空気が凍った。こうなってしまうともう俺の力でこの人たちを動かすことはできない。どうしようと目くばせをしたが、リチャードは黙っているだけだった。しかし目元に逡巡が滲んでいる。どうしたものかと悩んでいるのは俺と同じか。俺の表情を見とがめたのか、あやめさんが俺のほうを見て、そこのあなたと呼んだ。

「あなたとこっちの人がどういう関係か知らないけど、手短に私の事情をお話しするわね。私は北条あやめってタレントで、去年の夏からいろいろあって休業中。タレントなのに人前に出るのが怖くなって、仕事ができなくなったの。外に出るのも嫌だったくらいよ。でも社長が随分温情をかけてくれて、一年間は契約を継続するって約束してくれた。そろそろ進退を考えないといけない時期ってわけ。それで私は今『やめる』と決断した。それだけ。じゃあ帰るから」

「ちょっと待って。あやめちゃん」

取りすがられることを予測していたように、あやめさんは腕をはらい、席を立ってハンドバッグの口を開けた。箱を取り出す。宝石箱だ。指輪か、小さめのブローチ用のサイズだろうか。エトランジェでお買い物をしてくださった方に出すものではないから、別のお店で手に入れたものだろう。中に何が入っているのかはわからないが、板垣さんには思い当たるものがあったようで、表情が変わる。

「これも返すわね」

「……ちょっと今は受け取れない」

「受け取りなさいよ」

「話をしよう。少しでいいから。ね」

　板垣さんになだめられ、彼女はまた着席してしまった。遠巻きに様子をうかがっているサークルの面々のため息が聞こえる。それでもまだ、さっきに比べると大分小さい声で喋ってくれているのがありがたい。隣のテーブルのお客さんは出て行ってしまったが、隅のほうでずっと話している女性の三人連れは、こっちの様子に気づいてもいない。ああいう感じでエンジョイし続けてもらえたら、代打とはいえフロアスタッフとしては幸いである。

　宝石箱は、蓋も開けられないまま、四角いテーブルの上に放り出されている。

「……何よ。そんなに私に仕事をしてほしいの。また毒舌芸で売り出して、ヘイトの手紙を山ほどもらえっていうの。口が悪いのは生まれつきだけど、だからって何を言われても傷つかないわけじゃないのよ」

「そうじゃないよ。何度も言うけど、僕の希望はあやめちゃんが自分の好きな道を歩いていってくれることなんだよ。他の誰にもない魅力があやめちゃんにはあるって僕は知ってるから、その魅力でいろんな人を幸せにしてあげてほしいって思うんだ。でも」

「へこたれてる人間に『好きな道を選べ』とか、そういうのもう、本当にやめてよ」

　呪われてる気分、とあやめさんは短く言った。板垣さんは苦しげな顔をする。

「……あなたのことが信じられないのよ」

「あやめちゃん、僕は」

「私を大切に想ってくれてることはわかってるのよ。そこは信じてる。でも息をするように私を褒める男に『君はできる』なんて言われても信じられないのよ。何なの。あなたにとって私は生きた絵画か何かなわけ？」

リチャードが急にむせ始めた。大丈夫か。飲んでいた水が変なところに入ったらしい。あやめさんと板垣さんはそれどころではないようなので、何か持ってくるかとテーブルを回り込んで声をかけると、気にするなとばかりに手ではらわれた。大丈夫らしい。あやめさんは静かに慌てる俺の様子に気づいたようで、つやつやの唇にあでやかな笑みを浮かべ、俺に向き直った。

「この人ね、本当に面白いのよ。私はよくいるマネージャーと付き合っちゃったタレントだけど、この人はそれでも私のタレントの才能を信じてくれてるんですって。もちろん事務所としてはNGにもほどがあるけど、今は仕事もしていないし、復帰しない限りは問題ないでしょうって見逃してくれてるわけ。休業中の人間の病状を悪化させるようなことをするのは、社長も気が引けるみたいだったし。それで今も、この人は仕事の合間を縫って、ちょくちょく私の様子を見に来てくれてるのよ。これは一年前、私が仕事を休むって決めた時にくれた指輪」

そう言って彼女は宝石箱の蓋を開けた。入っていたのは、あやめさんの華やかさに比べると、あまりぱっとしないデザインの金色の指輪だったが、大きな石がはまっている。青だ。この青にはあまり見覚えがない。何だろう。石のテリはガーネットに似ているけれど、高原に咲く花のように、淡くけぶるような青だ。ガーネットに青色の石は存在しないはずだ。となると。

「ブルースピネル」

ヴァイオリンの音色よりも麗しい声が、すぐそばで聞こえた。リチャード。アクセサリー屋さんと紹介されたからには、石の名前を言うくらいはOKだと判断したのか。そう、とあやめさんは頷いた。

「『レッドルビー』なんて言わないのに、何でわざわざ『ブルー』を頭につけるんだろうって思ってたら、スピネルって赤のイメージが強いから、赤以外のスピネルには頭にカラーをつけたりすることもあるんですってね。そうそうスピネルには『棘』って意味があるんですって。板垣マネも知ってた？」

「……いや、知らなかったけど、似合うだろうなと思って」

まあ毒舌芸の女にはお似合いかもしれないわね、という言葉に、板垣さんは少し小さくなったように見えた。

「それだけじゃなくてね。調べてみると、スピネルって『何にもなれない石』みたいなのよ。ルビーに勘違いされたり、サファイアに勘違いされたり、ブラックダイヤだと思われたり。でも正体はスピネルなのよ。芸能界に自分の居場所を見つけられなかったタレントにはぴったりかも」

「あやめちゃん、僕はそんなつもりじゃ」

「わかってるわよ。こっちはやることがなくて暇だから、宝石のことなんか調べて、こんなトリビアにたどり着いたってだけなんだから。暇人のたわごと。あなたがそんなことを思って私に石を贈るはずがないことくらい承知よ」

少し、ほっとした。ぎすぎすしているように見えても、この二人の間には温かい感情がきちんと通っている。でもあやめさんは、それをわかっていて板垣さんに当たっているように見える。子どもっぽい八つ当たりと言ってしまえばそれまでだが、この人は本当に苦しそうに喋る。病気のことはよくわからないが、人と会うのが苦手な人が、こんな喫茶にいて大丈夫なんだろうか。駅前のファストフード店などに比べれば、かなり静かで居やすいとは思うけれど。

気になることは他にもある。さっき彼女は、彼との関係を『仕事に復帰しない限りは問題ない』と言っていた。もし仕事に戻るのなら、問題があるということだろう。別れろと言われるとは思わないが、確実に別のマネージャーの担当になるはずだ。

板垣さんはあやめさんに復帰してほしがっているようだったが、彼もそれでいいと思っているんだろうか？

板垣さんはつらそうな顔をしているが、あやめさんは何だか、小馬鹿にしたような顔で笑っていた。別に板垣さんを笑っているわけではない。自分自身を笑っているような、いやな顔だ。

「仕事のできるできないは関係なしに、私のことが好きだから、傍にいさせてもらえてよかったなんて言ってくれる男、なかなかいないと思うわよ。でもそれはそれでつらいものがあるって話をしても構わない？」

俺の相槌を待たず、あやめさんは喋った。

「今は仕事をしてないから、別に私がキラキラ輝いていなくたって、この人は痛くもかゆくもないはずなのに、気がついた時に片っ端から褒めるところを褒めるのよ。なかなかないでしょ、そんな歯の浮くようなことを毎日できる人間」

「は、はあ。褒めるんですか」

「面と向かって言うとつまらないのろけにしかならないけどね、面白いわよ。『きれい』とか『元気が出る』とか、『いるだけでいい』とか『癒やされる』とか『夢みたい』とか」

心不全になりそうな気がする。もちろんそんな大病を経験したことはないが、多分心臓がぎゅっぎゅっと握りしめられるような痛みを感じるのではないだろうか。今そんな心境だ。板垣さんがいたたまれない顔をしている。ついでに俺もいたたまれない。

「あなたに悪気がないことは百も承知だけど、歯が浮くような褒め方をしながら『自信を持ってほしい』なんてダブルスタンダードはやめてよね。褒め言葉なんて国債みたいなものでしょう。乱発すればするほど価値は落ちるのよ。褒め言葉なら刺々しい表現にはならないなんて思ってるなら、考えが甘いわ」

ボディブローを、どかんとかまされたような気がした。

板垣さんではなく、俺が打ちのめされた顔になったので、あやめさんは驚いたようだった。何、どうしたの、と俺の顔を見る。顔が青くなっているのだろうか。自覚はある。

褒め言葉も、度を越えれば、信憑性を失ってしまう。

それどころか棘のある言葉になる。

リチャードはそれでいいと言ってくれた。あなたは私を褒めるのが好きなのだろうと。だったらどんどん褒めろと言ってくれた時のこいつの顔は晴れやかなものだった。俺も嬉しくなってしまうくらい。でも。でもやはり。でも。

俺がすがるように眼差しを向けると、リチャードはこれ見よがしにため息をついた。そして口パクで何か言った。また四文字だ。ばかもの、ではない。そうか。い、ま、さ、ら。なるほど。今更反省しても遅い。いや、顔は半笑いだ。今更気にしない、だろうか。ありがたい。泣きそうだ。そう思ってもらえるなら助かる。

そして一つ、気づいた。

やらないほうがいいことである可能性のほうが、やったほうがいい可能性より万倍高いが、俺には一つ、この状況を打破できる秘策があるのではないだろうか。他の誰でもない俺に。

　俺の顔を見ていたリチャードは、徐々に俺の顔に不穏な表情が滲みだしていることに気づいたらしい。何を考えているのかと探るような眼差しを向けてくる。ちょっと考えているところだ。やろうとしていることがある。リチャードは呆れたような顔をした。窘める顔ではない。やめろとは言われていない。

　だったらもう、やるだけやってみよう。

「なあ、リチャード」

「…………何です」

　這うようなトーンの声ではあったが、店主は賭けにのってくれた。ありがたい。とりあえずはこうだ。

「俺は、お前に、毎日申し訳ないことをしていたのかなあ」

「どういうことですか、正義」

　二人とも示し合わせたように、とてもはっきりとした発音だった。俺も喋るロボットのような声だが、リチャードもリチャードで棒読みの演技をしている役者のようだ。あやめさんは少し怪訝な顔をしているが、疑うような顔はしていない。板垣さんはそもそも喋るリチャードを見たことがないだろう。よし、続けよう。

「リチャード、いつも、いつも、きれいだなって褒めて、悪かったよ」

「別に。気にしていません」

「夜明けの空みたいだなとか、夏の若葉みたいだなとか、ダイヤモンドダストみたいだなとか、褒めて悪かった」

「ですから、気にしていません」

あやめさんと板垣さんが、揃ってぎょっとした。よし、二人とも食いついたらしい。漕ぎ出してしまえば、最終的にはリチャードがどうにか丸めこんでくれるという信頼がある。俺は俺のできることを頑張ろう。板垣さんのためにも、あやめさんのためにも。

「俺は、あんまり、我慢のできない性質だから、お前のことがきれいだなって思うと、それがそのまま、口から出ちゃうみたいなんだ。でも、考えてみれば、そんなふうに褒められたって、嬉しくは、ないよな」

「別にあなたは、私を喜ばせようと思って、私を褒めているわけではないでしょう。そのくらいのことは、わかっています」

俺もリチャードも目を合わせずに喋っていた。不自然この上ないが、こんなトピックを目を合わせながら語り合える自信はない。気まずい話題だ。

そして俺にとっては、かなりの死活問題でもある。

「……でも、慣れたって、いやなものは、いやだろう」

ごめんな、と俺が謝罪すると、リチャードはまっすぐ、俺の顔を見た。まったく呆れるほどきれいだ。でも今は褒めるべき局面ではない。

「本当に、そうでしょうか。私は、私の顔を、客寄せのマヌカンや、なんらかのアドバルーンとして、利用できると思っている人間の、ガムのようにへばりつくおもねりの言葉には、不快さをおぼえます。そして過去の私にとって、容姿を褒める言葉とは、問答無用で、靴底のガムに分類される類のものでした。でも、あなたは、違う。あなたの言葉は、違います。あなたの言葉は、その都度、私の顔を撫でては去ってゆく、いたずらな風のようなものです。私の姿を、あなたがよいものであると思い、喜んでいることを、その、とんちんかんな語彙で、包み隠さず教えてくれる。時々まだ、奇妙に感じることは、ありますが、むしろ私はその、奇妙さを、心地よいものだと感じていますよ、正義」

そしてリチャードはにっこりと微笑んだ。

俺はしばらく、何も言えなかった。リチャード先生の日本語講座のような、聞き取りやすい発音だったが、伝えてくれた内容は、今までの俺のやらかした発言を全て「いいよ」と言ってくれているような、演技や手加減なしの言葉だったように思う。ロールプレイ中のような状況でこんなことを言われるとは思ってもみなかったので、しばらく心臓がばくばくしていたが、ともかくリチャードは美しい。美しいものは心を平静にしてくれる。今一番大事なのは俺のことではない。あやめさんと板垣さんだ。

呆然としていた板垣さんは、俺と目が合い、はっとしたようだった。

「喫茶の大学生さんだと思っていたんですが、こちらの方と、お知り合いなんですね。でも、どういう……？」

「喫茶の大学生ですけど、彼の店のバイトもしてるんです。偶然ここで会って」

「ああ……そうですか。はあ……」

「この大学生くんも褒めすぎの達人ってことですか、リチャードさん」

あやめさんが初めてリチャードの名前を呼んだ。ええまあ、と店主が応じる。いつも通りの涼やかな風情だが、若干目元が赤い。言いたくもないことを言わされたストレスだろうか。申し訳ないが、嘘はついていないということで、今だけ勘弁してほしい。あやめさんはからかうような顔で笑っていた。

「時々うんざりしませんか、そういう言葉の乱れうちって」

「正直なところ、くたびれると思うことはあります。いついかなる時でも完璧な容貌でいろと言われているようで、いらいらすることも多少は」

「ほらね」

あやめさんは板垣さんのほうを振り返った。鬼の首を取ったという感じはしない。この人はリチャードと一緒に板垣さんをいじめようとは思っていない。ちょっとはわかった？と促すように、呆れ顔でマネージャー兼恋人の顔を見ている。板垣さんは助けを求めるように俺のほうを見た。えっ。そこまでのカバーリングは考えていなかった。どうしよう。

　俺がうろたえる前に、リチャードが「しかし」と言葉を継いだ。

「褒め言葉にせよ叱責の言葉にせよ、言葉というのは心の総体を伝えてくれるほど、便利な道具ではありません。海上からつきだした氷山の下に、大質量の本体が隠れているように、言葉とは、その時の思惟（しい）のほんの一部分が、一時一時に変化する感情のうねりと共に切り出された欠片（かけら）です。ありがたいことに私も彼とそれなりの歳月を重ねてきましたので、何を考えているのか、以前に比べると多少はわかるようになってきました。そういう相手に何かを言われても、私は水面下の氷山の残りの部分を想像することができます。であればこそ、多少くたびれたとしても、まあいいだろうという気分になれるものです」

　いやいや、それなりの歳月って、まだ一年と少しだろう。と思ったが今はそんな正直なつっこみをすべきではない。十年来の付き合いですというような顔をしておくべきか。詐（さ）欺（ぎ）師になった気分だが、あやめさんは神妙な顔をしている。俺も黙っているべきだろう。

「……なら、言葉が信じられないって思うのは、受け取り手側の問題ってことですね」

「相互の信頼関係の問題かと。あまりにも度を越えて感じられる時には、私も言いたいことを言いますし、それを言っても彼が逆上したりすることはないであろうという信頼もあります」

　あやめさんが一番気にしているのは、板垣さんの褒め言葉が、白々しいものに聞こえるということだろう。好きな人に本当は好かれていないのかもしれないと思うのはつらいはずだ。でもそういう人に何を言えばいいのか、俺には全然わからない。思い悩んでいるうち、板垣さんがあとを引き取ってくれた。

「ありがとうございます、そちらのお二人のこと、参考になったと思います。日本語、ものすごくお上手なんですね。その上であやめちゃん、言わせてほしいことがある。ごめん。励ましたいとは思っていたけど、いらいらさせたいなんて思っていたわけじゃないんだ。でも確かに、同じようなことばかり言われるのは嫌なものだよね。ごめん」

「……そういうふうにすぐ謝るところもちょっとイラつくのよ」

「難しいなあ。どうすればいいかな」

板垣さんは悪びれず笑っているように見える。俺にもどうすればいいのかわからない。褒めるなと言われても言葉は口から出てしまうのだ。黙っていろと言われれば努力はするが、全部抑えることはうっかりの俺には難しいだろう。リチャードがもし今のリチャードではなかったら、俺はとっくに解雇されていただろう。

あやめさんは少し間をおいてから、呟くように言った。

「どうもしなくていいから、私がイライラしてる波が去るまで、ちょっと遠くのほうにいて。そうしたら戻ってきて。その頃には、いつもの私に戻ってると思うから」

そっかあ、と板垣さんは短く言った。あやめさんは答えなかった。そうするねと言う板垣さんの中に、彼と彼女が積み重ねてきた、いろいろなコミュニケーションの傷跡が見え隠れするようで、俺は少し胸が痛くなったが、二人の間には優しい時間が流れていた。あやめさんはしばらく押し黙っていたあと、ぽつりと呟いた。

「……あなたはさ、私が絶対に、仕事に復帰できるって言うじゃない」

「うん。そう信じてる」

「仮にの話だけど、仕事をやめなかったら、私はあなたとあんまり会えなくなるでしょう。客観的に考えて、どう？　私、別のマネージャーと一緒に、また仕事をやっていけると思う？」

「うまくいくと思うよ。あやめちゃんには推進力があるから。僕とはあんまり会えなくなるかもしれないけど、全く会えなくなるってわけでもないし」

あやめさんは黙り込んだ。ああ。今度こそ俺にもわかった。

この人は『あなたにはちゃんと仕事ができる』と言ってもらえて、嬉しいけれど、嬉しくないのだ。それは同時に『一緒にいられなくなってもいい』という、彼の意思表示に他ならないから。

この二人の場合は職場が職場だ。下手をすれば二人とも職を失う可能性だってあるだろう。それは避けたいとあやめさんもきっと思っている。でもやっぱり。

そういうことを、何度も何度も、すっぱりと割り切って言われたくはないのだ。

一年は恋人として生活してきたのだろう。板垣さんもわかっていないとは思わない。それでもこの人が『できる』と言うのは何故だろう。あやめさんは少し笑ってから、呟くように言った。

「何だか、いっぱい褒められるわりに、あなたが淡白な気がして、自分がどういう愛され方をしてるのかわからなくなってきてるのよね。ブリーフィングくらいの感じで教えてくれると助かるわ」

どうかしらと、あやめさんは顔を背けた。バトンは板垣さんに回っている。頑張ってください、と俺は彼の顔を見た。正念場だと思う。しかし板垣さんは、相変わらずのほわほわした顔をしていた。ネルシャツで汗ばんだ手をふく。

「僕は全身全霊であやめちゃんが好きだよ。淡白っていうか、根が適当だから、そういうふうに見えるのかなあ。君と結婚して家庭を築けたらすごく嬉しいと思うけど、もっと嬉しいのは、君が一年前みたいに楽しそうに笑ってくれることだよ。あやめちゃんが一番キラキラしてるのは、仕事をしてる時だと思うから。毒舌芸をするしないは関係ないよ。ゲストの前で話したり、笑ったりしている時の君が、本当に素敵だと思うんだ。マネージャーっていうのは、芸能人の舞台裏も見ているわけだから、適当な励ましなんて言えないけど、だからって君の苦しみ全部がわかってるような口を利きたくもないよ。だって、どっちにしたって、君の人生だろう。愛してるからとか恋人だからとか、そういう理由があったって、君の才能を僕のほうに引っ張りよせるのは卑怯に思える。芸能界に戻ってみたいって気持ちが少しでもあるのに、何か別の理由で、君が自分の才能に見切りをつけようとしてるなら、僕は『それはやめてくれ』って心から言いたい。どんな理由があるにしてもだよ。僕は君のファンだからね。そういう愛し方は……だめかな……」

だめかなと言いつつ、板垣さんは自分自身でそれをダメとは思っていないようだった。でもあやめさんが嫌だというのなら、別のものを用意する準備がある。そういうふうに聞こえた。この人は大人なんだなと俺は感じ入った。選んでほしいという理由で、相手に合わせて自分の姿を変えるのは大変なことだ。企業分析をするたびもどかしく思っている俺には、なかなかできそうにないことである。そうしなければならないのはわかっているのだけれど。

板垣さんはスピネルの指輪を眺め、惜しそうに触れた。

「これは、返してほしくないな。石が気に食わないんだったら、アクセサリー屋さんじゃなくて、宝石屋さんで新しい石をつけてもらってもいいし、別の指輪を準備するのだっていいよ。どこかにしまっておいてくれてもいい。それでもやっぱり、返してほしくはないな」

「ブリーフィングにしては長くない？」

そうだねと言いながら板垣さんは笑った。あやめさんも笑っている。俺はちらりとリチヤードに目くばせをした。今なら自己紹介をしてもあやめさんに叱られるようなことはないのではないか。と思ったのだが、リチャードの顔を見てやめた。美しすぎる。これは銀座のお店モードだ。宝石商のリチャードさんのギアが入っている。目を背けて一秒としないうちに、板垣さまというたおやかな声が聞こえてきた。

「自己紹介もできないままこのようなことをお尋ねするのは気が引けるのですが、板垣さまは何故、彼女への贈り物に、スピネルの指輪を選ばれたのですか？」

「えっ…………それは」

それが売ってたから、という呟きは、俺にしか聞こえなかったと思いたい。あやめさんはノーリアクションなので多分聞こえていなかったと思う。あるいは聞かなかったふりをしてくれている。あと付けでいい。なんでもいいから理由を考えてほしい。極論を言えば、贈り物なんてみんなそんなものだろう。何故それをその人に贈りたいかという理由が盤石(ばんじゃく)である必要はない。問題になるのはただ一点だ。

相手が喜んでくれさえすれば、それでいいのだ。

板垣さんは言いよどんでから、再び口を開いた。

「……正直僕は、宝石のことは全然わからないんだけど……あやめちゃんの指のサイズは事務所の書類で知ってたし、青が好きなことも知ってたし……デパートの一階でやってた催(もよお)しでその指輪を見かけて、いいなと思ったんだよ。あやめちゃんは服の好みがうるさいし、ピアスと首飾り以外のアクセサリーはあんまりつけないけど、この色だったらいつもの着こなしにも合いそうな気がしたし、その青は、さわやかな感じで、透明感もあって、きれいだろう。つらいこともいろいろ抱えてるのは知ってたから、こういうものがあったら、少しは悩みが軽くなるかなとも思ったし……でも、スピネルは、あやめちゃんにはあんまりいい石じゃなかったのかな」

リチャードは何も言わず、あやめさんのほうを見た。彼女はまだそっぽを向いている。美貌の宝石商は微かに笑って、板垣さんに視線を戻した。

「これだけ、誰かのことを考えて選んでもらえる石というものは、とても珍しいように思います」

「そうですか？　でも、指輪って、そういうものじゃないんですか」

「確かにそういうものではございますが、『そういう』の度合いは、人によって千差万別です。贈る相手の誕生石の石が欲しいと思ってお越しになる方も、一番高いものをというオーダーをなさる方も、逆に予算の範囲内でおさまるものをと仰(おお)せの方もいらっしゃいます。ですが」

あなたは徹頭徹尾、相手に寄り添おうとしていらっしゃる、と。

リチャードの言おうとしていることはわかる。板垣さんの場合、判断基準が完璧にあやめさん寄りになっているところが珍しいということだろう。どうしても何かを買って、与えるという行為には、その人の『色』がつきまとう。これをあげたから自分のことをどう思ってほしいという欲が、意図していてもいなくてもある程度ねばりつくのだ。それが悪いとは言わない。そういうものを贈ってもらいたいと思う人だってたくさんいるだろう。あやめさんもそうかもしれない。

でも板垣さんのスピネルには、そういう色が、ほとんどない。

一番彼女によさそうなものをと思って探していたら、そうなってしまったのだと、彼はあっけらかんと言った。考えようによっては、こんなに贅沢なこともないと思う。リチャードが言っているのはそういうことだろう。リチャードはいつものように淡々と言葉を続けた。いまだ宝石商とは名乗っていないものの、もはや名乗る必要もないだろう。モロバレだ。

「確かにスピネルの語源には、ラテン語で『棘』という意味もございますが、これはもともとこの石が、八面体の棘のような形状で産出することが多いゆえの名称です。石に刺々しい伝説があるということではございません。そしてスピネルは、不当に評価されてこなかった歴史を持つ石でもあります。過去、鑑定鑑別の技術が今ほど進歩していなかった頃には、スピネルは『黒太子のルビー』などと間違えられ、あるいはサファイアと思われ、時には珍しいダイヤと思われることもありましたが、それは人間の都合です。二十一世紀の現在、その希少性はルビーに勝るとも劣りません。今後の評価の高まりが楽しみな石でございますね」

「そうなんですか、全然知りませんでした」

ぽかんとした顔をする板垣さんに、リチャードは軽く首を振った。

「あなたは誰よりもご存じのはずでは」

「え……？　そんな話、本当に知りませんでしたよ」

「いえ、石のトリビアではなく」

宝石の本質です、とリチャードは言った。本質。何だろう。こんなところでそんな話を聞かせてもらうことになるとは思わなかった。

美貌の宝石商は、ひっそりと言葉を紡ぐ。

「どのような石であったとしても、それを『美しい』と愛でる人間さえいるのなら、極論ではその石は『宝石』たりうるのです。美しさも、愛しさも、輝きも、全てはその所有者の感じる個人的な心持ちでしかありません。もちろん資産形成などとは全く別の視座の話になりますが」

リチャードは穏やかな声色で、言った。

「その石は、あなたの瞳に映るからこそ『宝石』になるのです」

時間が止まったような気がした。

確かに、宝石の本質は『美しい』ことだと、シャウルさんもリチャードも言っていた。

しかし深く考えると、ものすごく極端な言葉だ。そうなったらもう、全て人間の主観の世界の話でしかないということになる。

あやふやなようでいて、力強い言葉だ。

だってそれを自分が『美しい』と感じる限りは、それは間違いなく、価値ある『宝石』であると、言い切ることができるのだから。

板垣さんはしばらく、考えにふけるような顔をしていた。

「……なんだか、マネージャーとタレントの関係のような話ですね。いや、恋人の執着もそうか。言葉は悪いですが、あばたもえくぼのような意味ですか」

「あるいは、その逆も同じかと」

どんなに役に立ちそうなものだって、信じてもらえなければがらくたであると。

痛いほどわかる。就活の面接の話を先輩から聞くうちに、だんだんそんないじけた気持ちだって兆してくるものだ。でも仕方がないのだ。俺たちがやっているのは椅子取りゲームで、椅子の数は限られていると、最初からわかっていたのだから。でも挑むのだ。いつか自分にぴったりの椅子があることを信じて。いや、なくてもいいからどこかの椅子に座れることを信じて。スキルを磨きながら。

リチャードはちらりと俺を見た。わかっている。

「日本語では人と人との行き交う社会を『浮世』などと申しますが、こちらに憂鬱の憂の字をあてた『憂き世』などという呼び方もございますね。ままならないのはいつの時代も同じかと。しかし、だからこそスピネルの宝石言葉の『内面の充実』という言葉が輝きを持つのやもしれません」

内面の充実？　と板垣さんが問い返した。宝石のことを全然知らない人相手でも、これだけ巻き込んで自分の話を聞かせてしまうあたり、こいつの天職はやはり宝石商か詐欺師なのではないだろうか。

「外界の人間が何を言おうが、我が道をゆくという、気力を養ってくれる石とも言われております。とてもよいチョイスをなさったのでは」

温かい言葉に、板垣さんは困惑気味に、ありがとうございますと頭を下げた。そしてややあってから、遠慮がちにあやめさんに声をかけた。

「あてずっぽうなんだけど、この人はアクセサリー屋さんじゃなくて、宝石屋さん？　それとも、石の先生か何か……？」

「ああ、もう。絶対に言いたくなかったのに」

「えっ、えっ」

あやめさんはいらいらした声をあげ、男三人に緊迫が走ったあと、じろりと板垣さんを睨んだ。

「指がね」

「えっ、何だい。指がどうしたの？」

「……太くなったのよ。この指輪、私の指に入らないの」

板垣さんはしばらく困惑していたが、タイムラグのあと、ああーっと頷いた。俺も同じ心境だ。指輪のサイズ直しのオーダーだったのか。堰が切れたように、あやめさんはテーブルを指でコツコツ言わせながら語り続けた。

「この人は銀座の宝石店で商売をしてる宝石商さんで、私はどこでもいいから、指輪のサイズ変えの相談ができるところに行きたかったの。でも銀座なんて人通りの多いところに行くのは怖いじゃない。そうしたら行きつけのサロンのマダムが『リチャードさんはいくらか追加料金をお支払いすれば、用件を聞きに来てくれますよ』って教えてくれたから、呼び出して相談をしてたのよ。でもあなたが後ろから追いかけてくるから……もう」

ああもう、ああもうとあやめさんは繰り返した。個人的には「ああもう」と言いたいのはこっちなのだが、板垣さんは耐えていた。慣れているのかもしれない。ぷんぷんするあやめさんを見る目が、ちょっと笑っている。安心したのかもしれない。

「………迷ったのよ。ダイエットをするか、サイズ直しをするか」

「どうして？　直せばいいのに」

「芸能人の仕事には体重の管理も含まれてるでしょう」

復帰のタイムリミットが近いじゃないと、あやめさんは言った。板垣さんの表情が一瞬輝き、彼はその表情をすぐ消した。自分の望む方向へ、愛しているからといって何かを誘導しようとするのは卑怯だという彼のことを、俺は清々しい人だと思う。

「そうだね。それで、結局、直すことにしたの？」

「……どうするか相談したかったのよ。マダムは『あの宝石商さんは、何を相談しても絶対に黙っていてくれる』って言うし……」

最終決定は保留にしたまま、あやめさんはエトランジェに連絡を入れ、リチャードを自宅からは少し離れた駅前のお店に呼んだのだという。しかし運悪くそこを板垣さんが目撃し、まだ用件が終わっていないため、二人は一緒に逃げるはめになった。リチャードには本当に災難だ。申し訳ありませんでしたとあやめさんは恐縮していたが、リチャードは首を横に振っていた。こういう時のリチャードはひたすらプロの顔に徹している。

「……確かに、逃げなきゃよかったのよね。でも太ったって知られたくなかったのよ。あなたには」

「なんで？　生きていれば人間、体重は増えたり減ったりするよ」

「それ、マネージャーの言葉じゃないでしょう」

「でも本当にタレントをやめるつもりだったなら、体重を気にする必要はないと思う」

その通りだ。

やっぱりあやめさんの本心は、仕事に復帰することなのだろう。俺もそのほうがいいと思う。話を聞いている最中にも思ったが、最初は息切れしているように聞こえた喋り方も、慣れてくるうち歯切れよく思えてくるし、何よりこの人は、喋っている時のほうが黙っている時より五倍くらい表情が輝く。不思議な魅力のある人だ。芸能界にこういう人が求められているのかどうか、俺にはわからないが、板垣さんの言う通り、この人は誰かを勇気づけてあげることができる人だろうと思ったのだ。

あやめさんは俺の視線を咎めるように見たあと、ちょっと子どもっぽく笑い、リチャードに視線を向けた。

「……あの、私がお願いしていたサイズ変えの件なんですけど、しばらく保留にしてもらっていいですか。ダイエットするので」

「あやめちゃん」

「いいでしょ、このままずるずる太っちゃうのは嫌だし。減量で内面が充実するかどうかはわかりませんけど、そういう宝石言葉のある指輪なら、余計に励ましてもらえるかも」

「……まあ、でも、最近はいろんな体形のタレントがいることだし、僕はあやめちゃんが百キロになっても好きだと思うし、そんなに無理しなくても」

「もう黙りなさいよ。しばらく焼肉に誘わないで」

言いつつもあやめさんの声に刺々しさはなかった。板垣さんは思い出したように腕時計を確認すると、よしと小さく呟き、機敏に立ち上がった。

「わかった。じゃ、そろそろ局に回らないとお迎えに間に合わないから」

「わかってるわよ。さっさと行ってきなさい」

「明日の昼にはまた顔を出せると思う。すみません、失礼します」

去っていったマネージャーを、タレントの顔で見送ると、あやめさんは軽く眉を動かした。シュッとした形が上がり下がりする。

「……大変な騒ぎにしちゃいましたね。リチャードさん、申し訳ありません。そちらのアルバイトさんにも失礼しました」

俺は平気ですけど、と言う前に、リチャードが割り込んだ。

「お詫びを申し上げるのはわたくしどものほうです。お騒がせしてしまい、誠に申し訳ございません」

俺もあわあわと頭を下げる。そうか、リチャードのバイトとしての立場を出した以上、俺の立場は大学生ではなくアルバイトだ。下げられる時に頭は下げておくに限る。あやめさんは苦い顔で笑っていた。

「もとはといえば私が自分のことを決めきれなかったのが原因ですから。それに楽しかったです。他人ののろけ話を聞くのって久しぶりだったので」

のろけ話？　何の話だろう。リチャードは曖昧な顔で、そういうわけでもないのですがと笑っている。あやめさんは立ち上がり、ハンドバッグからサングラスを取り出して、顔にかけた。

「私のこと知ってる人のほうが少ないと思うけど、気分の問題だから、これをかけて帰ろうかな。これからまた有名になるかもしれないし」

「駅までご一緒いたしますか」

「大丈夫です。足だめもできたし」

あやめさんはニッと笑った。颯爽と去ってゆくのかと思いきや、彼女は俺の前で身をかがめた。えっ。何だ。

「教えてほしいことがあるんです。私、人を褒めるのって苦手なんですよね。何かコツとかあるんですか？」

人を褒めるコツ？　そんなものあるのだろうか？　そもそも俺はそんなに褒め上手だったか？　今までの人生を振り返ってみても、そんな褒められ方をした覚えはない。ただ「うっかりなやつ」とか「中田の話はよくわからない」とか言われたことはちょこちょこあるので、もしかしたら聞き取り能力の優れた人だけ、よい褒め言葉として受け取ってもらえるとか、そういうことなのかもしれない。たとえばリチャードとか。

「そう、ですね……俺も……そんなに得意じゃないと思うんですけど……リチャード限定なら、いくらでも言葉が出てくるので……あ、相手によりけりってことですかね？」

「正義」

「すみません」

　あやめさんはサングラスをかけたまま笑い、今度こそ喫茶を出て行った。ふうやれやれである。やっと代打の業務に戻れそうだ。俺も席を立つ。できることならこういう時には、リチャードにロイヤルミルクティーを出してやりたいのだが、ここではそうもいかないだろう。

「リチャード、もう一杯水を飲むか？　あとはクッキーくらいしか」

「座りなさい」

「え？」

「もう一度、そこに座りなさい」

　そこに、とリチャードは繰り返した。有無を言わさぬ低い声である。意味がわからない。既に一件落着だろう。とはいえ言われた通りに、さっきまであやめさんが腰かけていた椅子に腰かけると、リチャードは目を三角にした。営業モードはおしまいらしい。

「もう一度同じ質問をしましょう。こんなところで何をしている」

「え？　どういう意味だ」

「ここで何をしていると尋ねています。ただでさえ時間がないとあなたは言っていたはずでは？　アルバイトの給金が不足でダブルワークをしているのなら、何故そう言わなかった。雇用主として説明を求めます」

「誤解だよ。ここはそういうのじゃ」

「柄にもなく浪費でもしたのですか。嘆かわしい」

リチャードは首を左右に振った。麗しいジェスチャーだが勘違いも甚だしい。俺はゼミの友達の管弦楽喫茶のため、代理人員として駆り出されたのだと説明した。代打だ。助っ人だ。イレギュラーなお出かけだ。金銭は一切発生しない。ただ俺が頼み事を断らなかっただけの話なのだ。公務員試験の勉強で世話になっている友人の頼みだし、そんなに叱られるようなことをしている覚えはない。反論の余地はないはずだ。

リチャードは、しばらく俺の顔をじいっと見つめたあと、鈍いため息を漏らした。

「…………嘆かわしい」

「何でだよ？　三時間こっきりの約束だったし、気分転換にもなるし、いいことずくめだったよ。お前にも会えたし」

黙っていろと言われたので、俺は素直にはいと答えた。厳密には今はエトランジェでの勤務時間ではないので、リチャードを放り出してサークルの手伝いをしに行くべきなのだろうが、ここまで時間を喰ってしまったら、五分や十分は大差ない気がする。もちろんあとできちんと謝ることは確定として。

「今更申し上げても始まりませんが、安請け合いは、災難の元ですよ」

「今回の災難はどっちかっていうとお前のほうだろ。ああいうトラブル、よくあるのか」

「出張営業先のお客さまのトラブルに巻き込まれる案件ですか？　ないわけではありませんよ。浮気相手と思われたことも、まあ、何度か」

「おつかれ……」

「慣れました」

結局のところ彼女の用事は指輪のサイズ直しの相談だったのだ。何ということもない話だと思うのだが、確かに人によっては繊細な問題になりうる。特に身長体重がおおやけになってしまうような職種の人であればなおさら。

直すかどうか一緒に考えてほしかったとあやめさんは言っていたが、宝石店に電話をかける時点で、かなり腹は決まっていたような気がする。やはりあやめさんは、芸能界を引退したいと思っていたのかもしれない。板垣さんの考えは、正しいかどうかわからないが誠実だ。自分の思う方に引き寄せたくはないという。責任のとりようがないからだ。彼女の人生なのだからと。

でも、そんな気遣いをされなくたって、人はみんな自分の好きなものを選んでいるような気がする。恋人なんてその典型だろう。

好きな人が、自分の可能性を信じてくれるのは、とても嬉しい反面プレッシャーだと思う。変な話だが、俺があやめさんだったら、他の恋人を見つけていたかもしれないと思う。芸能活動はやめちゃったのよと笑い話にして言えそうな、過去の自分とは全然関係のない相手を。でも彼女はそうしなかったし、外に出るのも嫌だったという間にもスピネルの指輪をはめてはいたのだろう。サイズ直しを思いついたくらいなのだから。

だから多分、彼女が好きなのは、板垣さんだけではないのだろう。板垣さんが信じて愛してくれている、彼女自身の可能性も、きっと一緒に好きなのだ。

俺にはあやめさんの決断が、尊いものに思えた。一度挫折したことにもう一度挑むのは、新しいことに挑むのとはまた違う、痛みを伴う行為になるはずだ。それでも彼女はやろうと決めたのだ。

「指輪、直さなくてすんでよかったな」

「個人的には、芸能界の過度な『痩せ』志向には異を唱えたいところですが、彼女がそうしたいと思ったのであれば、決断は尊重されるべきでしょう。さて、私もそろそろ戻ります。もう一件、回る場所がありますので」

それでは、と席を立とうとするリチャードに、なあと俺は話しかけた。

「さっきの、すごく嬉しかったよ。ありがとう」

「……とは?」

いたずらな風、と言いながら、俺は顔の前で手をぐるんと動かしてみせた。風のイメージであるが通じたかどうかはわからない。リチャードは顔面の半分だけを軽く歪め、は、と笑ってみせた。体の奥がぞわっとする。こいつは本当に役者にならなくてよかった。身代を食い潰す勢いで貢ぎたくなるファンが続出するだろう。冷たい軽蔑(けいべつ)の表情ですらこの威力だ。

「状況に即した、お愛想(あいそ)」

「……だ、だよな。ごめん」

「とも、一概には言えませんが」

さらりとはぐらかしたあと、リチャードは今度こそ立ち上がり、俺をじっと見降ろした。

「いずれにせよ信頼関係の問題です。あなたのことは信じています。ですが絶えずはらはらさせられるのは考えものですね。そのうち長い話をしましょう」

「楽しみにしてるよ」

きっとおいしいものを食べながら説教を喰らう、天国と地獄(じごく)がちゃんぽんのパーティみたいになるのだろうが、俺はリチャードに叱られるのが好きだ。こんなことを言うと反省しないろくでなしと思われること確実なので口にはできないけれど、本当の兄貴がいてくれるみたいで嬉しいのだ。

去り際ちらりと振り向き、微かに笑って出て行った相手に手を振って、俺は気づいた。

誰もヴァイオリンを弾いていない。

他のお客さまの姿も、既にない。

リチャードが出て行った出入り口の隣に、眼鏡の男が立っている。竹沢だ。ひきつった顔を見て、俺は自分の顔が緩んでいたことに気づいた。

「おう竹沢、おつかれ！　来てたんだな。いろいろうるさくてごめんな。さっきのはバイト先の人で………大丈夫だったかな。迷惑かけてごめん」

「いや、そういうのは全然平気なんだけどさ」

　もうそろそろこの会議室を片づけなければならない時間で、と竹沢はぶつぶつ言った。気づけば三時間どころではない時間が経過している。喫茶店も店じまいだ。あまりよいフットマンにはなれなかった気がする。せっかく頼んでくれたのにごめんなと謝ると、それはいいんだけどさと竹沢は再び言いよどんだ。何だろう。

「さっきのさ………あの……何て言うんだ。あの……」

「粉雪の精霊みたいな麗しい金髪のお兄さんだろ。バイト先の上司なんだ。いい人なんだけどな、お客さんとちょっといろいろあったみたいで」

「……『粉雪の精霊』って何だ？」

「美しすぎる、くらいの意味だよ。そのせいで時々トラブルに巻き込まれてるから心配だけど、まあ俺の何倍もしっかりしたやつだからな」

　大丈夫なんだろうなと俺が言うと、竹沢はまた言いよどんだ。周りも何となく遠巻きに俺を見ている。さんざん演奏の邪魔をしてしまった手前、馴れ馴れしいことは言えないが、代打運が悪かったと思って忘れていただければ幸いである。

「お前、大丈夫なの？　何か騙されてない？　宝石商なんだろ、あの人。大丈夫なのか」

「……宝石商って、竹沢基準だと、あんまり大丈夫じゃない仕事なのか？」

「そういうことじゃないけど、何か危ういところに出入りしてる人ってイメージだよ。お前のバイト先って、銀座のお店じゃなかったのか」

「銀座の宝石店だけど」

「うわあ」

何がうわあだ。珍獣を見つけてびっくりしたような声を出すのはやめてほしい。俺が説明を求めて食い下がると、竹沢は遠慮がちに、やばいお店じゃないんだよなとまたしても確認してきた。なるほど銀座といえば、高級な老舗クラブなんかでも有名な場所ではある。とはいえ店主の顔が美しすぎるからといってそういうことを考えるのはあまりよろしくないのではないかと、俺がちくりと刺すと、そうだよなと竹沢はうなだれた。

「なあ、中田は去年の冬ごろ、いきなりいなくなっただろ。教授がすごく心配してたから、俺もどうしたんだろうって思ってたんだよ。でも下村が……」

下村が？　下村がどうした。春先にスペインに去ったあいつが何か言ったのか。

「嘘か本当かわからなかったけど、『中田ならイギリスで大富豪と豪遊してるかも』ってさ。さすがに冗談だと思ったけど、けっこうガチだったんだな」

「さ、さすがにそれは語弊がありすぎだろ」

「そうか……？」

竹沢の脳内では、俺とさっき通り過ぎていった金髪のお兄さんが、イギリスで豪遊しているイメージができあがっているのだろう。豪遊ってどんな遊び方だろう。リムジンを貸し切りにしてシャンパンを飲んだりキャビアを食べたりするのだろうか。乗ったことも飲んだことも食べたこともない。間違っても寒空の下発熱しながら観光地を連れまわされる囮漁（おとりりょう）ツアーのイメージではないだろう。

「いろいろあって、あいつの実家にお邪魔してきただけなんだよ。本当にそれだけだから」

どうにかイメージを修正してもらわなければならない。正月休みに友達の家に遊びに行った程度にしてもらいたい。実際最終的にはそんな感じだったのだし。

竹沢は『実家にお邪魔』のあたりで、激しく頷き始め、最終的にはそっかと短く言った。俺の冬の話はいい。それより片づけを手伝わなければならないのではないだろうか。俺がいいのかなと呻くと、竹沢は笑った。

「……外国の友達の実家に行くとか、かっこいいな。公務員志望だから俺と同じ国内型の安定志向かと思ってたけど、イギリスで仕事を探す予定とかあるのか？」

そのあたりで竹沢くん、というお叱りの声があり、俺たちは二人揃って椅子とテーブルの片づけに追われた。時間単位で借りている会議室だそうなので、こういう撤収の速さは死活問題だ。面倒ごとに巻き込まれていたのを見ていてくれたサークルの方々が、中田くんはもう手伝わなくていいよと言ってくれたが、乗りかかった船だしと最後まで付き合ってしまった。ご迷惑をおかけしましたと俺は謝って回ったが、女子のメンバーたちにはイケメンの乱入は受けがよかったらしく、ああいう人ならいつでも来てほしいから呼んできてとリクエストされた。それはちょっと難しいと思う。

おごってもらった缶ジュースを飲みながら、竹沢と坂を下っている時、そうだと眼鏡の男は何かを思い出したようだった。

「さっきこのあたりを歩いて、管弦楽喫茶に向かってた時にさ、中田に電話したんだよ。『着いたからあがってくれ』って。一件メールして、反応がなかったから」

「あーごめん。どっちも気づかなかった。了解だ。適当に削除しとくよ」

「そうじゃなくて」

え？

俺が竹沢の顔を見ると、眉間(みけん)には皺(しわ)が寄っていた。

「俺が最初に『中田正義くんへ』って吹き込んだら、変なおじさんが釣れたんだよ」

中田正義くんの知り合いですかと。

公園にいたおじさんに、竹沢は声をかけられたのだという。中肉中背の中年の男。竹沢はしきりと首をかしげていた。

「ちょっと話したけど見覚えがない人だから、『誰ですか？』って聞いたら、何か笑ってごまかして、へこへこ歩いて消えちゃったけどさ、何だったんだろうな。お前、同姓同名の芸能人とかいる?」

「いないと思うけど……」

「そっか。今日は本当に悪かったな。気をつけて帰れよ、最近は変なやつ多いし」

「おー」

ありがたいお言葉である。山手線で高田馬場まで戻ったあたりで、俺は一応、竹沢からの電話を聞いてから消した。確かに最初に、ちょっとふざけた調子で『中田正義くんへ』と竹沢が言っている。俺のフルネームに反応するおじさん。中学か高校の先生あたりだろうか。『正義』の読み方は、多少珍しいから、懐かしくなってくれたのかもしれない。

「…………」

日課になっている就活情報サイトの巡回を終え、筋トレをして、俺はさっさと寝ることにした。どうも最近は体のキレが悪い。最近空手の練習もしていない。正拳突きをすると心がしんと静まり返るような瞬間があって、俺はあれでリラックスするのが好きなのだが、もう少し生活に余裕がないと、よしやろうという気にもならないらしい。そんな折、メールがあった。

リチャードだ。

『明日の牛乳　二本』

いつもの金曜日の連絡だ。そうだ、明日は土曜日だ。了解である。おいしいロイヤルミルクティーをいれよう。

その後しばらくして、就活情報サイトを漁（あさ）っていた俺は、芸能事務所の広告にあやめさんの姿を見つけた。ウェブサイトで彼女の名前のページを確認すると、最近更新されたページで、事務所の『所属』と書かれていた。ちょっと上目遣いに人を睨むような眼差しと、シュッとした眉毛の女性の指に、スピネルの指輪はない。彼女の戦いはきっとこれからだろう。俺は試合に挑むファイターを見るような気持ちで、彼女の成功を祈った。働くことは生きることで、生きることは戦いだと、リチャードも言っていた。板垣さんもきっと、同じ事務所でマネージャーを続けているのだろう。彼女の担当を外れたとしても、二人はいわば戦友のようなものだ。温かい絆（きずな）が続いていることを、俺は信じている。彼女の写った写真の背景のホリゾントは、夢のようにきれいなスピネルのブルーだった。

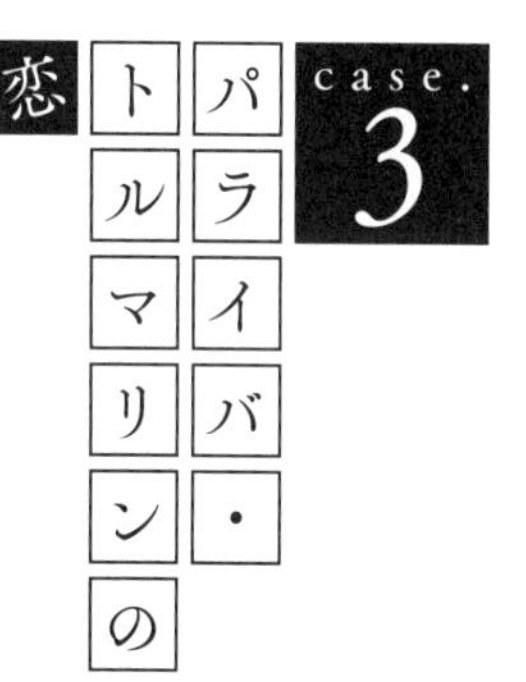
case.
3
パライバ・
トルマリンの
恋

心拍数というのは、病院でもなければ測ってもらう機会がないものだろう。そもそも意味もなく計測するものでもない。とはいえ今の俺は、どうやって立っているのかよくわからないほどバクバク脈打つ爆弾のような心臓を抱えていた。昼下がりの銀座の中央通りの真ん中で、仁王立ちのまま。

「正義くん、こんにちはぁー」

約束した通りの地下鉄通路の出入り口から、黒髪の女性が出てくる。襟元にかかるくらいのふんわりしたボブに、若草色のカーディガン、白いブラウスと、柔らかそうな生地の淡いクリーム色のスカート、かかとの低いベージュの靴。

俺の大学の友達、谷本晶子さんである。

「た、谷本さん、だ、だ、大丈夫だった？　迷わなかった？」

「大丈夫だったよお。銀座駅ってあんまり馴染みがなかったけど、正義くんが教えてくれたから平気だった。広いんだねえ。ちょっとびっくりした」

ことの発端は、寛大なる俺の上司、リチャード・ラナシンハ・ドヴルピアン氏のお申し出である。

去年の春から俺が焦がれている、大切な谷本さんを、エトランジェに連れてこないかと。待ってほしい、確かに俺は彼女のことが好きだがそれはかなり一方的な好意で、彼女にとって俺は大事なお友達枠であり、そんなふうにお誘いしたりすることは不自然だと思うのだが、とにかくちょっと待ってほしい、と俺はびくびくしながら反論を試みた。だが顔面同様弁舌も麗しい店主のお返事は「同じ学校に通う同じ趣味の友人を、趣味の集いに誘うことは全く不自然ではない」「人間関係というものは流動的で、今誘わなければ二度とチャンスはないかもしれないということを肝に銘じるべき」「心配のしすぎ」「待たない」だった。谷本さんは過去、鉱物岩石同好会の会長もつとめていた、筋金入りの石屋さんである。この場合の石屋とは『石が好きな人』という意味だ。当然宝石に関しても詳しく、何度も俺に助言をくれた。確かに銀座の宝石店は、谷本さんに楽しんでもらえる素敵なテーマパークのような場所になりうるかもしれない。だとしたらやはり誘うべきだ。彼女に楽しんでもらえることが一番大事である。そして俺がそれを隣で眺められたら嬉しい。清水ダイブの気持ちでのお誘いはうまくいき、とんとん拍子で今に至る。が、あまりにもとんとん拍子すぎて。

正直まだ銀座に彼女がいるという実感が持てない。

「正義くん、この道で合ってる？」

「あ、あ、合ってるよ。この角を曲がってまっすぐ行って、右に曲がるんだ」

「よかった。そういえば最近暑くなってきたねえ。元気？」

「元気げんき！　俺いつでも超元気だよ！」

「そっかあ！　やっぱり石を見ると元気が出るよね」

「そぉ、そうだね！」

自分の口からどんな言葉が出ているのか正直よくわからない。憧れの人とお喋り（しゃべ）しながら道を歩くなんて、皿回しをしながら一輪車に乗ってラーメンを食べるくらいの軽業（かるわざ）ではないのか。とはいえ俺の足がエトランジェへの道のりを覚えていてくれたので、彼女と一緒に狭い階段を上り、電子ロックのドアの前までたどり着いた。経験は力だ。

と。

「ようこそ、ジュエリー・エトランジェへ。店主のリチャードでございます」

ノックをするまでもなく扉が開き、極上の微笑（ほほえ）みが俺と谷本さんを迎えてくれた。リチャード。いつもの俺と相対する時の顔ではない。営業モードの顔だ。とても、きれいだ。

ああ。迎えに行けと言ってくれたのには、こういう理由があったのか。

まるで俺まで、谷本さんと二人でエトランジェにやってきた、お客さまのような気分だ。

俺が感じ入っていると、谷本さんは深々と頭を下げた。

「こんにちは、谷本と申します。いつも正義くんからお話をうかがっています。今日はお招き、本当にありがとうございます。つまらないものなんですけど、よろしければ」

そう言って彼女は、さげてきた紙袋をリチャードに渡した。中身はちょっと豪華な箱入り干菓子のようだ。お土産（みやげ）のお菓子には日持ちのするものを持ってくる。心遣いまでもが完璧だ。せっかくだからみんなで食べようと俺が言うと、いいのと谷本さんが笑う。ではそうしましょうとリチャードが頷く。おかけくださいと店主は谷本さんを促した。

　やっぱり実感がない。この店に谷本さんがいるなんて。一つの夢とまた別の夢とが混じり合って、どちらの夢でもない異様な空間を創り出しているようだ。地に足がつかない。リチャードが俺を諌めるように咳払いをする。そうだ。ちょっと待ってほしい。

「谷本さん、今、お茶をお出しするから」

「はい、よろしくお願いします」

　谷本さんはにーっこり俺に笑ってくれた。子どものままごとに呼ばれた先生のような雰囲気である。可愛い。可愛いけれど見とれている時間はない。厨房に入った俺は、朝から仕込んでおいたものを取り出した。初も初、そしてこれで最後ではないだろうか。エトランジェでこんな飲み物を供するのは。

「お待たせしました、クリームソーダでございます！」

　谷本さんの前に、まずコースターを置き、そして背の高いグラスを置く。緑色のソーダ水に、バニラアイス。アクセントにチェリー。種なしである。谷本さんは歓声をあげた。

「すごい。ここって喫茶もやってるの？　違うよね……？」

　まあそれは、谷本さんの好物がクリームソーダであると思い出した俺が、ロイヤルミルクティー過激派の店主を拝んで拝み倒して、かき氷シロップとバニラアイスを日本橋のほうにある高級スーパーで購入し、ここに至ったという、短いようで長い道のりがあるのだが、そんな苦労話はいい。谷本さんの笑顔が嬉しい。

「正義くん、ありがとう。これは、私の分しかないの？」

「俺とリチャードはロイヤルミルクティーを飲んでるけど」

「ここの名物なんだよね。じゃあ私も二杯目に、それをもらっていいですか？」

どうぞどうぞと俺はオーバーリアクションで伝え、リチャードにまた渋い顔をされた。大丈夫だって。ちょっと挙動不審だが、ちゃんとやることはやるから。

可愛らしい干菓子をつまむお茶会が人心地ついた頃、リチャードは営業モードの麗しい顔で谷本さんに話しかけ始めた。

「お噂はかねがね。谷本さまは大変、石にお詳しくていらっしゃるとか」

「本職の方にそんなふうに言われると、恥ずかしくていたたまれません。趣味なんです。両親も石が好きだったので、その影響もあって。でも、すごいですね。正義くん、去年は石のこと、本当に全然知らないように見えたのに、今はもう、すっごく詳しい人になっちゃって」

「い、いやあ！　そうかなあ！　そうだったらいいなとは思うけど」

「これが『すっごく詳しい人』であるか否かはおくとして、彼の努力は私も知っています。人は誰しも美しいものを好みますが、彼にはとりわけ、宝石を愛する才能があったのかもしれませんね」

「確かにそうかも。前に見せてもらった時、正義くんのカメラロール、空とかお花とか、きれいな景色がいっぱいだったんです」

「そうなのですか、正義」

「そうだよね、正義くん」

　なんだこれは。俺は二人が高度な情報戦のような石談義をすることを想像していたのだが、これはまるで『議題・中田正義』と提示された話し合いである。二人が和気あいあいとしているのは見ていてありがたいし、谷本さんがリチャードに見とれないことにもほっとしたが、こんな展開は予想外だ。たじたじとなる俺に、谷本さんが笑った。

「教えてくれた通り、本当にきれいな人だね」

　まったくその通りだと思う、と俺が力強くうなずくと、谷本さんはぱっちりとした二重の瞳で、リチャードのことを少し上目遣いに見た。

「それで、あの、正義くんは、わがままを言って、石を見せていただくことだってできるよって、言ってくれたんですけど」

「とっておきのお品物がございます。よろしければご一緒に」

「本当にありがとうございます」

　微笑み一礼したリチャードが、俺にだけ見えるように「しっかりしろ」という顔をして奥の間に去ると、谷本さんは目を見開いたまままたため息をついた。

「本当にきれいな人だね！　宝石の星で生まれた人みたい」

「す、すごいたとえだね……！　宝石の星って、あるのかな」

「蟹（かに）座のあたりに、星がまるごと一つダイヤモンドの天体があるかもって、雑誌で読んだことがあるから、可能性はある話なんだと思う。夢が広がるよねえ」

「はあーっ！」

　宝石の星からやってきた生き物。確かに同じ人間だと思えない。どの角度から見ても完璧に美しいあの男は、熟練の職人の手によってカットされた極上の宝石を思わせる。でも身づくろいや服のセンスや髪型も見栄（みば）えに影響していることを考えれば、カッターもデザイナーも、リチャード自身なのだ。セルフプロデュースが上手な宝石の化身。もう人間が必要とされていない気がする。一歩間違えると一人で世界が完結しているようだ。

　いけない。思考が脱線する。谷本さんは俺のことを見ると、またふくふくと笑った。

「正義くん、かっこいいね」

「……かっ、かっこいいって……俺が？」

「そうだよお。私、舞台で踊ってる亜貴（あき）ちゃん以外、友達の働いてるところ、見たことがないんだ。でも、かっこいいね。いろいろなお客さまが来て、この椅子に座るんでしょ。その人たちがみんな、正義くんのいれたお茶を飲むんだなあって思ったら、なんだかすごく温かい気分になっちゃった。すごいねえ」

「……そうかなあ！」

　嬉しいけれど照れまくる。かっこいい。俺が。かっこいい。にわかには信じられないがすごい褒め言葉をもらってしまった。いやあと頭をかいていると、店主が玉手箱と共に戻ってきた。俺も居住まいを正す。

　ガラスのテーブルの上に置かれた箱を、リチャードはぱっくりと開ける。今日のラインナップは俺も知っている。これはきっと、彼女をびっくりさせるだろう。

「わ……！」

　予想通り、エトランジェに小さな歓声がこぼれる。リチャードも心なし嬉しそうだ。

「これ、全部パライバ・トルマリンですか。すごい。六つもある」

「その通りでございます」

「ここまで本に出てくるような石ばっかりなんて、見たことがないです。セットジュエリーか何かに使うんですか？　全部、最近仕入れたものですか？」

「分売の予定でございます。仕入れに関しては、私の師匠の言葉を借りますと『企業秘密』とのことですが、それぞれ採掘された年代はバラバラであったかと」

「ああ……そうですよね。こんなに一気に出てくるとは思えないし……」

　話がわかる相手だと、リチャードの会話もリズミカルになり、ちょっと俺にはついていけないくらいのスピードにもなる。

パライバ・トルマリン。

一度見たら忘れられない石が、この世にはいろいろあると思う。たとえばきらめくダイヤモンド。たとえば燃えるような深紅のルビー。金のパイライトの散った濃紺のラピスラズリ。この石もまた、そういったものの一つであるはずだ。

沖縄あたりの遠浅の海を思わせる、浅葱色っぽい青緑の石。特徴的なのはその色の強烈さだ。目を刺すように鮮やかで、わざわざ注目しようとしなくても、顎を摑んでぐんと引き寄せられ「こっちを見ろ」と促されるようなパワーがある。これは『ネオンカラー』と呼ばれる色なのだとリチャードが教えてくれた。清新かつ鮮やかな色で塗られた石が、きらきら輝いているように見える。ソーダ水でつくった柔らかいゼリーのような印象だが、名前の通りこれもトルマリンの一種なので、硬度も七から七・五。装身具としての利用にも耐える。

当然、あまりの美しさに世界中で大人気の石なので、高価で希少である。滅多に手に入らない。数度は俺もエトランジェで見た覚えがあるが、これだけの数を一度に見るのは初めてだ。小指の爪くらいの大きさのものから、ピアスの左右にちょうどよさそうな小さなサイズのものもある。どれも微妙に色合いが違うが、ビビッドなネオンカラーは共通だ。

谷本さんに、見たい石はあるかと尋ねてはいたが、控え目な彼女は「招いてもらえるだけでも嬉しいのに、そんなに気を使ってもらうのは申し訳ない」と言うばかりで、リクエストは何もなかった。俺もそのままリチャードにお伝えしていたが、敏腕宝石商は意地を見せてくれたらしい。俺まで嬉しいやら気恥ずかしいやら、まったく今日は自分がどんな顔をしているのか全くわからないので困る。手に取ってもいいですかという谷本さんを、リチャードは笑顔で促した。

ほっそりとした指が、びろうどの上に乗せられた宝石をそっとつまみ、窓の光にかざす。

「ああ……いい光ですね。このお店の照明、私好きです。私、デパートの宝石屋さんの、あの真上から突き刺すような蛍光灯(けいこうとう)は、ちょっと苦手で」

「ダイヤモンドが主力商品になる店舗では、最適なライティングも店舗ごとに定められていると聞きます。その点当店は、元喫茶店の店舗の使いまわしでございますので、多少、肩の力が抜けているところもあるかと」

「でも、採光はとてもいいと思います。ここ、まわりはビルばっかりなのに、本当に宝石がきれいに見えるお店なんですね。これだけ自然光が入るなんて、すごいなあ……」

谷本さんは俺と同じ大学三年生で日本人だが、俺とは違う目を持っている。リチャードと俺の目が違うのはもう何の前提もなくても当たり前にしか思えないが、彼女がこうして、ここで一年間働いている俺には全く思いもよらなかった、しかしリチャードは当然のこととして把握(はあく)していたことを指摘したりすると、そういうことをまざまざと感じる。光。ペンライトや紫外線ライトを石にあてることは、スターサファイアのスターやキャッツアイの猫目、あるいはアレキサンドライトのカラーチェンジの確認作業で、もはやお馴染みになっていたが、自然光にそんな効果があったとは。

谷本さんはふくふくと楽しそうに笑った。

「正義くん、素敵なアルバイトを見つけたんだねえ。よかったねえ」

「……ほ、本当に、心からそう思ってるよ！」

「さて本心はどうだか」

「リチャード、おまえなあ！　まぜっかえすなって」

またしても中田正義対リチャード谷本連合軍である。正直生まれて初めてかというくらいに楽しいしうきうきするけれど、同じくらい恥ずかしい。

谷本さんはパライバ・トルマリンをひとまず元の位置に戻し、クリームソーダを一口飲んで、何だか遠い目をした。嬉しそうだが、どこか、切なそうな顔だ。大丈夫だろうか。

「……あの、私は何も言わなかったのに、どうしてこの石を見せてくださったんですか」

不思議な質問だった。言葉通りの意味の質問ではない気がする。どうしてと尋ねる時には、尋ねる側にそれなりの理由があるものだ。こまごまとした面倒な謎が持ち込まれることが多いエトランジェに、おあつらえ向きの空気が漂い始めて、俺は少し慌てた。

「どうしたの、谷本さん。大丈夫？」

「え？　全然平気だよ！　ちょっとね、嬉しすぎていろいろ思い出しちゃったの。中学生の頃の話」

「……鉱物岩石同好会？」

「そう。正義くん、よく覚えててくれるねえ」

　中高一貫校だったという彼女が、中学でも高校でも立ちあげから運営まで関わっていたという組織である。すごい行動力だ。谷本さんはまた微笑んだが、さっきの微笑みよりも、心なし頬が張り詰めている。そんなに笑いたくて笑っているわけではないようだ。

「あのね、私の中学に『怪盗パライバ』って不思議な存在が、やってきたことがあるの」

「『怪盗』って……？」

「宝石泥棒」

　谷本さんはさらりと言い、俺が目をぱちぱちさせているうちにまたクリームソーダを飲んだ。宝石泥棒って。学校に出るようなものなのか。そういうのは美術館とか、博物館に出没するものではないのか。仮面をかぶった怪人で、フィクションの世界にしか存在しない。そう思っていたのだが。

　俺が続きを待つように視線を向け続けていると、谷本さんはふふふと笑った。

「ほんとだよ。あの、ちょっと長い話になるけど、いいですか？」

　谷本さんはリチャードに許可を求めた。美貌の店主は、お好きなようにと促すように、白い両手をそっと開いてみせた。谷本さんは口を開いた。

鉱物岩石同好会のはじまりは、谷本さんの「石の会が欲しい」という情熱であったという。家では両親とたくさん石の話ができて楽しいのに、学校では誰も石に興味を持っていないことが当たり前なのが寂しくて、みんなで楽しく石の世界に親しめたらいいと思ったのだそうだ。もちろん当時にそんなに理路整然とした考えがあったわけではなく、ただ日常に石が不足しているような気がして頑張りたくなったんだけどねと彼女は言った。谷本さんらしい。石はもはや彼女の日常の一部なのだろう。

谷本さんのアピール能力と、文科系の部活動にあまり幅がなかった中学校の事情もあり、鉱物岩石同好会は、同好会ではあるものの それなりの規模の会合になった。谷本さんが会長で、副会長が男女一人ずつ。男の子は相川空くん。女の子は志村みすずさん。二人とも情熱に任せて突っ走りがちな谷本さんの手綱を引きつつ、石に興味を持ってくれる大切な友達だったという。

「懐かしいな。みんなで地層や露頭を見に行ったり、ビーチコーミングをしてオパールを拾ったり。遠足感覚で大冒険ができるのが、石の世界のいいところだと思うんだ。どこに行っても地面はあるし、そこには石があるから。『この場所はどうやってできたのかな?』なんて、土地の形成を考えるのも楽しいんだよね」

とはいえ、中学生には大分、ハードルの高い楽しみである。

最初から石のことが好きで、予備知識がある谷本さんはいい。彼女の楽しみを理解できる子にも楽しい会だっただろう。しかし『遠足ができる会』『ただし顧問の先生がいないのでその時々で引率の先生が変わる会』という認識でいた子どもたちには、あまりぱっとしない会に思えたこともあったろうと、谷本さんは苦笑いを浮かべて語った。

「だからね、『じゃあミネラルショーに行こうか』って提案をしちゃったの」

しちゃったの、という言い方が気にかかった。ミネラルショーといえば、石の展示即売会で、お祭りみたいなムードの場所だという。行こうと思っていたまま一年過ぎてしまうとは、何とも悔しい話だが、東京でもあちこちで開催されているというちらしを見た覚えがある。子どもが行くにはちょっと危ないとか、そういう話だろうか。でも小学生ではなく中学生なら、そのくらいの遠出は余裕ではないだろうか？　仮にも所在は都内だろうし。

俺がもにゃもにゃそんなことを言うと、谷本さんはまた切なげに笑った。

「うーん、それがね、副会長のみすずちゃんが、その時おたふく風邪になっちゃって、一人だけミネラルショーに行けなかったの。見学会自体は大成功で、みんなおこづかいを五百円だけ持っていったんだけど、別々のものを買っておおはしゃぎして、もうびっくりするくらい大盛り上がりだったんだ」

ああ。なんとなく話が読めた。そして、みすずちゃんがおたふく風邪から回復し、同好会に戻ってくると、きっとみんなはミネラルショーの話をしていたのだろう。それはもう楽しそうに。

「それから何となく、みすずちゃんは、居づらそうだったな。同好会に来ても、みんなミネラルショーの時の話をしてるから。みすずちゃんもお出かけを楽しみにしてたのに。空くんとみすずちゃんはもともと小学校が同じで仲良しだったんだけど、誰だって友達にわざと気を使われたくないでしょ。それにどっちかっていうと、みすずちゃんは空くんを引っ張ってゆくのが好きなタイプだったし。かえってそっけなくなっちゃって、どっちもつらそうで、私も見ててつらかった」

そして谷本会長は、頃合いを見計らって『またみんなでミネラルショーに行こうよ』と提案したのだという。しかし、たびたびお金を使うような活動は同好会にふさわしくないという注意が学校側から入ったため、おこづかいは持参できなくなった。買い物のできない即売会なんて興ざめである。どうせなら同好会としてではなく個々人で出かけようかという空気になり、同好会の仲のよいもの同士がお出かけの計画を練り始めた時。

「『私は興味ない』ってみすずちゃんが言ったの。『うちにはパライバ・トルマリンがあるから、変な石が並んでるところになんか行かない』って」

ここでパライバの登場になるのか。しかし怪盗の出番はまだ見えてこない。俺はちらりと店主の顔色をうかがった。リチャードはいつもと同じ、いや、いつもより少し温かい、お客さまのお話に耳を傾ける時の顔で、谷本さんの話に聞き入っていた。

「それで、もう、ミネラルショーどころじゃなくなっちゃったの。同好会のメンバーには、鉱物岩石の図鑑より、宝石の図鑑のほうが人気で、『どれが一番好き？』って尋ねっこする時には、大体パライバ・トルマリンが一番人気だったから。写真にしてもこんなにきれいなんだから、本物はどんなにきれいなんだろうって、みんなで妄想してたんだけど、私の家にもそんな高価な石はなかったし、誰も見たことがなかった」

　しかしみすずちゃんは、持っていると言ったのだという。当然のように同好会の面々からは、「何で黙っていたのか」に始まり「見せて」に終わる一連の要求が溢れだした。みすずちゃんは「とても高価なものだし、持っているのは私じゃなくて両親なので持ってこられない」と言ったが、「じゃあどうして『持ってる』なんて言ったのか」「本当に持っているのか」を経て、ついに周囲の子どもたちの言葉は「本当は持ってないんじゃないのか」までたどり着いてしまった。

　子どもの頃には難しいことがいろいろあって、その一つは『なあなあで済ませる』ことだと思う。小学校の時にも中学校の時にも感じたことだが、別にそんなことはお前には関係ないだろうとしか言えないし言いたくないような質問を、特に何も考えずにぶつけてくるやつらがめちゃくちゃたくさんいるのだ。何故そんなこと聞いてくるんだろうと考えても、出てくる答えは『何となく気になるから』『質問している相手にとっては、その質問は答えにくくも何ともないから』だった。何で中田んちは授業参観に誰も来ないの？　とか。家で料理つくってるって聞いたけどお母さんは何にもしないの？　とか。個人差の話であることは百も承知だが、他人の気持ちになって考えるというスキルは、高校生くらいから大幅に発達するような気がする。環境が変わるせいもあるのだろうか。そういうことを何も感じずに大人になれる人がいるなら、その人はラッキーなほうだと思う。

みすずちゃんは追い詰められた。そして自分から言ったという。

次の活動日、すなわち翌週の火曜日に、パライバを借りてくると。

「……『私は嘘つきじゃないから』って」

絶対持ってくる、と言ったという。しかし、これは。

何とも言えない顔をする俺に、谷本さんは軽く微笑みかけ、話を続けた。俺ではなく、目の前にいるが、置物のように黙っていたリチャードに。

「そして、次の週の、火曜日の話です。同好会の活動は、大体火曜日と金曜日の放課後の週二回で、理科準備室を使わせてもらっていたんですけれど、その理科準備室に『怪盗』が出ました」

「ほ、本当に学校に出たんだ！」

「出たよお」

谷本さんは俺の疑念を咎めるように口をとがらせた。顔は笑っている。信じていなかったわけじゃない、と言ったら嘘になる。半信半疑だった。でも彼女が出たというからには出たのだろう。

「活動時間の直前に、私と他のメンバーが職員室で鍵を借りて理科準備室に向かうと、変な人がいたんです。うさぎが出てきそうな黒いシルクハットをかぶって、黒いマントに、ミュージカルに出てくるような顔全部を隠す白い仮面をかぶった」

「不審者だ！」

「『怪盗』でございますね」

リチャードのフォローに、そうですねと谷本さんは微笑んだ。彼女の語り口はあくまで軽い。

「怪盗がいたのは理科準備室の扉の前で、準備室から出てきたみたいに見えました。でも私たちに見つかったことに気づいたみたいで、慌てて準備室の中に回れ右して、そのままいなくなっちゃったんです。準備室は校舎の二階の突き当たりのところで、窓から直接、屋上みたいな、ちょっと変わった外のスペースに出られる構造だったんです。理科部の子たちが夏休みにあそこで花火を打ち上げてたっけ。そこから非常階段が伸びているから、いざとなったら脱出するのは簡単で、でも生徒は立ち入り禁止って言われていました」

「騒ぎになったんじゃないの……？」

俺が横から質問すると、谷本さんは首をめぐらし、なったよおと笑った。

「いたずらなら名乗り出なさいって、ちょっとした騒ぎになって、犯人も捜索されたけど、結局見つからなかった。煙みたいに消えちゃったの。最終的には、『暗幕のカーテンが翻（ひるがえ）

るのを見間違えたんだろう』ってことになったねえ」

　そんなまさか。

　でも、だったら『怪盗』というのは、何なのだ。何かを盗み出すから『怪盗』なのではないのか。単なるコスプレの話なのだろうか？　谷本さんは見越したように、言葉を補ってくれた。

「私たちが目撃した時には、あの怪盗は、多分もう仕事を終えていたんだと思うの。でも私たちに見つかったから、あわてて逃げだした。怪盗のあとを追いかけて、理科準備室にみんなで入ってびっくりしたんだよ。真ん中のテーブルの上に、パライバ・トルマリンの入ったケースが置いてあったんだもん」

　ええ？　ここでパライバが登場するのか。理科準備室に忽然と現れるレアストーン。怪盗の置き土産。全世界の宝石泥棒にも見習っていただきたい清廉さである。

　何故？

　何故そんなことを？

　谷本さんは苦笑いしながら語り続けた。

「みんなでみすずちゃんに確認したの。『これなの？』って。みすずちゃんは何にも言ってくれなかったけど、そのあとはすぐ先生が来て、不審者の話でそれどころじゃなくなっちゃったから、確認はなあなあで終わっちゃった。鉱物岩石同好会のメンバーは、以後その不思議な人をこう呼んだの。『怪盗パライバ』って」

　このお話はこれでおしまい、と。

　谷本さんはそう言うと、ふうとため息をついて、クリームソーダの最後のところを全部飲んでしまった。ごちそうさまと微笑みかけられ、またリチャードにも同時に促され、俺はロイヤルミルクティーを準備するために厨房に入った。これは考える時間をもらったと思うべきだろう。

　どういうことだろうとぐるぐる考えるような心境ではない。谷本さんのとことん軽やかで明るい語り口からして、何となくのところは、俺にもわかっている気がする。重大な事件ではなかったのだ。学校に『怪盗』が出たとしても。学校というのは公共の施設だ。保護者に顔向けできないようなことをあやふやにしておくことは不可能な性質の施設である。それがことを曖昧なままにするようなケースがあるとすれば、間違いなく「そのほうが生徒のためだから」という判断を学校側が下した時だけだろう。

　でも仮に、俺の想像通りの話だったとしても、動機がわからない。

　それにこのお話が、『おしまい』で四方丸く収まったとは、俺には思えない。

　だったら谷本さんは、もっと楽しそうな顔を——いつも俺に石の話をしてくれる時のような顔をして、怪盗の物語を聞かせてくれたはずだ。あるいはダンディなスナイパーのような顔で。俺はああいう彼女の顔がとても好きだ。

お茶を準備して部屋に戻ると、谷本さんとリチャードは何かを話し込んでいたようだった。お茶くみが姿を現すと、二人とも俺の顔をちらりと確認して身を引く。二人で秘密のお話だろうか。それにしてはリチャードが少し、苦々しい顔をしている。

「お待たせいたしました、エトランジェ名物、ロイヤルミルクティーでございます！」

「正義くんありがとう。これ、とっても楽しみにしてたんだ」

谷本さんは礼儀正しく笑い、ほどほどの温度になっているミルクティーを飲んでくれた。おいしい、と言ってくれる。ガッツポーズをしたいくらい嬉しいが、どうにも話が釈然としないところで止まっているので、手放しで笑うのも気が引ける。谷本さんもそのあたりのことに気づいたのだろう。お客さま用のティーカップを置くと、促されたように言葉を継いだ。

「……怪盗パライバの、その後の話はね、あんまりドラマティックじゃないの。パライバの事件のあとにすぐ、みすずちゃんは転校しちゃった。学校は中高一貫校だったんだけど、空くんも外部の学校を受験して、高校からは別のところに通い始めたみたい。それからずっと、二人とは連絡をとってないの。あの時はまだ携帯電話を持たせてもらってなくて、住所とおうちの電話番号でやりとりしてたから、お引っ越しになっちゃうと、もう、わからなくて」

谷本さんはまた笑う。そこまで無理をして笑っているようには見えない。小さい頃ってそういうこともあるでしょ、と言いたげな微笑みである。俺が過剰に心配するのを逆に心配してくれているのか。他にも誰かにそんな気遣いをされたような気がするが、頼むからそんなふうに気を回さないでほしいと言いたい。俺はおせっかいの心配性なので、何をされても心配する時にはしてしまうのだ。面目ない。

「その怪盗パライバは、何故そこに石を置いて立ち去ったのでしょうか」

と、手をわきわきさせていた俺の思考をぶちゃぶるように、リチャードがやや大きめの声で零した。

それは、真面目につっこむような要素なのだろうか。俺の頭の中では、みすずちゃんと仲の良かった空くんが、谷本さんと一緒に一計を案じ、怪盗のコスプレとパライバ・トルマリンを準備、なんだかかんだ同好会メンバーの目につくように騒いで非常階段から脱出、混乱に乗じて何食わぬ顔で戻ってくる、というドラマが成立している。

「谷本さま、思い当たるような節は、ございますか？」

「え……？　そうですね……逃げる時、邪魔になると思ったから？」

「小さな宝石の入ったケース一つです。それほど邪魔にはならないでしょう。私はむしろ、その石が邪をはらう何らかの力を発揮し、あなた方同好会のメンバーを呼び寄せ、かつ怪盗も追い払ったように思われてならないのです」

まるで神託をおこなう神子のように、リチャードは不思議なことを語り続けた。

「パライバ・トルマリンは、ご存じのように非常にレアで、かつ人気の高い石です。一度手にしたものであれば、手放したくないと思うのが正直な人の気持ちでしょう。しかしあの美しい輝きは、本来石がその手に渡るべきではない怪人や、あるいは黒雲のような瘴気(しょうき)を弾き飛ばすパワーを秘めているのでしょう。どのような紆余曲折(うよきょくせつ)を経たにせよ、石は然(しか)るべき人の手に残ったものかと。よいお話を聞かせていただきました」

ありがとうございます、とリチャードは一礼した。あっけにとられているのは谷本さんである。俺もわからないが、彼女はもっとわからないという顔をしている。そして。

思い出したように、ぽろりと涙をこぼした。

「わ、わっ、わっ、リチャード！　何言ったんだよ！」

「違うの正義くん。ごめんね、最近忙しかったからかなあ。私ちょっと涙もろいんだ。気にしないで」

「気にするよ！　大丈夫？」

うん、と谷本さんは言ってくれた。そしてもっとぽろぽろ泣いた。しかし今度は、笑いながら泣いている。頬を赤くして、いたずらをやっと叱ってもらえたことにほっとする子どものような顔で。俺にできるのはティッシュをとってくることだけだった。ありがとうと彼女は鼻声でこたえてくれて、びーとはなをかんだあと、にこりと笑った。

「取り乱しちゃってすみません。正義くんから話は聞いてましたけど、本当にすごい人なんですね」

「このアルバイトは私のことを、六枚の翼をもつ変温動物とでも申しましたか」

「『世界で一番優しい人だ』って、聞きました」

あ。それは。言ったかもしれない。

リチャードがやや怯むと、谷本さんは一層笑みを深くした。よくわからないが、二人の間には温かいものが通っているように見える。

「……ごめんね。正義くん、わからないよね。種明かしをすると」

「怪盗パライバは、本物の泥棒じゃなくて、ええと、谷本さんの友達の男の子か誰かが演じてたんだよね、きっと……？」

俺は慌てて自分の推理を開帳する。そうとしか思えない。そうでもなければ学校側が不審者を見逃すはずがない。

谷本さんはまだ潤んだ黒い瞳を俺に向け、うんと頷いた。

「そうなの。空くんがやってくれたの。計画は二人で立てたんだ。怪盗役は空くんで、私は衣装を準備して、空くんが非常階段から脱出できるように、みんなを連れて職員室に行く役回りだった。みすずちゃんが本当にパライバを持ってるって、私たち二人とも思えなくて、『じゃあ本当に準備しちゃえばいいんだ』って思ったの。ちょうど日曜日にはミネラルショーがあったし、見つからなかったり、価格的に折り合えなかったら、色が濃くて小さいアクアマリンのルースを買って、ラベルだけ貼り替えてごまかせば、同好会のメンバーは信じてくれるんじゃないかと思って」

大体俺の予想通りだ。でも何故それで、石が瘴気を払う云々なんて話になるのだろう。

谷本さんは話を続けてくれた。

「……先生方は、演劇部か何かの生徒のいたずらだろうってことで片づけちゃったの。もしかしたらこっそり空くんが先生に事情を説明してくれたのかもしれないけど……同好会のメンバーには、あんまり噂話を広めて喜ぶような子はいなくて、それに先生も騒がない事件になっちゃったから、『へー』って感じで、みんなも気にしなくなるまで、早かった」

でもと谷本さんは言葉を継いだ。

「……私はみすずちゃんに『見損なった』って言われた。みすずちゃんは空くんが怪盗だってわかっていたみたいで、空くんを問い詰めて、話を聞いたんだって」

みすずちゃんは誰もいない放課後の学校で、谷本さんと出会った時、特に感情を爆発させるでもなく、淡々と、しかしはっきりとした口調で、鉱物岩石同好会の会長を糾弾したという。あなたを尊敬していたのに、あんなふうにみんなを騙すようなことを考えるなんてひどい、『石は嘘をつかない』といつも言っていた人が、人に嘘をつくんじゃどうしようもないと。そして空くんと二人でたくらみを立てたこともまた、私を裏切る行為だと言い、涙ぐみながら去っていったという。

「そ……」

そんなことを言われましても、という心境である。あくまでも個人的な見解だが。

中学生の谷本さんもそうだったのだろう。そもそも空くんは一体何をしていたんだ。共犯だったはずである。谷本さんと一緒にみすずちゃんに『もとはといえばそちらにも責任はあるのでは』と一言言うくらいの役回りはあってもよかったんじゃないだろうか。いや谷本さんはそんな厳しいことを言うタイプではない。ぐっとこらえて呑み込んでしまうだろう。

「俺は、気にすることないと思うな。子どもってわりと、そういうことを」

「違うよ」

谷本さんはティーカップを持ったまま、首を横に振った。

「私はあの時、みすずちゃんに『どうして私を信じてくれなかったの』って怒られたの」

思い出したように苦く笑った谷本さんは、赤い頰にえくぼを作った。

「一番大事なことは、みすずちゃんが本当に宝石を持っていたかどうかじゃなかった。同好会の会長だった私が、あの時しなきゃいけなかったのは、『持ってくる』って言ったみすずちゃんを信じて、騒ぎなんか起こさずに『約束したよね。見せて』って言うことだったんだよ。もし見せてくれなかったとしても、言い訳されたとしても、事情を話してくれたとしても、同じように『なぁんだそうだったんだ』って、みんなで笑って終わりにしちゃえばよかった。信じるとか、友達でいるって、そういう誠意のある関係のことでしょう。でも怪盗騒ぎのせいで、みすずちゃんが本当に珍しい宝石を持っていたのかどうか、証明する機会は……永久になくなっちゃったから……」

谷本さんは目をふせた。

「……私、小さい頃に、そんなことがあったら耐えられないと思う。自分の力じゃどうしようもないことで、友達にずっと嘘つきって思われるかもしれないことがあったら。しかも、自分が信じていた友達のせいで」

リチャードは何も言わない。俺も言えない。しかし俺の基準からすると、谷本さんの今の理屈はちょっと、自分に厳しすぎると思う。中学生の友達の間で起こった出来事である。その年齢の頃の俺はといえば、自転車に乗って友達と河原を激走して近隣住民のおじさんに叱られたり、空手の師範に腰が入っていないと叱られたり、高校には進学しないと言ってひろみに叱られたり、とにかく叱られ通しのどうしようもないガキだったと思う。自分なりに頑張っていたのも覚えているが、大学生基準で判断するとそうなる。谷本さんがやっているのもそういうことだろう。ああすればよかったと、何年かあとに思っても、できることとできないことがあるのだ。とはいえ、別の人間の立場からだとそう思えるのに、自分のことだと過去の自分を責めてしまうのは何故だろう。

「私は結局何がしたかったんだろうって、あのあと考えたんだ。自分がどうなってほしいと思ってたのかはよく覚えてるの。またみすずちゃんと空くんと一緒に、楽しい同好会ができるようになったらいいなって、本当にそう思ってたんだ。でも全然そうはならなかった。結局、最後のところは、私が壊しちゃった」

谷本さんの顔はそれほど暗くない。怪盗パライバの話をしてくれていた時と同様、どこか上滑りする笑顔を浮かべている。これは彼女なりの、自分自身に対する罰のようなものなのかもしれない。胸を内側から氷の棘でかきむしられているような気分だ。

「教職課程らしく、最後に反省を考えるならこうかなあ。『こうなったらいいな』って夢見ることはたくさんあるけれど、ただ夢見てるだけじゃ、本当にそうなるように筋道を立てられているのかどうかはわからないし、時々は真逆の方向に進んでしまうこともある。だから何事も、できることなら第三者に相談する余裕を持って、過度な行動は控えつつ、計画的に進行させてゆきたいです……こんな感じかな。でもこれって、なんだか、白々しいねえ」

谷本さんは笑う。俺が声をあげる前に、リチャードがすいと挙手をした。どうぞと促すように谷本さんが微笑む。

「邪推でしかございませんが、一つだけよろしいでしょうか」

「なんでもどうぞ」

「本筋とは関係のない話ではありますが、みすずさまは空さまのことが好きだったのでは？『裏切る行為』という言葉の意味が、私にはそのように思われます」

「え？　ああ、そうですね。そうだったみたいです。私も困って、みすずちゃんと空くんはおんなじように好きだよって答えたんです。でも何だか逆に、よくない答えだったみたいで……私は本当に二人とも好きだったけど、私の『好き』は、私が好きになる人を、あんまり幸せにしない『好き』なのかなって思います」

「そんなことないと思うよ」

リチャード、申し訳ない。何か言いたいことがありそうな顔をしているのはわかっている。宝石商のリチャードさんのターンであることもわかっている。しかし中田正義にも言うべきことはあるのだ。少し時間を貸してほしい。言わせてほしい。

「谷本さんは責任感が強いから、いろんなことを考えるのはわかるけど、ちょっとそれは極端すぎるんじゃないかな。鉱物岩石同好会だって、谷本さんの『石が好き！』って気持ちがなかったら、そもそも存在しなかったわけだし、怪盗事件があったって、その時までみんなでいっぱい楽しいことをした思い出がなかったことになるわけじゃないだろ。誰も幸せにしない『好き』なんかあるのかな。ないと思うけどな。そんなこと言われると俺、めちゃめちゃ悲しいから、できればやめてほしいんだけどな」

最後のほうが若干鼻声になったのは聞かなかったことにしてほしい。しかし本当に悲しい。谷本さんのおかげで俺の大学生活はバラ色になったのに、そんなふうに自分のことを思わないでほしいものだ。何だか俺の好きなものまで合わせ技でダメと言われたようでやりきれなくなってしまう。そんなことはないと、自分でわかってはいるのだが。

谷本さんはちょっとびっくりした顔をして、俺をまじまじと見つめていたが、ややあってから破顔した。

「……正義くん、ありがとう。そうだね。ちょっと話が、大雑把すぎたね。誰も幸せにしないって、そんなの七十億人に試さなきゃわからないんだから、言い切れないよね」

「俺は幸せになってる」

谷本さんはすうと、笑顔をひっこめた。変な話だ。この店に彼女がやってきてから初めて、いつもの谷本さんに会えた気がする。ゴルゴの顔と、友達と話している時の彼女の顔の、中間くらいの表情だ。目元には少し力が入っているように見えるけれど、リラックスしているように見える。

「あのね、正義くん。私言わなきゃいけないことがあるの」

「え？　……俺に？」

そう、と彼女は頷いた。黒い瞳が俺を見つめている。

「ずっと彼氏づくりを頑張ってるって話をしたでしょう」

「えっ」

何故今ここでそんな話になる。彼氏の話をするような局面だったか。心拍数が急上昇する。とてもやばい。何の話になるんだ。谷本さん。

彼女はじっと俺の顔を見ていた。

「あれね、嘘なの。ごめん」

「……うん」

「全然頑張ってないの。彼氏、少しも欲しいと思えないの」

一瞬のうちに、俺という船の予定進路は百八十度旋回した。面舵いっぱいである。でもそんなに苦しくない。付き合ってと彼女に言ってもらえたら嬉しいなと妄想したことはあったが、多分そういうことはないのだろうという気持ちも、派手に火を使う厨房の横に控える消火器のように、いつも心の片隅に存在した。

「……せっかく正義くんが、体を張って私にチャンスを作ってくれたのに、申し訳ないって思ってるんだけど、やっぱり無理みたいなの。恋愛は私がまだ知らない石みたいなものだって、私も思うんだけど、蟹座のそばのダイヤモンドの星みたいに、その石は私にはすごく遠そうなの。宇宙旅行する度胸がないだけなのかなあ……私の座右の銘、『背中の傷は武士の恥』『死ぬ時は前のめり』なんだけど、これじゃ戦う前から背中を向けて逃げてるようなものだよ」

座右の銘って。すさまじいモットーである。俺は武士の魂を胸に抱いた女の子と友情を築いていたのか。かっこよすぎて痺れてしまう。いやそれはいい。

「そ、それは……」

「何故それが『逃げる』ことになるのでしょう」

涼やかな声が、俺たちの間にりんと、入り込んできた。いつの間にか開いていた窓からやってくる、春の風のような声だ。

リチャード。

美貌の宝石商は、緊迫しきりの空気を追い払うように、のんびりとロイヤルミルクティーに口をつけてから、言葉を継いだ。

「このような話題に、何も知らない部外者が口を出すのは、甚だ勝手なこととは思いますが、一介のイギリス人として一言口をはさむことをお許しください。谷本さまは、『ご自分自身』というものが、どのようなものであると思われますか？　歯車のようなものであると？　あるいは一つの、石のようなものであると？」

歯車か石か。歯車という言葉のイメージは何となくわかる。物事をうまく動かすための素材だ。いろいろな歯車がかみ合って大きな機械を動かしている。人間と人間社会のたとえかもしれない。では石は？　石は何だろう。どういう対比の比喩なのかよくわからない。谷本さんには伝わったのだろうか。

谷本さんは嫌な顔一つせず、しばらく考えた顔をしてから、そうですねと呟いた。

「石ですね。歯車は、うーん、素材次第だと思いますけど、私はあんなに強靭にはなれないと思うので」

「私もどちらかといえば、自分自身をそう思います。私の兄のような続柄の人間には、『自分は金属になりたい』などとうそぶいて、自分というものを固定的にとらえ、あまつさえ家族関係をうまく動かしてゆくためのサスペンション兼歯車になろうとした愚か者も存在しますが、人間というものはそのようには生きられない、あるいは生きる必要のないものです。なぜなら生身の生き物たる我々にとって、その本質は膠着状態ではなく変化です。日を重ねるごとに時間を身に刻む生き物ゆえ、我々は均一な歯車たりえないのです」

リチャード氏は『イギリス人として一言』と仰せだったが、こんな台詞を聞いてしまうと、本当に日本人じゃないんですよねというエトランジェ定番の質問を俺もぶつけたくなってしまう。文科系の授業の教授のような話だ。変化こそが本質。万物は流転するとか、ああいう話なのだろうか。待て待て、恋愛の話をしていたはずだ。それがこれとどう繋がる。

俺がすっとんきょうなことを言う前に、リチャードは補足説明をつけてくれた。

「人間は『今』見えているものだけを現実として認識しがちな生き物ですが、その『今』という瞬間は刻一刻と移り変わっています。たとえば二十歳の時にはバイセクシュアルであった人間が、三十歳の時には異性愛者としての道を選んでいるかもしれません。あるいは十七歳の時には異性愛者であった人間も、二十五歳の時には自己の認識をゲイと改めているかもしれません。生まれつき全ての人間に対し愛の門戸を開いていたポリアモリーの人間が、五十五歳でたった一人の運命の相手に出会い、モノガミーに変化するやもしれません。もちろん全ての人に当てはまる話ではありませんが、統計的に見れば、放置した髪や爪が伸びるのと同様、こういった変化は当たり前のことです。あまりにも『今』の日常とはかけ離れているため、なかなか想像ができないことですが、最近では『そういうこともあるものだ』という認知活動が、子どもへの教育の一環として行われている国もございます」

言われてみれば。

生まれた時から自分自身のありかたが、こうだと一本道のようにわかっていればいい。小学生の頃に恐竜博士になりたいと願い、古生物学を研究して博士号を取得する人だっているのだから、そういうこともあるだろう。でも大半の人間はそうではないはずだ。年を重ねるにつれ、自分の能力や資産と、社会との折り合いを考え、何とかなりそうなコースを選んでゆく。別にこれは就活で取り沙汰されるキャリアプランニングに限った話ではないとリチャードは言っているのだ。

趣味嗜好であっても、変化するものだし、それが当たり前なのだと。

谷本さんは黙って、青い瞳の宝石商を見つめている。リチャードはそうですねと言葉を重ねた。

「連続性を持って、いつのまにか変化しているという状態を、日本的にたとえるのであれば、『パラパラ漫画』が適しているやもしれません。あくまでも私見ではありますが」

パラパラ漫画。ノートのはしっこに描いてしまう定番のあれだ。一ページ一ページはただの絵だが、連続して十枚ぐらいばばばっとめくってみると、動いているように見える。気合の入ったやつは六十枚、百枚、もっとたくさんの枚数を費やした超大作を完成させたりする。一枚一枚の絵の動きは微々たるものなのだが、枚数が増えるとすごいことができるようになるのだ。そういうことを言っているのだろうか。

リチャードは駄目押しというように、また口を開いた。谷本さんはまっすぐリチャードを見つめている。

「大切なのは、今の自分が未来の自分へと連続し、繋がっているということを、変化の可能性をふまえつつ忘れないことです。今の自分を大事にすることが未来の自分を大事にすることにも繋がります。何が自分にとってベストな選択であるのかは悩ましいところではありますが、私であれば、無理な恋愛をしようとは思いません。欲しいと思わない宝石を、懐(ふところ)を痛めて無理に買うようなものです。どうしてもこれが欲しいという逸品が目の前に姿を現すまで、待つのもまた愉快なものでしょう。無論、自分自身の幅を広げようと志(こころざ)し、新たなトライをするのは素晴らしいことだと思いますが、それは自分を大切にするという前提条件があってこそです。前のめりも結構ではありますが、一歩間違えると『蛮勇(ばんゆう)』や

『無謀』になりかねません。建設的な撤退が『逃避』ではなく『方向転換』であることもまた、同じかと」

　ああ。

　つまりリチャードは、谷本さんに「無理をするな」と言っているのだ。とても婉曲に、丁寧に、礼儀正しく。俺が彼女に言いたいことと同じだ。

　無理して恋愛することなんかない。それは、別に友達になりたくないと思っている人と、わざと友達になるのと同じくらい不条理だし、失礼なことだと思う。谷本さんだってわかっているはずだ。だから彼氏を作ろうと思っても作れない。だってそれは彼女に必要ないものだからだ。

　少なくとも、今は。

　谷本さんはリチャードが話し終えても、まだ美貌の店主の顔を見ていた。まじまじと眺めている。美貌の男が、少し居心地悪そうにみじろぎをすると、谷本さんは楽しそうに笑って、またティッシュで目元をぬぐった。

「……このお店の名前は、『エトランジェ』ですよね。『外国人』とか『異邦人』『よそもの』って意味で、合っていますか」

　その通りでございますとリチャードは答えた。今の俺は、この店の名前の由来を知っている。日本で店を任されるとわかったリチャードがつけた、孤独の店という意味だったそうだ。どこへ行っても、自分は異邦人であると感じるからと。

　谷本さんは温かい笑顔で笑っていた。

「正義くんの話を聞いて、ここは外国人の店長さんが素敵な宝石を見せてくれるお店だと思ってたんですけど、ここは自分のことを『エトランジェ』だと思っている人たちに、とっても優しくしてくれるお店なんですね」

　その瞬間のリチャードの顔を、俺は一生忘れないと思う。青い瞳を見開いて、驚いたように谷本さんを見つめ返す顔を。

　俺の天使と、世界一美しい男の間には、何かの温かいものが通い合ったようだった。あえて名前をつけるなら、それは多分『仲間』の感覚だと思う。リチャードは礼儀正しいので、こういう素の表情を接客中に見せたことは、今まで一度もなかった。それぞれ別の電車に乗った人同士が、線路が近づくほんの一瞬、眼差しを交わしてまた別れてゆくような、寸暇のできごとではあったけれど、確かに俺は見た。

　これはきっと、幸運なできごとだ。どちらにとっても。

「……そのように思っていただけるのであれば、とても嬉しく光栄に存じます」

「本当に素敵なお店ですね。来られてよかった。正義くん、ありがとう」

　俺は首を横に振った。ありがとうは俺の台詞だ。俺を石の世界に導いてくれた二人が、それぞれ幸福を感じているのなら、俺にとってこんなに嬉しいことはないのだ。でも声を出すとこの空気に水をさしてしまいそうでもったいない。

　谷本さんは笑ってロイヤルミルクティーをごくごく飲み、リチャードも新しく出したお茶請けを口に放り込んだ。マスカットを牛皮で包んだジューシーなお菓子は、こんなふうに乱暴にばくばく食べるものではないのだが、たくさん喋って頭が糖を欲しているのだろう。まあいい。あとで菓子棚を開けて、こっそり『もうなくなっちゃった』という絶望の顔をするのはこいつなのだ。俺は見て見ぬふりをしつつ、またどこかの物産展で売っているのを見かけたら、領収書つきで買ってくるだけだ。空気が弛緩（しかん）し、谷本さんは再び、パライバ・トルマリンに目をやった。

「本当にきれいな石ですね。これ、最初はブラジルのパライバ州でとれたから、パライバ・トルマリンって名前だったと思うんですけど、この中に本当にパライバ州でとれたものはありますか？」

「こちらのものはブラジルの鉱山です。あとはモザンビークと、マダガスカルでございますね」

　うん？　どういうことだ。産地の話か。俺が眉をうにょんとゆがめると、谷本さんは笑って俺を招いてくれた。宝石箱の隣にしゃがみこみ、目を惹（ひ）きつける宝石を覗（のぞ）き込む。

「あのね、パライバ・トルマリンって石の始まりは、確か……三十年くらい前でしたっけ」

「一九八九年、ツーソンのミネラルショーでございます」

「さすがです。そこで初めて『こんなきれいな石がありますよ！』ってお披露目されて、世界中で爆発的に人気になったトルマリンなの。その時にはブラジルのパライバ州でしか見つからなかったんだけど、最近モザンビークやマダガスカルでも見つかるようになってね。今はもう、パライバでとれた石はほとんどないいんじゃないかな」

「ハイペースの採掘が続けられたせいもあるでしょうが、鉱山の枯渇は非常に早いものでした。九十年代の初頭には、既に石の供給はほぼ途絶えてしまったかと」

それでも全くとれないというわけではないのですが、とリチャードは言葉を継いだ。ありませんよと言っても、まだ掘っていないところがある以上、百パーセントないと言い切ることはできないのだろう。しかし、もうパライバ州ではほとんどとれないのに、初めて発見された土地のせいで、パライバ・トルマリンとは、因果な名前だ。

谷本さんはくすくすと笑っていた。

「これからも、どこでとれても、パライバはパライバって呼ばれるんでしょうね」

「これだけ定着した以上は、その可能性が高いかと存じます」

「宝石が宝石って呼ばれる条件って、とても面白いなあって昔から思ってたんです。『きれいであること』なんでしょう。化学的には、なかなか証明できないところですよね」

「宝飾品としての側面から眺めれば『加工に耐えうる耐久性があること』『珍しいこと』なども重要なポイントでございますね」

もちろん最も重要なのは美しいことではありますが、とリチャードが付け加える。この男がそういうことを言うと何やら不思議な雰囲気が漂う。美こそが宝石最大の魅力である。この前の管弦楽喫茶でもそんな話をしていた記憶がある。

でもそれって、つまるところ、何なのだろうか？

美って何だ。パワーであることはわかっている。でも具体的に言うと何だろう。

俺の知る限り世界で一番美しい男は、谷本さんに優しく微笑みかけた。

「美という観点はとてもフラジャイルなものです。全ての人に美しいと思われる人間がいないように、全ての人に欲される石もまた存在しないと私は思います。しかし、だからこそ宝石商という職業があるのではないでしょうか。石が生まれてきたままで魅力的であるのなら、私の仕事はなくなってしまいます」

「じゃあ、宝石商は、石のプロデューサーさんみたいなものってことですか」

「そういうふうに申し上げることもできるかと」

「……リチャードさんは、何だか、素敵な石屋さんですね。私は、『パライバ・トルマリンと普通の青いトルマリンを分けるのは、銅の含有量』とか、そういう分野から石を眺めるのが得意だったから、美しさが根拠になる宝石の世界は、きれいだとは思うんですけど、ちょっと敷居が高かったんです。『きれいだね！』って言ってる人たちと、そういう気持ちを共有できるのかなって、不安で……でも、角度が違うだけで石が好きなことは同じだし、その中には私の話を真剣に聞いてくださる人もいるって教えていただけたので、今日は本当に、とても嬉しかったです。ありがとうございました。ジュエリーは……まだしばらく買えないと思うんですけど、お金を貯めます」

谷本さんが困ったように笑うと、リチャードは微笑み、一礼した。

「ご購入のためであれ、そうではない目的であれ、またのお越しをお待ちしております」

時刻は十二時になろうとしている。谷本さんは午後の二時から教職関係の仲間と模擬授業の練習があると言っていた。本当に大変らしい。教室の中に同じ時期に実習に行く仲間同士で集まって、教案という授業の予定表を作り、先生として授業をし、そのあとには仲間から徹底的に授業の駄目だしをされる。経済学部も一応は実学に入ると思うが、先生になるための学部のやりかたというのは、輪をかけて実践的なものらしい。それはそうだ、目指すゴールが具体的に見えているのだから。

「……実習、頑張ってね。大変そうで心配だけど、応援してる」

「大丈夫だよ。一番長い実習は四年生になってからで、今回はその前段階だから」

彼女が立ち上がると、リチャードもすっと立ち上がった。こいつはお客さまだけ立たせておくということをしない。谷本さんがお辞儀すると、リチャードも深々とお辞儀した。

「ありがとうございました。本当に素敵な時間でした」

「こちらこそ。蛇足を承知で、最後に一つ、確認させていただきたいことがございます」

なんでしょう？　と谷本さんが首をかしげた。リチャードは怪盗パライバの置いていった石についてですと言った。

「その石は、本物のパライバ・トルマリンだったのでしょうか」

「……リチャードさんは、どう思いますか？」

「本物であったことを確信しています」

谷本さんはため息をついた。嬉しそうだ。合っていたのだろう。彼女が自分で言ったように、深い青のアクアマリンや、他の石でお茶を濁すこともできただろうけれど、それは彼女のやりかたではない。俺が同じ立場だったとしてもそうしたと思う。

「僥倖でございましたね。厳しい出費はもちろんのことですが、ミネラルショーに行けば必ず手に入る、という鉱物ではないでしょうに」

「そうですね。芥子粒みたいなサイズの石でしたけど、中学生が何も考えないで買ってゆくような価格帯じゃなかったので、お店の人も私たちが真剣なんだってわかってくれて、安くしてくださったし……嬉しかったのを覚えてますけど、思えばあの時に思いとどまっていたら、こんなことにはならなかったのにって、後悔もあります」

そうでしょうかとリチャードは首をかしげた。何だ。あんまり引き留めると時間が押すだろう。宝石の話になるとこの男は長いのだ。そういうこだわりもまた、魅力であることはわかっているのだが。

「怪盗パライバの置いていった石が、本物のパライバ・トルマリンであったのか否かは、非常に重要なことであったと思われます。紆余曲折があったとしても、あなたの心は届いている」

「どういうことですか？」

「お見せしたパライバですが、六つのうち二つは日本人のディーラーから仕入れたものになります。モザンビークやマダガスカルに販路を開くことは、金銭のみならず、地理的にも言語的にもそれなりのコストを強いますが、私が取引をさせていただいた会社の方は、それをいとわない方々でした。若手のディーラーの活躍もめざましいと聞きます。彼女はあなたと同じくらいの年格好の女性でした。パライバを愛好する人は多いものですが、何故そこまでと私が尋ねると、彼女は謎めいた話をしてくださったのです」

「謎めいたお話、ですか？」

「はい。彼女の学校に出没した怪盗のお話でございます」

　俺は思わず唇をぎゅっと引き結んでしまった。リチャードの顔を凝視する。それは本気で言っているのか。

　美貌の宝石商は淡々と喋っていた。

「ひととおりのお話をうかがいましたが、何しろ私と彼女とは初対面でした。本当のことだとしたら面白いと私が言うと、同じ店舗でインターンをしている男性が『本当ですよ』

と言いました」

だって怪盗は僕だったんですから――と。

あっけにとられる俺と谷本さんの前で、リチャードは懐からカードケースを取り出し、一枚の名刺を谷本さんに差し出した。ジュエリー・エトランジェのカードではない。御徒町(おかちまち)の住所が入っている。カラーストーンの卸(おろし)業者の連絡先のようだ。肩書きは書かれていない。専門学校で勉強をしながら、カラーストーンを扱うお店で修業をしている女性だとリチャードは告げた。

名前が。

名前は、みすず。

「お持ちください。彼女は『謝りたい人がいる』と言っていました」

繁体字(はんたいじ)やローマ字でも同じ名前が書いてある。バラエティ豊かな国の人に配っているようだ。

「御徒町の店舗は、無休で営業していたかと。電話番号もございます。ご随意(ずいい)に」

「……何だか夢みたい。電話してから、行ってみます」

谷本さんは困惑半分、喜び半分の顔でリチャードに微笑み、深々と頭を下げ丁寧にお礼を言った。そして俺に背を向ける。楽しい時間というのはどうしてこんなに短いのだろう。

彼女はこれからどんどん忙しくなる。俺も就活と研究発表で、少しずつ壁がプレスされてくる部屋の中にいるように、余白がなくなってきているところだ。最初からこうなるとわかっていたはずだ。大学というのは四年間で卒業しなければならなくて、最後の二年間はほとんど就活に費やされる。たゆまずに変化してゆくなんて、それこそ当たり前のことであるはずなのに。

谷本さんがやってくる前は、限界までどきどきしてハイテンションになっていた俺は、初めて、彼女がここにいてくれる時間が過ぎてゆくことが惜しいと思った。

「正義、送っていきなさい」

「……え」

いってらっしゃい、とリチャードが澄まし顔で手を振る。気を使わなくていいよと谷本さんは言ってくれたが、俺は送りたいと言いはった。わかっている。送ろう。そうしろと店主が言ってくれたのだから。せめて駅まで。

じゃあとリチャードに手を振って、俺は谷本さんと一緒にエトランジェを出た。

じりじりと刺すような日差しが日を追うごとに強くなってゆく。銀座はコンクリートの町だ。きちんきちんと並べられた模型の中に、人が間借りしているような街だと前は思っていたが、逆なのだ。新宿副都心のようにビルが完全に主役になってしまうわけでもなく、渋谷のようにごちゃごちゃした空気をそのままにしておいてくれるような遊び場でもない。この街にやってきた人間にとって、『居心地がよいこと』を最高の条件に据え、悪趣味なくらい快適さを追求し続けてきたのが、この銀座なのだと今は思う。余計なもののないエトランジェの店内のように。いやお菓子はちょっと多すぎるか。でもあれがなければエトランジェではない。

「正義くん、今日は本当にありがとう。びっくりしちゃった。私のこと、リチャードさんは知らなかったはずだよね？　本当に不思議だなあ。帰ったら電話しなきゃ」

「リチャードは、悪いやつじゃないんだ。ちょっと頭がよすぎるから、お客さんにびっくりされることも多くて」

「わかってるよ。悪い人だなんて思ってない。今日のことは全部、いくら感謝してもし足りないくらいだもん」

ちょっと心配な部分はあったけど、と彼女はひとりごちた。どういうことなのかよくわからないが、言葉は続かなかったのでそのままになってしまった。資生堂パーラーの角を曲がり、ユニクロの前を通って、鳩居堂まで歩いてゆくと、地下道へもぐる階段が見えてくる。彼女と隣同士に階段を下りる。遠くから見たらどう見えるのだろう。カップルに見えるだろうか。でも今この銀座にいる人たちの半分くらいは、バスでやってきた外国人の観光客のようだ。みんな買い物に夢中で、俺たちのことなんか気にしていない。俺はふと、別々の電車に乗って、窓ガラスごしに見つめ合っている姿を想像した。線路が長く続くと、まるですぐ隣にいるように感じられる相手も、線路が離れれば元から誰もいなかったように消えてゆく。

彼女は丸ノ内線で帰るらしい。この出入り口からだと距離がある。地下通路を一緒に歩きながら、俺はいつ切り出そうかと考えていた。言うことはもうわかっている。あとはタイミングだ。でも、もう既に決定的な一歩を踏み出してしまったような、飛び込み『後』の気分が俺の中にはわだかまっている。あとはそれをどんなふうに伝えるかだけだろう。

「……あのさ、谷本さん」

「なあに?」

深呼吸をしなくても、思いのほか、言葉はスムーズに出てきた。

「科学博物館で、『恋をしないのはもったいないと思う』とか何とか、俺が言っただろ。リチャードの言ったことじゃないけど、前から謝りたかったんだ。ごめん。何にも知らなかったのに、勝手なことを言って」

「謝らないで。あそこで正義くんが来てくれなかったら、私今頃、穂村晶子だったかもしれないんだよ。お手紙で知ったんだけど、穂村さんは結婚したんでしょ? すごく素敵なお相手だったみたいで……本当によかったよ。私なんかと結婚しなくてすんで、本当によかった」

非常に語弊のある言い方だと思うが、彼女の言おうとしていることはわかる。彼女は男の人であれ女の人であれ特別な関係になりたいとは感じないという。でも穂村さんはそうではない。だから彼を特別に愛してくれる人を見つけられて、本当によかったと。

一度つばをのみこんでから、俺は再び口を開いた。

「あのさ、あの時もし、俺が谷本さんに『付き合ってほしい』って申し込んでたら、谷本さんは……俺に何て言ってたと思う？」

「え？」

谷本さんは立ち止まった。銀座地下道名物のステンドグラスが遠くに見える。赤。青。黄色。緑。ハレーションのようだ。目がくらみそうになる。谷本さんが俺を見ている。

「えーと、それは彼氏として付き合って、ってこと？」

「うん、そういう感じで」

「……うーん」

谷本さんはうんうん唸りながら考えてくれた。ありがたい。そして彼女がこういう時に過度な気遣いをするタイプではないことを俺は知っている。リチャードと同じだ。どちらもとても誠実で、自分の信じているものを裏切らない。

「……上手な言い方が見つからないんだけど、それは、ちょっと困るな。もったいないよ」

「『もったいない？』」

うん、と谷本さんは、低い声で頷いた。

「私、恋人って相手をどういうふうに大切にしたらいいのかは全然わからないし、見当もつかないんだけど、『友達』だったらわかるから。私は正義くんのことがすごく好きで、力になりたくて、苦労してる全部のことがうまくいってほしいなあって心から思ってるよ。だから正義くんをすごく大切にしたいの。でも……恋人になると、私、どうしたらいいのかわからないでしょ。それは困るし、もっと正義くんのためになる関係でいたいから、もったいないよ。だから友達がいいな」

「そっかあ」

「うん」

「じゃあ俺、あの時谷本さんに、思いきって『付き合ってください』って頼まなくて、よかったなあ」

「頼もうとしてたの？」

「ん、そういうのもありかなとは思ってた」

「そっか。婚約からの緊急避難になるね。そうしたら結婚はしなくていいし……正義くん、考えすぎだよ。そこまで私の心配しなくっていいよ。こう見えても私、けっこう一人で頑張れるよ」

「わかってる。でも俺は心配したいんだ」

「うーん、正義くんは、友達甲斐がありすぎだね。時々不思議になるくらいだよ」

「好きだからだよ。谷本さんが、俺を好きだって思ってくれるのと同じように、好きだからだよ。尊敬してるし、力になりたいし、全部のことがうまくいってほしいって思う」

「……何だか恥ずかしいね。ありがとう。正義くんにふさわしい人になれるように、私これからも頑張るよ」

ありがとう、と。

そう、彼女は言ってくれた。丸ノ内線の改札口に到着するまで、俺たちはパライバ・トルマリンの話をして、そこで彼女と別れた。白い色の服と石が好きで、何度も俺の生活を太陽のようにぽかぽか照らしてくれた女の子は、きっといい先生になるだろう。彼女は誰にも助けてもらえない子どものわびしさや、そういう目に友達を遭わせてしまった子どもの苦しみをちゃんとわかっている。そういう先生があちこちにいてくれたら素敵だなと思う。心から。俺の隣じゃなくていい。

でも隣にいてくれたら、嬉しいだろうなとは思っていた。何度も思っていたのだ。

でもそれは、俺だけが知っていればいいことだろう。

小声であーあーと言いながら、俺ははずみをつけて地下道を歩き、無駄に十分くらい歩き回って、細かい壁や謎の彫刻や古い地図を一つ一つ確認し、ブロンズのマーキュリーの頭を撫でてから、できるだけ明るい顔でエトランジェに戻った。

「おつかれさまでっす！　中田戻りました！　……………リチャード？」

おかしなことになっていた。店の中は俺が出てゆく前とほとんど変わらず、宝石箱が片づけてあるだけで、茶器もお菓子もそのままだ。根が生えたようにリチャードもソファに座り込んでいる。リチャードはバイトの仕事だからと、こういうものをわざわざ残しておくタイプではない。時計を見たら俺が店を出てから三十分近くが経過していた。どうしたんだ。

「リチャード、どうしたんだよ。具合でも悪いのか」

「考えていました」

何を。テーブルの上を見つめたまま、リチャードは焦点の定まりすぎた目で、俺には見えない何かを凝視していた。

「……果たして私は、彼女にあのようなことを言ってよかったのか」

あのようなこと？　何の話だ。個人情報の漏洩の話ではないと思う。パライバ・トルマリンのディーラーになったみすずさんは、明らかに谷本さんとコンタクトを取りたがっていて、リチャードに名刺を渡したのだろうから。谷本さんの存在をリチャードは知っていたはずだが、きっとその時点では確証が持てなかったのだろう。それとも、何か違う話か。

俺は無言で皿を片づけ、空になっていた店主のカップにおかわりのロイヤルミルクティーを一杯注ぎ、ついでに自分の分も準備して、ガラスのテーブルにそっと置いた。リチャードが俺を見る。回答を求めるような顔だった。

「……私は彼女に、無理な恋をするなと言いましたが」

「あー。そっちか」

「あなたの気持ちはわかっていたのに」

「あー。そっちな」

「私としたことが……何故あのような」

　リチャードは本気で後悔しているようだった。宝石商のリチャードさんともあろうお方が、何を仰せになっていらっしゃるのか。

「俺にしてみれば、お前が今悩んでることが『何故』だよ。あのさ、お前はお客さんのためになることは言っても、お客さんのまわりの利害関係をあれこれ考えて、自分の考えをまげられるようなやつじゃないだろ。そういう人間だったら、お前は宝石商になんかなってないんじゃないかな」

「……しかし」

「逆にだぞ」

　俺は声を一段低くした。リチャードが少し険しい顔をする。ありがたい。真剣さが伝わったようだ。

「逆にお前が、俺のためによかれと思って、立て板に水の話術でさ、谷本さんに『あなたに必要なのは恋です』『素晴らしい候補が隣にいるのでは』なんてめちゃくちゃな理屈をぶってたら、そこで俺はこの店を辞めたよ。即刻」

「…………」

リチャードはあまり驚いた顔をしなかった。ただくたびれているようにも見える。確かに今日はお喋りの量と甘味の摂取量が釣り合っていなかった。次のお客さまが来る前に、とっておきのお菓子を一つくらい開封するべきかもしれない。リチャードは俺が黙っているので、お愛想のように首をかしげてくれた。

「……辞めるというのは、何故？」

「当たり前だろ。だってそれは明らかにお前じゃないだろ。どんな理由があってもお客さまのためにならないことを言ったり、無理やり自分の思ってることを押しつけたりしようとするのは、俺の知ってる宝石商のリチャードさんじゃない。そんなつまらないことのできる人間じゃないだろ。よく似た顔の双子の弟が日本にバイトに来たんだなと思っておさらばするよ」

就活も忙しくなってきたし、と俺が軽い調子で付け加えると、リチャードは初めて、目の前のカップにお茶が追加されていることに気づいたようだった。形のいい唇が弧を描き、俺も少し嬉しくなる。

「……あなたといると、前よりも少し、いい人間になれるような気がします」

「これ以上いい人間になってどうするんだよ。ほどほどにしないと天使になっちゃうぞ」

「あなたの天使は確かに素敵な方でしたね」

「もうそれはいいって」

「怒られました」

　え？

　リチャードはティーカップを凝視したまま、何かにとりつかれたような口調で告げた。

「あなたがそこでお茶をいれている時に、彼女が、何と言うか…………非常に厳めしい表情になられて」

「わ、わかる。わかるよその顔」

　眉がキリッとして、涙袋が盛り上がる感じの、いつもの顔だと思う。今日はあの表情に出会う機会がなかったなと思っていたのだが、舞台裏ではそうでもなかったらしい。リチャードはぽつりぽつりと語ってくれた。

「……詳しく申し上げるのは控えますが、割合厳しい語調で『去年の冬、正義くんがどれくらいつらそうな顔をしていたか知らないでしょう』『私の大事な人を、あんなふうに心配させないでください』と、深々とお辞儀を」

　口から心臓が飛び出して、タップダンスを踊ったあと、また口の中に戻っていったような気がした。これはバクバクというレベルではない。隅田川花火大会のフィナーレだ。一気にうちあがりすぎて一つ一つの花火の音が区別できない。どきどきしすぎて死にそうだ。どういうことなんだと問いかけることもできず俺が沈黙していると、リチャードは俯いた。

「日本式の雇用関係は縦割りと聞きます。あなたを雇った当初は、私もローマにおいてはローマ人のようにふるまうつもりでいましたが、今は違う。私は私なりに、あなたの力になりたいと願ってきたつもりです。しかし驕りがあったのかもしれません」

「どういうことだよ」

「彼女はあなたを本当に大切に思っています。それは確かなことです」

「そんなことは言われるまでもなくわかってるって」

彼女とお付き合いできたら嬉しいなとは思っていた。本当に思っていた。そして決定的な瞬間を経た今でも、やはり心のどこかでそう思い続けている。恋というのは面倒くさい。でも今は、そうでなくてもいいなという思いも、同じように存在し始めている。

「心配のしすぎだよ。お前のせいで俺が恋路を邪魔されたと思って、逆恨みしてるとでも思ってるのか？　逆だよ。感謝してるんだ」

宝石商のリチャードさんが、谷本さんに向かって思いやりの球を投げていたのは知っているが、リチャードの投球は、俺にもちゃんと届いていたのだ。

「パライバ州でとれなくても、ネオンカラーのきれいなトルマリンは、パライバ・トルマリンなんだろ」

「……それは、そうですが」

「だったら、『恋人になりたい』じゃなくて、『恋人と同じくらい大切な存在になりたい』

でもいいんじゃないかな」

　パライバ州でとれなくても、同じようにきれいなら、パライバ・トルマリンなのだから。根元にある水源が『よい友達でありたい』であっても、『恋人になりたい』であっても構わないと思う。彼女の大切な人でありたいと思ったり、そのために努力したりすることは、絶対無駄ではないだろう。だって彼女が喜んでくれるのだ。

　そして俺は、けっこう、うまくやれると思う。

　実際今までうまくやってきたわけだし。

　多少寂しいが、彼女の幸せを願う身の上としては、この店で生き生きとしていた彼女を見ることができて、本当に幸せだった。そして俺の好きなリチャードが、彼女と通じ合っていたのも嬉しかった。

　だから今ちょっと泣いているのは、そんなに深刻なことではないのだと俺は言った。掛け値なしの本音である。この店にはリチャードがいるので、俺の『やすらぎ度』メーターの針が、銀座の地下道にいた時よりもぐーんとアップしてしまい、多少情緒不安定になっているだけなのだ。大したことじゃない。さっき谷本さんもここで真珠のような涙をこぼしていたし。今日のエトランジェは涙日和なのだろう。大丈夫だ。

　リチャードは何も言わず、俺の前にどんとティッシュを置くと、そのまま厨房に消えていった。見ないでくれるのだろう。ありがたい。あいつもあいつで失恋には苦労してきたはずだ。しばらくすると中央通りの有名なお店のチョコレートケーキを白い皿に乗せて出してくれた。四角くて小さいのに、一口噛むとじゅっとビターな味が染み出してくる。チョイスが完璧すぎて憎たらしい。

「……ありがとう」

「どういたしまして。人間は変化する生き物です。過度な期待は禁物ですが、待っていればいつか、新たなパライバの鉱脈が見つかるやもしれません。希望というのはただの事実の受け取り方の問題です。あなたの未来にも、明るい光が差していることを願っています」

「うん、そうだな。谷本さんも恋したくなるかもしれないし……いや、ひょっとしたら俺が新しい好きな人を見つけたりしてな！　大富豪の絶世の美女とかさ」

「ショックを受けている最中に自分の未来を安売り的に語ることはお勧めしません。時間差で己の軽薄さに自己嫌悪し、胸が痛くなります」

「的確すぎるアドバイス、サンキュ……」

「あと三十分で山本さまがお越しになられます。その時までには、多少コンディションを整えておくように」

「合点承知だ」

「グッフォーユー。あなたはよくやりました」

だからそういう反則技を、泣いている人間にかけないでほしいものだ。余計に泣くだろう。と思ったのだが、リチャードがいそいそと自分の分のチョコレートケーキも持ってきて、うまそうに食べ始めたので、俺の涙腺はほどほどに乾いた。本当にこいつはどんな時でもうまそうに甘味を食べる。他のこと全てを一旦脇に置いておきたくなるほど美しい風情で。俺も食べよう。甘いものを食べると元気が出る。どんな時でも。

その日俺は、土曜日だが、遅くまでリチャードと一緒に丁寧な掃除をしてから、エトランジェをあとにした。土曜日だが、商談があるということで、福利厚生夕食会はなしだ。リチャードはまた今度一緒に食事をしようと言ってくれた。ねぎらってくれるつもりなのだろう。しゃらくさい。

せっかくの時間を無駄にする手はない。今日はさっさと高田馬場のアパートに戻って、心機一転、就活の準備をしよう。新しいエントリーの情報が出ているかもしれない。

昼のことを極力思い出さないように花椿通りを抜け、中央通りに出たところで右折し、新橋駅へと歩き始めた時。

「正義。正義じゃないか。やっと見つけたよ」

俺の運命が変わった。

振り向いたところには、男が立っていた。まだ観光客が闊歩している時間帯の銀座の大通りで、一人立ち止まっている。中年の男だった。他の誰でもない、そいつの顔を俺は永遠に忘れないだろう。俺に挨拶をする仕草も、声も、顔立ちも。

「久しぶりだね。お父さんだよ」

やあ、と笑って右手をあげているのは、他でもない。同じ手で母のひろみを殴っていた、俺の実の父親だった。

case. 4
転生の
タンザナイト

「困っちゃったんだよ。お母さんが死んでね。肺炎だったんだって。九十五歳だった。お前にとってはおばあちゃんか。寂しいだろう、僕も寂しいよ。ごはんも作ってもらえないし、年金も敬老祝い金ももらえない」

東京には夜でも開いている店がいくらでもある。ファストフード店の二階にやってくると、その男は嬉々として話し始めた。気にせず帰るという選択肢もあるだろうし、さっきの二軒では事実そうしたのだが、何度置いていこうとしてもついてくるし、「じゃあひろみさんのところに行く」などと言い始めたので、俺は渋々話に付き合ってやることにした。本当にひろみの居場所を知っているとは思えないので、嘘だとは思うが。

「今は、正義は、何歳になったんだ？　大学生だって聞いたよ。この前、目黒かどこかをぶらぶらしていた時、お前のフルネームを呼んでる子がいて、お父さんはびっくりしたんだ。中田って姓はね、ひろみさんの昔の職場で教えてもらったよ。もしかしたらと思って質問してみたんだけど、大学の名前までしかわからなかった。正義は頭がいいんだな。笠場はうちのお父さんとおんなじ大学だ。さすが僕の息子だよ。あの人は法学部だったけど」

「それで大学に行ってね、うちの息子が笠場にいるそうなんですが、学部がわからないんですって、戸籍謄本を見せながら話したんだけど、ダメでね。最近は親にも厳しいんだな。それからあちこち探していたんだよ。新宿とか渋谷とか」

「でも銀座にいるなんて思わなかったな。僕も銀座は好きだよ」

「正義は僕のお父さんに似たんだね。かっこよくなった」

戯言の羅列を右の耳から左の耳へと素通りさせて、俺は切り出した。

「金がないのか？」

「え？」

「金がないから俺を探してたのか？」

そういう男である。

彼の名前は染野という。この名前で『しめの』と読む。名前は閑。歳は今年で四十九になるはずだ。俺の血縁上の父親で、俺の知る限り最高レベルの、どうしようもないろくでなしである。そしてそれが十年やそこらで嘘のように変わるとも思えない。

妙に子どもっぽい顔立ちの、中肉中背に垢じみた緑のポロシャツの男は、俺の視線を心外だとでも言いたげに眉をひそめてから、ごまかすように笑った。

「さっきも言ったけど、お母さんが死んじゃったんだよ。寂しいだろう。そのあともしばらくはあの家で暮らしていたんだけどね、水道料金とかガス代とか、滞納していたらとめられちゃって、仕方がないからご近所さんに力を貸してもらって生活していたんだよ。でも知らない間に、家は差し押さえにあうし、追い出されるし、仕事もないから困ってる」

この男の情報を鵜呑みにすることは、後ろ手にチョコを持っている子どもの「何にも持ってないからちょうだい」を信用するに等しい。情報を整理しよう。こいつの母が死んだ。年金が途絶えた。今のこいつには仕事がない。アルバイトもしていないだろう。性格上できないと思う。ギャンブル癖がそう簡単に治ったとも思えないので、返済計画もなく借金を繰り返し、担保にしていた家が差し押さえにあい、路頭に迷ったというところか。ぶらぶらというのがホームレスとどう違うのか俺にはわからないが、どうでもいい。

「正義、本当に大きくなったなあ。最後に会った時には、小学生だったもんな」

俺の生物学上の父親は、にこにこ笑って俺を見ている。

心に一枚鋼鉄のスーツを着せた状態で、俺はしらじらと老いた男を眺めた。こいつはひろみより少し年下だ。あの時はまだ会社員だったが、上司がどうしても自分のことを理解できない馬鹿だと言って辞めてきて、それ以来仕事を見つけても続かずに辞めての繰り返しだったという。思えばひろみがこいつと結婚しようと思った時に、こいつが仕事を持っていたこと自体が奇跡のようなことだったのだ。

産後すぐに暴力癖を現した男と、当時のひろみは既に離婚していたが、慰謝料や俺の養育費の支払いで揉めて、何度か顔を合わせなければならない局面があった。こいつは金をほぼ全く払わなかった。別れる時に互いにサインをして作った『契約書』はあったが、そういうものは公証役場や裁判所などの公の組織が介在しない限り、判があろうがサインがあろうが法的拘束力のない紙切れでしかないと、その時のひろみは知らなかったのだ。慰謝料は、思い出したように一度、少しだけ支払われた金があるというが、きっと死んでしまったというこいつの母親が払ったのだと思う。くだをまいていたひろみが言うには、息子が嫁を殴ると「我慢してね」「おじいちゃんもこうだったから仕方ない」と、泣いて慰めてくれる人だったという。何の助けにもならない。

「正義？　どうしたの？」

目の前の中年の男は、やけにあどけない瞳をしている。どうしたも何も。

俺が表情を変えずにいると、ああそうか、と男はこぼした。

「正義はひろみさんと一緒に暮らしていたから、僕のことをいろいろ悪く聞かされて、きっと嫌な思いをしただろうね。つらかったな。大丈夫だよ。これからはしっかり親子一緒に暮らしていけるからね」

「は？」

「家がないんだよ」

正義のところに住みたいんだ、と男は笑った。

「……意味がわからない。無理に決まってるだろ」

「無理じゃないよ。外で寝ろって言うの？　そんなひどいことを言うの？」

そうだよ、と俺が言うと、推定父であるはずの男は、あれっという顔をした。目の前にいるのは人間ではなくて、もしかしてペンギンだったのかなと訝るような顔だ。思い出したくもなかったが、この顔には覚えがあった。いくらか老けたが、蹴っ飛ばされたひろみが廊下でげえげえ吐いている時、そういうことはしないでと、俺が勇気を振り絞って声をかけたら、こういう目で俺を見下げてきたのだ。何だか変な生き物がいるけれど、どうしてこれは自分に話しかけているのかなと訝る顔だった。こいつの中に双方向性のコミュニケーションというものは存在しない。

「子どもが親を養わないなんて、警察に叱られて、牢屋に入れられちゃうよ?」

「どこの国の話だよ。警察は叱らない。お前はもう俺の父親じゃないだろ」

「お父さんはお父さんだよ。正義の半分は僕でできているんだから」

今すぐこの店が爆撃されてふっとんだらいいのにと、心のどこかでちらりと思った。他に客はいない。でもアルバイトの人がいるか。迷惑だ。

「今日はこれからどうするの? まだ家に帰らないの? 友達と会うの?」

「電話の件はともかく、俺の居場所をどうやって知ったんだ?」

「偶然だよ! でもやっぱり、親子の絆があるんだね。おぼしめしとか、おみちびきって、お母さんが生きていたら言うんじゃないかな。僕は嬉しいよ」

のれんに腕押しという言葉がある。小学校の時以来、顔も合わせていない相手ではあったが、傍にいればいるだけ気力が吸い取られてゆくような感覚は相変わらずだ。少しはまともになったのかもしれないと思ったこともあったが、所詮は幻想だった。

「反省してるのか？」

「……何を？」

「自分の妻を殴ったことだよ」

「えっ、離婚したから妻じゃないよ。もう関係ないでしょ」

なるほど。離婚したから妻じゃなくて、もう無関係な相手に加えた危害はノーカウントということになるらしい。よくわかった。わからないのは何故そんなふうに考えることができるのかということだ。反省という言葉はこの男の辞書にはないのか。あるいは鶏みたいなもので、目の前を過ぎてしまったことはどんなことであれ記憶しておけないのか。そもそも何故殴ったのかということも俺にはわからない。考えればわかるとも思えない。

「帰れ」

「……どこに？」

「どこでもいい。公園でも橋の下でもいい。お前が来たところに帰れよ。俺はお前の家でもないし、飯でもないし、財布でもないんだよ。とっとと失せろ」

「でも正義は僕の息子なんだよ。大事な大事な」

「それが何だ。お前も言ってただろ。離婚したら『関係ない』って。俺とお前も関係ない」

「夫婦と違って親子の縁は切れないよ。小さい頃は一緒に遊んだし、僕は正義が風邪をひいた時には看病もしてあげた」

「記憶を捏造するな。俺がお前の家にいたのは、ひろみが慰謝料の請求に手紙を持っていった時と、お前がそれを無視したから、もう一度書類を渡しに行った時だけだろ。縁側でぼんやりしてた記憶があるよ」

「正義はひなたぼっこが好きだったもんね。可愛かったな。それにしても、やっぱりひどい女だったんだね。息子に『お母さん』て呼んでもらえないような人間に、お前をやるんじゃなかったよ。あの人は僕に殴りかかってきたんだよ。すごく痛かった」

「お前が殴ったからだろ」

「だからって人を殴っていいことにはならないよ」

頬が痙攣する。本気で言っているのか、それともただ俺を挑発しているのか、どっちだ。どっちにしろ俺はキレそうだ。一メートルもない距離でのんびり笑っているこの顔をどうにかしてやりたいという衝動にかられる。いけない。こいつのペースに巻き込まれている。そもそも『お前をやる』というのはどういうことだ。お前は俺を育てる気がないと断言したんじゃないのか。それともそれはひろみのついた嘘で、本当は育てる気満々だったとでも言うつもりか。

俺の目から何とも言えない気迫を感じ取ったらしく、男は物おじしたように肩をすくめた。

「今日の正義は何だか疲れているみたいだね。機嫌がよくないんだ。また出直すから、その時一緒に話をしよう」

「お前と話すことなんかない。帰れ」

「落ち着いてよ、みっともない。でもいきなりお父さんが現れたらびっくりするのが当たり前だよね。気にしなくていい。それじゃあ」

　男はそう言って店を出て行った。よどみのない足取りである。俺の殺気が伝わったのだろうか。それにしてもあっけない去り方である。裏があると考えるのが自然だろう。

　さて、ここで店から出て、一直線にアパートに戻っては思うつぼである。絶対に尾行してくるだろう。ありがたいことに、こいつは性格が悪いが頭はあまりよくない。だが油断は禁物である。やはり今夜はアパートに帰らず、ネットカフェかホテルに一泊して撒(ま)こう。あいつが見ているところでＡＴＭから金を下ろすのは心底嫌だが、暗証番号とカードが手に入らなければどうしようもないはずだ。

　ひろみには？

　ひろみに連絡するか？

　俺は考えた末、やめた。ここでこいつが諦(あきら)めてどこかへ帰ってゆけば、それで済んでしまう話だ。あいつはいつでもにこにこしているが、ひろみの前では別の人間のように凶暴になり、最終的に裁判所はひろみへの接近の禁止を申し渡した。ただしそれはもう十年以上前の話で、あの命令の有効期限はとっくに切れている。今のあいつをひろみから遠ざけておく法律はないのだ。血のつながりを除けば、ひろみとあいつとの負の因縁は俺の比ではない。一時はあいつが追いかけてくるかもしれないという恐れから、俺は小学校を二度転校した。ひろみは心配性で困ると思っていたけれど、今にして考えればあれは杞憂などではなく、元夫への適切な防衛対策だったのだ。

新橋駅の近くに滞在する気にはなれず、俺はいつもとは反対方向にむかう山手線に乗り、秋葉原でカプセルホテルに入った。サービスで歯ブラシを渡される時、俺はふとロンドンに弾丸旅行を敢行した時のことを思い出した。歯ブラシは持っていかなくちゃなと何故か思っていたっけ。

明日は日曜日だ。エトランジェに行けるだろうか。

算数の問題に出てきそうな直方体のスペースの中で、俺は考えた結果、『行かない』という結論に達した。俺があいつで、数少ない金づるを見失ったとしたら、最後にそいつを見かけた場所へ戻ってきて張り込みをする。また同じ道を通るかもしれないからだ。エトランジェの目と鼻の先だ。リチャードと俺の関係は知られていないだろうが、万が一にもあの麗しの宝石商に迷惑が及ぶようなことは避けたい。

苛々と足を動かしながら、俺は指が動くままにまかせて、三秒ほどでメールを打ち込んだ。誤字だらけだったので一つ一つ直す。

『明日のバイトに、急に行けなくなりました。申し訳ございません』

就活の用事でと入れたほうがよかっただろうか。迷っていたらいつまでも連絡ができそうにないと思い送信してしまったが、自分でもこのメールはどうかと思う。

返事はすぐに来た。

『承知しました。どうかしましたか？』

どうもこうも大変である。久々に会いたくもない実の父親に再会した挙句、無一文の相手から寄生したいという申し出を受けた。エトランジェを出てからの数時間で、十数年の歳月を生きたように疲れた。しかしそんなことはリチャードには何の関係もない。

就活の関係でいきなり新しい予定が入って、どうなるかちょっとわからない、と俺にしては上出来の言い訳を考えて送信する。こういう小さな行動一つ一つの中に、あの男の影が隠れているようでうんざりする。息が荒くなるのでカプセルから一度出て、自動販売機のペットボトルの水を勢いよく飲んだ。飲みすぎて胃が冷たくなってなかなか眠れない。うとうとしていると変な夢を見た。日の差す縁側で俺がホコリを見ていると、家の土塀の外をリチャードが通るのだ。こっちに来ちゃだめだと思うのだが、ぼんやりしている俺にリチャードは気づいてしまい、門を開けて家の中に入ってこようとする。大宮の家はそれなりに大きな家だった。一度目の東京オリンピックの前だかあとだかに建てられた日本家屋で、庭には小さな池があったが魚はおらず、門から引き戸の玄関までは玄武岩が並べられていて、食器棚の中にはジノリとノリタケと、あと何だかよくわからない名前の食器が並べられていた。あいつが暴れ始めたあとには、ほぼ全部破片になったという名器たちだ。来ちゃだめだと思うのだが声が出ない。体をばたばた動かすのだが気がついてもらえない。リチャードが玄関の前にやってきたところで、あの男が現れて拳をふりかぶった。

いつから眠っていたのかわからないまま、うなされて目が覚めると午前五時だった。まだ眠れる時間だ。うとうとしながら寝返りをうち、スマホをいじっていると、リチャードからもう一通メールが入っていることに気づいた。『少しお話できますか？』。三時間前である。俺はため息をついた。三時間前、このメールに気づいていたとしても、俺は無視しただろう。あいつは人の話を引き出すのが恐ろしくうまいのだ。こんな状態で話せることは何もない。

今日はどうしたものか。バイトがない。一日暇になってしまった。

秋葉原の適当な喫茶チェーンで試験勉強と調べ物をして、その後は三百円の野球帽をカムフラージュに買ったり、だらだら家電量販店を見たり、人の多い歩行者天国を歩いたりと、ぼやぼやしているうちに午後七時になった。エトランジェにいられたらと何度も思ったが、リスクを冒すことになる。ぼんやりしているだけでやり過ごせるかもしれない嵐なら、一日リチャードに会えないくらい安いものだ。

日曜日なのであまり混雑していない山手線で高田馬場に戻り、アパートへと帰った俺は。

「おかえり、正義！　帰ってこないから、昨日は近くの公園とコンビニを行ったり来たりで疲れちゃったよ。もうじき夏になるけど、夜はまだ寒いね」

最悪のお出迎えを受けた。何故だ。何故こいつが俺の所在地を知っているんだ。

にこにこしている男は、何度問い詰めても「近くの人に教えてもらったんだ」としか言わなかった。近くの人というのは誰だ。自慢ではないが学生同士の近所づきあいなどあってないようなものである。俺の様子が面白かったのか、男は笑いながら話し始めた。

「正義はサークル活動っていうのは、やらないの？　ＳＮＳとかは？」

どちらもやっていない。助っ人に駆り出されたことはあるが自分から所属を作ろうと思ったことはない。俺が黙り込んでいると、男は笑ってスマホを操作した。プリペイドカード払いのものだ。定期的にカードを買わないと使えなくなる。切実に金がないというのは本当らしい。

「ほらこれ」

男が示したのは、以前俺が手伝いに行った管弦楽サークルの集まりのページだった。これは実名登録式のコミュニティらしく、竹沢の名前もしっかりフルネームで載っている。引いてしまうようなものすごい美男がやってきたという話題が他のメンバーから提供されていて、『どうやら中田の知り合いらしい』と会話が続いていた。『中田って誰？』と女の子のアイコンが質問している。他校の子のようだ。『同じゼミのやつ。確か銀座でバイトしてる』と竹沢が答えて、会話は終わっていた。なんてことのない世間話だ。ウェブ上なので永遠に残るし、設定次第で誰にでも閲覧できるというだけで。

「思い当たることがあったから、この竹沢くんって子のページを探して見に行ったら、経済学部のゼミがわかってね、そこの教授に一度電話をして、そのあと研究室に行ってご挨拶をさせてもらったんだよ。おとといのお昼の話だね。久しぶりに息子と会うんですけど、びっくりさせたいから住所を教えてもらえませんかって。教授も正確なところは知らなかったみたいだけど、隣にいた学生さんが正義のこと知っててね、その子に教えてもらったんだよ。銀座に行ったのはね、アルバイト先があるって聞いたから、もしかしたら会えるかなって思って散歩してたんだ。びっくりした？」

びっくりしたとも。だがこいつを喜ばせてやるのも癪に障る。無視して俺は短くどけと言った。言われていることがわからないらしく動かない。どけと言ったのだ。

「お前がいると邪魔だ。お前を家にあげるつもりは毛頭ないし、家の前をうろついてたら警察を呼ぶぞ。さっさと消えろ」

「まだ機嫌が悪いの？　実のお父さんなんだよ」

「何度も言わせるな。それが何だ」

「警察に事情を説明したら、『親子のけんかは自分たちで決着をつけてください』って言われない？　恥ずかしいよ、やめようよ」

こいつにしては珍しい正論だ。いやこいつは正論しか言っていない。離婚したら他人だとか、家族の問題は自分たちで解決とか、殴られても人を殴っていいことにはならないとか。そういう正論一つ一つの使い道が致命的に間違っていて、俺の心を際限なくけば立たせるのだ。気持ちが悪い。

「じゃあお前は、自分からここを立ち去るわけだ」

「……正義、ちょっと見ない間に別人みたいにおかしな喋り方をするようになっちゃったね。どうしたの？　きっと苦労したんだろうね。話を聞かせてよ。お父さんは何でも話を聞くよ。立ち話もなんだし、中に入ろうよ」

お前をぶん殴ってやりたいと思っているんだよという言葉が喉から出かかって、俺は焦った。こいつに昨日出会ってから、思考のパターンがかなりおかしくなっている。おかしくならないほうがおかしいような状況なので当然なのだが、防衛的になっているというより攻撃的になっていることに困惑する。俺は生活の中に侵入した異物をさっさと排除したいだけだ。片づけをしながらいらいらしているような感覚なのか。少し違う。

「正義、どこへ行くの？　家に帰らないの？」

「ホームセンター」

「疲れた顔してるよ。休もうよ。あんまり外で話をすると、近所の人の迷惑になる」

言葉をかける気にもなれない。消耗戦の始まりだ。こいつに絶対に立ち入られないように部屋に閉じこもることもできるだろうが、そうなったら家の外で暴力的な中年の駄々っ子が一人泣きわめくようなパフォーマンスを繰り広げ、俺が責任をとらされるのだろう。事情を説明したところで、法律が俺やひろみを守ってくれる期限は切れている。そのくらい時間が経てば赤の他人になれますし、人間は更生できる生き物ですからねと言わんばかりだ。こういう例外にはどう対処したらいいのか、今日はほとんどの時間を費やして調べたが、ストーカー規制法も恋愛関係の問題に対処法が限定されているし、ＤＶに関しては今現在暴力を受けたわけでもないので適用外、手のほどこしようがない。自分でどうにかしろということだ。

少し安心したのは、俺は帰ってこなかったのに、こいつが別の家へ向かわなかったことだ。情報漏洩のルートからして、ひろみの家を本当に特定したわけではないのだろう。それだけはよかった。俺が一人で対処すればそれで終わる。

「正義は銀座でどんな仕事をしているの？　飲食店？　物販店？　銀座だから高級なお店なのかな。正義は信頼されているんだね」

「経済学部はお金のことを勉強する学部だよね。すごいなあ。正義はきっと将来はお金持ちになれるよ。頭がよくてお金持ちなんて、お父さんは嬉しいな」

「正義は料理をするの？　すごいね。僕はなんにも作れないや。お母さんの作ってくれるごはんが恋しいな。レトルトのカレーを温めたごはんにかけて縁側で食べるんだ。お母さんも死ぬんだな。でも死ぬと年金がもらえなくなるなんて知らなかった」

千五百円になりまーす、という声を聞き、俺はホームセンターでの買い物を終わらせた。一言も応答しなかったが、後ろからついてきてずっと話しかけてくる男は楽しそうだった。

「なあ」

「え？　なあに？」

「お前は、死のうと思ったことあるか？」

「死ぬ？　……どうしてそんな怖いことを言うの？」

「俺はある」

「えっ。嫌だな。そんなことを考えるのはやめよう。変だよ。気持ち悪い」

「小学校の頃、お前を殺して死のうと思ってた」

そして今、少しだけ、実際そうしておけばよかったなと思っている。

平和な日本においても、凶悪な事件がこれだけ毎年いろいろ起こっているというのに、ホームセンターではまだ包丁が買える。そういえばそこにあるのは刃物だったとようやく気づいたのか、男は少し俺から距離をとった。

「……正義、そういう冗談はよくないよ。警察につかまっちゃうよ」

「冗談なのかそうじゃないのか、試してみるか」

「何でそんなことを言われなきゃいけないのか全然わからないよ。僕はお前のことをずっと好きだったんだよ。だからこうやって探しに来たのに、どうしてわかってくれないんだ。

僕は頑張ってお前を探したんだよ。正義は心が冷たくなっちゃったの？　悪い子になっちゃったの？」

「帰るか帰らないか、ここで決めろ。三十秒やる」

　ぼんやりした宵闇と、遠くに聞こえる車の音と、中年の男の少しびっくりしたような顔が、俺の視界でぐちゃぐちゃに混じって、変な色に見えていた。有名なシュルレアリスム絵画のようだ。

「だからね、正義、大宮のおうちはもう入れなくって、借金取りが」

「二十九、二十八」

「話を聞いてよ。聞けって。そんなふうに親を扱ったら罰が当たるぞ」

「二十七、二十六、二十五、二十四、二十三」

「わかった、わかった。うん。出直すね。携帯の番号を教えてくれる？」

「二十二」

「本当にひどい」

　男は立ち去りかけて、たたらを踏んだように立ち止まり、俺の顔を見た。何だ。話しかけてきたら、カウントダウンがまた一つ進むだけだ。

「……お前は本当に可哀相な子だ。母親がだめだったばっかりに、こんなにひどい子になって。頭がよくても何の意味もないじゃないか。でもお前にはお父さんがいるからね、どんなにひどい子だって、僕はお前を見捨てたりしないよ。よく考えてごらん。世界の中にお前のお父さんは一人だけなんだよ。僕がお前を見捨てたら、お前は一人ぼっちになっちゃうんだよ」

「二十一」

今度こそ男は俺の前を去っていった。そのまま永遠に歩き続けてほしい。海を渡って宇宙の彼方までずんずん歩いていって、ブラックホールに消えてくれ。

後ろ姿が見えなくなるまで立ち尽くしてから、俺は大きく息を吐き、しばらくあちこちを歩き回ったあと、打ち捨てられていた新聞紙を拾って、買ったばかりの包丁をぐるぐる巻きにして、燃えないゴミのくずかごの奥底に捨てた。


公務員試験のテキストと就活情報誌を下敷きにして、不動産情報誌をめくっていた俺は、しばらく話しかけられていることに気づかなかった。俺は今どこにいるんだ。視界の中を埃(ほこり)が舞う。顔を上げると二股(また)に分かれた階段の真ん中に大きな絵が見える。中央図書館の出入り口付近のテーブルだ。隣に谷本(たにもと)さんの顔がある。

「……正義くん、正義くん。大丈夫？　顔色がよくないよ」

こういう時に何と言えばいいのかよくわからない。うるさいと黙れの言い方は喉まで出てきているのだが、それは彼女に言うべき言葉ではない。ごまかせ。適当に。当たり障りのないことを話す時みたいに。

「あっ、ちょっと、寝不足なんだ」

「……悩み事？」

確かに悩みならばある。子どもの頃以来会っていない男が、俺に養ってくれと言ってきた。多分そのうちまた来るだろう。寝不足とはわけが違う。ドン引き確実の案件である。

「私、何か、力になれないかな。一緒に何か、飲みに行かない？　休憩しようよ」

「そうかな。そうだね。疲れてるのかもしれないな。うん。あー……」

彼女の微笑みを、可愛いなと思った時。

俺は胸をかきむしりたくなるような嫌悪感の発作に襲われた。谷本さんが嫌なのではなく、自分が嫌なのだ。もっと言うなら嫌というより怖い。何なんだこれは。谷本さんが驚いている。俺もびっくりだ。笑ってごまかす以外の対処法が思いつかない。はは、という笑い声が図書館に響き、悪目立ちしているとわかったのは少し経ってからだった。

「……私、今はここにいないほうがいいかな」

谷本さんは痛々しい顔をしていた。彼女にこんな顔をさせるほど俺は顔色が悪いのだろうか。大丈夫だよ、本当に大丈夫だからと取りなすと、彼女は無言で何度も頷いて、ばいばいと手を振りながら去っていった。ほっとしている自分に驚く。遠くへ行ってほしいと思っているのは彼女ではないのに。

いや、よくよく考えてみれば。

俺が本当に『遠くへ行ってほしい』と思っているのは、あの男なんだろうか。

不動産情報誌に目を落とす。高田馬場の物件を見ていた。これでは引っ越しても意味がないだろう。あいつが探しても見つからないところにしなければならない。オートロックのマンションを見繕っていたはずだ。これでまたひろみへの学費の返済が遠のく。エトランジェでのアルバイトも、就活でいつまで続けられるかわからないのに。そうだ、就活。やらなければならないことが総出で、つまずきかけた俺を追いかけてくる。

疲労感のあまり放心状態になるうち、俺は再びエトランジェのことを考え始めた。

リチャードの実家はイギリスの名家である。いとこのお兄さんが金融タレントなんかをやっている。仕立てのいいスーツからも一目でわかるお金持ちだ。そういう相手が俺の雇用主で、毎週のように一食三千円以上の食事をおごってくれていると、あいつが知ったらどうなるだろう。蟻は砂糖のあるところに集まる生き物だ。間違いなく俺を経由してリチャードにたかろうとするだろう。

あいつが、リチャードに話しかけているところを、見たくない。

リチャードが嫌そうな顔をするところを見たくない。

せっかく大きな面倒ごとが片づいたのに、また変なやつに絡まれるなんて最悪だ。あいつはうまくかわしてくれるかもしれないが、俺の気持ちが耐えられそうにない。

「…………」

そのうち辞めなければならないことはわかっていた。その時に備えて、いろいろな準備をしたいとも思っていた。プリンのレシピを、いつかの書きなぐりではないもっときれいな字で清書して渡したいとか。ありがとうございましたという気持ちを存分にこめた気恥ずかしい手紙を渡したいとか。料理が苦手だというあいつに、俺が高校生の頃に愛用していたつまらないレシピ本を買い直して贈呈してもいいなとか。こういうことは遠くから眺める景色のように、その時をほどほどに考えながら夢見ているうちは楽しいものだ。ほんのり切ないだけなので、気分転換にもなるくらいの妄想だ。

だからそのタイミングが、こんなに急に訪れるとは思わなかった。

でも、今なのだろう。今だったら不自然に思われることもないと思う。忙しいという話は前々からしているし、今週のリチャード先生の英会話テレフォンは全部キャンセルしてしまっている。まともにあいつと話をできるとは思えなかった。

怖いのだ。

何かが怖くてたまらない。自分自身の中では、ほぼその『何か』に説明がついているのだが、それを明確に考えるのが怖い。どろどろした底なし沼を直視して、今からそこに飛び込めと言われているような気がする。見ても見なくても飛び込むことになりそうではあるのだが。

ぶるっとスマホが震える。珍しくシャウルさんからのメールだ。文章は簡潔である。

『弟子があなたを心配しています。ただの多忙ですか？　それとも相談しにくい多忙ですか？』

どんぴしゃの問いかけだ。やはりリチャードは察しがいい。そして手回しもいい。自分からのメールだと、まともに返信してもらえないと思ったのだろうか。だとしたら俺のごまかし方が甘かったのだろう。反省しなければならない。

相談しにくいようなことは全然なくて、就活の説明会と、友達同士の対策会が多くなって、土日の予定が本当に厳しくなってきました、と俺は書き送った。そろそろ辞めなきゃならないかもしれません、とも。シャウルさんはリチャードいわく『商人』である。過去のスリランカでのリチャードとの一件を聞きはしたが、俺にはそこまで過激で過剰な人情家という感じはしない。いろいろなことを割り切って考えている人に思える。もちろん理由はそれだけではないが、リチャードよりもこの人のほうが、嘘をつくのにも罪悪感が少なくて済む。

しばらく返信はなかったが、『私から弟子にそのように伝えても構いませんか？』という一文がやってきた。これだけで無性に泣きそうになる。こういう言葉を返してくれる人もいるのだ。そんなの変だよとかおかしいよとか聞きたくないよとかお前は悪い子だとか、没コミュニケーションの末に俺という人間の総体をもみくちゃにしようとする相手ではなくて、人間対人間の付き合いをしてくれる人が。メールの内容を別の相手に伝える前に、そうしてもいいかと断ってくれるような人が。お願いしますと俺は返事をした。このやりとりだけで随分癒やされた。

全く進んでいない試験勉強と就活対策を切り上げて、俺が高田馬場のアパートに戻ると、大家さんから手紙が入っていた。

なんでも俺の父と名乗る人が、ここで一緒に暮らしたいので、自分もアパートの鍵が欲しいと言ってきたそうだ。

しかし身分証明書の名字も『中田』ではないし、借主本人の確認が全く取れていないので話を聞くだけにしている、何かあったら連絡をください、とのことだ。ありがたいが弱る。大家さんはひろみの連絡先も知っているはずだ。彼女に今回と同じ連絡が行ったらと考えると、それだけで気分が重くなる。とりあえず併記されていた電話番号にすぐ連絡して、俺にはそういう意思はない、この件は母には無関係なので連絡をしないでほしいという二点だけ伝えた。面倒をかけて申し訳ありませんとも。大家さんはここで笠場のバカな学生たちを何年も見てきた、肝っ玉母さんみたいな雰囲気のおばさんなのだが、彼女も心配してくれた。本当にあの人はお父さんなの、と尋ねないでくれただけでもありがたい。

警察に相談しようかという言葉は丁重にお断りした。相談に行くなら自分で行くし、そうなるとどうしても、ひろみを巻き込むことは避けられないだろう。

玄関に立ち尽くしたまま、ワンルームを見まわし、ぞっとする。もしあいつの言うことをきいてしまったら、ここにあいつが四六時中いるのだ。冷蔵庫の陰になるように金庫を設置しているが、あいつはどうにか開けたがるだろう。中に入っているのは宝石だ。アクアマリンとホワイト・サファイア、そして他にもリチャードから譲り受けたものや、銀行の預金通帳まで。物心つくかつかないかの頃までしか俺はあいつを知らないが、金銭の管理は親に丸投げしていたという話は聞いている。母親が今まで生きていたから何とかやってこられたのだろう。だが彼の庇護者はいなくなってしまった。雨宿りできる次の屋根を探さなければならない。虫唾が走る。

伊達に大学に通って経済の勉強をさせてもらっているわけではない。親の借金を子どもが返す義務などないように、縁の切れた親を養う義務もないこともわかっている。生活保護を受けたいと思っていて、頼れる人間が誰もいないのだと証明しなければならないというのなら喜んで一筆書こう。『俺にはこの人間を支援する意思はないです』と。でもあいつはそういうことはしないだろう。

悩めば悩むほど、俺は自分自身の人間性を疑うようなことばかり考えている。

正直、ホームセンターで包丁を買うなんて思ってもみなかったことだ。

でも俺は買ったし、あいつの前で数をかぞえたのだ。

あの数字がゼロになっていたら？

俺はあいつを——どうにかしたのだろうか。本当に。そんなことができたのだろうか？

「…………」

とりあえず靴を脱ぐことにした。自分の部屋で立ち尽くしていてもつまらない。最近こういうことが増えた。考え事をしているだけで何もできない。

いくらか金をやったら引っ込むだろうか。一旦は引っ込むだろう。そしてまたやってくる。根本的な解決にならない。それどころか味を占めて増長する可能性も高い。こういう時にはどうしたらいいのだろう。しかしネットで検索してどうこうなる問題でもないし、『厄介な親』『撃退』『金銭問題』あたりをキーワードにしても、これといった結果は出なかった。この世界にはきっと、俺と同じような悩みを抱えている人がいると思うのだが、そういう人にどうしたらいいんですかと質問できるほど、ネットの海はまだ便利ではないのだ。

昼食を食べた記憶がない。道理で腹が減っているはずだ。何か作って食べようと思ったが、俺の手は何故かロイヤルミルクティーを作り始めていた。時々平日にもミルクティーをいれて、試験勉強のエールにしていたから、茶葉も砂糖も牛乳もある。何も考えていなくてもこれだけはできてしまうようだ。

鍋にいっぱいお茶ができた。マグカップにそそぐと、ほこほこと湯気が立つ。

少しためらってから一口飲んだ。

うまい。エトランジェの味だ。

辞めないほうがいいんじゃないかと、心のどこかが囁き始めた。何とか就活にかこつけて、休職扱いにしてもらうというのはどうだろう。収入はもちろんなくなるが、俺があの店に所属していることは変わらない。気分的に随分楽だと思う。でも、そんなことをしなくても、リチャードは俺にあのサファイアを託してくれたのだ。預けるだけだと言って。だから縁は切れないし、あいつも切る気はないのではないだろうか。

だったら辞めてもいいじゃないかと、また別の部分が反論する。今はタイミングがよくない。この件が片づいたら俺のほうからあいつとコンタクトをとって、実はいろいろあったんだよ、でも今はもう平気なんだと言おう。それでいいじゃないか。そうすればあいつには迷惑はかからない。でもそれがいつになるのかはわからない。その前にあいつが俺と宝石店の縁に気づいて、結果的に営業妨害になるコンタクトをとろうとする可能性だってある。おぞましい展開だ。

どちらにしろ銀座には、しばらく俺の居場所はなくなるだろう。

どちらの判断がベストなのかわからない。リチャードに聞いてみたいが、そうしたらそもそも辞める意味がなくなってしまう。本当に大事な道を決める時にはいつも一人だと、むかし誰かが言っていた気がする。進路選択の話だっただろうか。本当にその通りだ。

リチャードに連絡しようと思ったが、やめた。計画を立てよう。土曜日に一度だけ、最後のお勤めにゆく。そしてそこで、忙しいからもう無理だと切り出す。明日一日くらいはどうにかならないかと粘られるかもしれないが、説明会だとつっぱねる。そしてその流れのまま消えるのだ。これがいい。日曜日は無理だとだけ、あらかじめ連絡を入れておくのもいいかもしれない。

深呼吸をして——息をするだけでこんなに嫌な気持ちになるのは初めてだ——俺はリチャードにメールで連絡を入れた。日曜日に説明会の予定が入ったので、エトランジェに行けません、と。

久しぶりに筋トレをしていると、返事がやってきた。

『了解しました』

思っていたよりも短い。つっこまれなくて安心した反面、少し怖い。実際そんな予定はなくて、俺は店を辞めることを考えているのだとわかったら、リチャードは怒るだろう。シャウルさんから既に話は聞いているだろうし、信じてくれたと思いたい。

その日は久しぶりにオイスターソースの野菜炒めを作ってみた。料理をしたかったが買い出しに行く気もせず、できそうなものがそれくらいしかなかったのだ。おいしくできたのかそうでもないのか、よくわからない。このべたべたした舌ざわりを最初に食べたのは、中学生の頃だったと思う。大味なごまかしレシピではあるが、俺の精一杯だった。料理のできる環境は好きだ。包丁を置いておいても特に危険がないということだし、割れていない皿もあって、食べている最中に皿がテーブルの上からぶっとんでゆき、あまつさえ因縁をつけられた母親が壁に頭をぶつけられたりするのを目撃する恐れもないということだ。俺がそういう光景を目の当たりにしたことは、大宮の家を手続き上の理由で訪れたほんの数回だったので、ひろみはよく俺を守ってくれたと思うが、話としてはその他のバリエーションもいろいろ聞いた。何度も聞いた。それが当たり前になると麻痺しちゃうのよとも。ひろみが一番その余波に苦しめられていたのは、俺が小学生の頃だろう。正直十歳かそこらの子どもにそんな話はしないでほしいと思ったことも何度かあるが、言わないとやってられない心境も今になればわからないではない。戦友というのはそういうものだろう。そしてこういうことをぽつぽつ話すと、ばあちゃんはいつも俺の頭を撫でてくれた。だが一度も可哀相にとは言わなかった。正義は強い子だねと言ってくれたのだ。本当に強い子だねと。ばあちゃんのような、強い人にそう言ってもらえたから、俺は頑張れたのだ。

ばあちゃんのピンク・サファイアは、今はリチャードのところにある。

寂しいとは思わなかった。谷本さんは俺の天使だが、リチャードも似たようなポジションにある。だが谷本さんが時々ふわふわ空を飛んでいる天使なら、あいつは羽根をはやしたまま地上をスタスタ歩いているような、風変わりな天使だ。そして猛烈に美しい。その天使が、俺の宝物を持っていてくれている。

これから先、俺がどんなところへ行くとしても、持っていてくれる。

そして俺を待っていてくれるのだ。

こんなに幸せなことはないと思う。

たとえそれが俺の概念の中だけの存在になって、もう死ぬまで二度と会えないとしても。

その夜は久しぶりによく眠れた。ロイヤルミルクティーがきいたのかもしれない。カフェインが入っているだろうに変な話だ。鍋を火にかけるうち、とろとろととけてゆく砂糖のように、俺は目を閉じてきたるべき土曜日のことを考えた。うまくやれると思う。


「仲直りの印にプレゼントを持ってきたんだ。正義はキラキラしたものが好きだったよね」

そう言って男が差し出したのは、百円ショップで売っているような、プラスチックの透明な石だった。先端がとがっていて、青い色がついている。ままごと遊びの通貨として流通しそうなおもちゃだ。付き合っても疲れるだけの相手と、まともに会話をするのは不毛だ。相手は調子づくのに自分はすり減ってゆく。こいつの中にいる『正義』は、これを喜ぶと思ったのだろうか？

ドアチェーンをかけたままの扉の隙間、五センチほどから覗く、微笑みを浮かべた男の顔が、俺は人間には見えなかった。肉が人の形に折り重なっているオブジェのようだ。

「今、朝の五時だぞ」

「うん。おはよう。中に入れてくれる？」

「警察を呼ぶぞ。帰れ。大家から話も聞いてるよ。鍵が欲しいって言ったんだってな」

「でもくれなかったんだよ。大事な息子のいるところが僕の帰るところなのに」

睨んでも意にも介さない。慣れてしまったようだ。脅しというのは一過性のものである。定期的に繰り返さないと効果がない。こいつがたびたびひろみを殴ったのも同じ理由だろうか。

「戯言は夢の中で言え。俺も寝る」

「僕は寝るところがないんだ。ひどいよ、お土産をあげたのに」

俺が青い石を投げつけると、わっと男は呻いた。扉を閉めてもまだ叩く。左右の隣の部屋の住人だってまだ寝ているだろう。どちらも学生のはずだが、数度顔を合わせて挨拶をしたことがある程度の仲だ。正義、正義と繰り返す声に俺は焦れ、喉の奥から獣のような声で唸ると、財布から千円札を引っ張り出してドアを開け、隙間から投げつけた。紙幣というのはあんまり飛ばないものだ。わあ、と今まで聞いたこともない嬉しそうな声のあと、少ないよというわめき声がしばらく聞こえていたが、やがて扉の前の気配は消えてしまった。少ないよとは何だ。脱力感に襲われたが、考えてみれば当然かもしれない。あいつにとって俺は財布で、家で、保護者なのだろう。財布から金が出てくるのは当然だ。千円と引き換えに残ったのは朝の平穏と、猛烈な無力感と敗北感だけだった。

さっさと引っ越さなければならない。

できればその前に、友達の家に間借りでもできればいいのだが。ひろみのところは駄目だ。俺が彼女のところに通ったらあいつまでついてきてしまう。でも事情を説明して家を貸してくれそうな友達などいない。それに誰のところに間借りするにしろ、あの男までついてくる可能性が高い。迷惑というレベルの話ではないだろう。このプランは駄目だ。サラリーマン御用達(ごようたし)のウィークリーマンションというのはどうだろう。そっちのほうがまだよさそうだ。いずれにせよ荷造りをしなければ。

寝不足でぼうっとした頭で、それほど多いわけでもない荷物を全て引っ張り出して床に並べ、これは捨てる、これは持ってゆく、と整理しているうち、俺はふと思い出した。

こういう家だったなと思った。

大宮の家を俺が訪れたのは何回だろう。お父さんのところに行くよとひろみは言って、俺もついていったが、初回からして戦場に行くような顔だったのを覚えている。三回くらいか。夏の訪問時には祖母に引き留められて、庭で花火をして一泊させられた気がするが、その時も夜更けにあいつがひろみにキレてテーブルを引っ繰り返し、夜中に二人で家を飛び出した。代理人を立てて取り立ての書類を渡しに行ってもらうこともできたのだろうが、ひろみは責任感の強い人間なので、自分の不始末の決着は全部自分でつけたかったのだろう。ばあちゃんに俺を預けようとしなかったのも、多分同じ理由だ。憎んでいるが負い目のある母親に、自分の恥のあと始末を任せることだけは絶対に嫌だったのだ。

頑張ってもどうにもならないことはあると、小学生の頃に俺は学んだ。だからといって腐っていいことにはならないことも、ひろみから教えてもらった。自分で自分を助けなければ、誰も助けてはくれないからだ。

ぼうっとしているうちにいつの間にか七時になっていて、俺はそのまま床に倒れて二時間眠った。大学に行きたくない。思い出したくないことばかり思い出している。こんな調子では土曜日までいつもの俺の顔でいられる自信がない。エトランジェに行く前に、銀座名物のデパートの化粧品売り場に行って、おねえさんにメイクをしてもらうというのはどうだろう。甘味を買い歩いている時によく見かける光景だ。おめかしした女の人が、顔に粉をはたいてもらっている。どんなお顔になさいますかと販売員さんに聞かれたらこう答えるのだ。ちょっとでも生きている人間らしい顔にしてくださいと。今の俺は自分が生きているという自信が持てない。

こんなことをありがたいと思うのは癪だが、土曜日まで俺が恐れていたようなことは起こらなかった。あれからあの男の訪問はない。だがどこかで俺並みに粗忽なゼミの友人を見つけたらしく、いつの間にか携帯電話の番号も入手されていたため、何度も電話がかかってくるだけだ。即座に着信拒否リストに加えたが、公衆電話やらよくわからない謎の番号からもかかってくるのできりがない。最近は携帯の電源を落としていることが多くなった。

「今日もよろしくお願いします」

「はい。よろしくお願いいたします」

銀座のエトランジェは、幻か何かのようにいつも通りだ。赤いソファがあり、カーペットが敷かれていて、店主は完璧な美貌を誇る。すっかり大きくなった観葉植物は、この前俺が一度大きな鉢にいれかえた。

開店の前に二人で頭を下げる。毎度おなじみの仕草だが、今日で最後になると思うとなかなか胸に迫るものがある。とはいえ今日の俺はハイテンションで通すつもりでいる。そうでもないといきなり泣き出したり、奇行に走ったりしかねない。就活と共に去りぬ作戦が丸潰れだ。

「いやーごめんな。明日の件は本当に飛び込みでさ」

「気にすることはありませんよ。私もスリランカでは『三時間後から商談です』などと師匠に焚きつけられることもたびたびでした」

「そこまでハードなことしてるわけじゃないんだけどな……」

お茶の準備。今日の牛乳は四本である。ご来店の予約が多い。ご家族が病院から戻ってきたという米原さま。以前気に入っていたヘソナイトがどうしても忘れられないという神谷さま。レアストーンの好きなお年寄りの男性。脂の乗り始めた頃合いのお兄さん。俺と同じくらいの歳だが、ばりばり働いているという金融会社の女性。

　今日が最後なんだなといちいち思っていると接客に支障をきたす。極力いつも通りを心掛けてはいたのだが、複数のお客さまから「今日の中田くんは顔が疲れてる」とのご指摘を受けてしまった。隈が隠しきれなかったらしい。就活が忙しくての一言で乗り切ってはいるが。

　店主は、何も言わない。

　宝石とお客さまとをつなぐ架け橋になったように、リチャードは麗しの弁舌で石の蘊蓄を語り、俺のロイヤルミルクティーを飲んでいる。今日のお茶請けはプリンである。明日の分まできちんと作ってきた。頼むからこの時間を邪魔しないでくれと思いながら、プリン液の入った器を湯煎にかけるというようなことが、今後の人生であるだろうか。ないか。

「奇妙ですね」

「……何が？」

「正義」

　名前を呼ばれたので振り向いたが、リチャードは何も言わなかった。ただ俺を見ているだけだ。何だろう。顔に何かついているのかと思って頬や口元を手でぬぐったが、特に何もついていない。

「どうかした？」

与えられるのは視線だけである。何かに気づけということか。

「……ヘアスタイル変えた？」

「変えていません」

「あ、服が下ろしたて」

「正解ですが、いつもの店です。取り立てて驚くようなことではないかと」

何だろう。わからない。ヒントが欲しいのだが、ただでさえあまり寝ていないのと、リチャードの姿をあまり長く見つめていると無性に泣きそうになるのとで、まともに考えられない。俺は目をそらして無気力に笑った。

「ヒントないのかな」

「……まあ、いいでしょう」

助かった。

最後の最後まで俺は空(から)元気でごまかして、とうとう最後のお客さまである安原(やすはら)さまがお見えになられた。彼女がお求めになっているのはタンザナイトのペンダントだった。チェッカーボードカットに研磨された青い石は、きらびやかに光を反射しつつも、どこか現代的で、冷えたお酒にからんと転がされた氷のような、お洒落(しゃれ)な空気をまとっている。夕暮れ時の空のような、紫がかった青色、いわゆる群青(ぐんじょう)色の石だ。多分彼女が今日の最後の来店者だろう。つまり俺の最後のお客さまだ。

「タンザナイトって、名前が覚えやすいですよね。タンザニアでとれる石なんでしょう？」

「その通りでございますが、こちらはいわゆる学名とは異なる名前でございます」

「そうなんですか？」

　この青い石は、実のところ『ブルーゾイサイト』という名前を既に持っている鉱物だと、リチャードは語った。青いゾイサイトだ。しかし『ゾイサイト』という名前から、宝石に親しい人が思い浮かべる石は、抹茶色っぽい淡い緑の石や藤色の石、ルビーと混じり合ったルビーインゾイサイト等だろうとも。なるほど、いろいろな色がある石らしい。

「この群青色のゾイサイトが採掘されたのはタンザニアの鉱山でしたが、それを由来に米国の大きな宝飾品会社が商業名として授けたものです。神秘的な青色と、『タンザニアの石』という名前の覚えやすさもあり、発見から未だ半世紀ほどのとても新しい宝石ですが、非常な人気を博しています」

　今となってはこの青いゾイサイトを『ゾイサイト』と呼ぶ人のほうが稀だろうとリチャードは締めくくった。タンザニアはどこにある国だっただろう。アフリカの南東のほうだったはずだ。最近は公務員試験の勉強が全く手につかない。引っ越しの準備が忙しすぎるのだ。ウィークリーマンションは鶯谷のものを借りる予定でいるが、荷物を搬出するのは大変だろう。大家さんにはしばらく留守にすると伝えるつもりだが、そのためには多少事情を説明しなければならないかもしれない。ひろみに黙っていてもらえるかどうか。

「こちらの色味が、日暮れの一歩手前の空を想像させるせいでございましょうか。タンザナイトには新たな人生への生まれかわりを助けるという話もございます。宝石言葉も『神秘』『判断力の向上』『転生』と、ミステリアスな魅力に満ちたものが多い宝石です」

「生まれかわりかあ。このお店って、わりとパワーストーン系っぽい話もするんですか？私はあんまり興味ないんですけど」

「お客さまの好みに合わせてご案内しております。『パワーストーン』という名称もまた、タンザナイトの名前同様新しいものでございますが、人間が宝石に親しんできた歴史は、非常に古いものでございます。人口に膾炙する過程で、さまざまなエピソードをぶらさげてくることも多く、近代になってそれらが、『石のヒーリングの力』としてまとめられただけかと。もともと石と力とは、切っても切れない関係がございますので」

「ああ、昔から宝石が大事にされてきたものだから、わざわざパワーストーンなんて名前を付けなくても、石の歴史にはそういう要素もあるよってことですね」

「その通りでございます。安原さまはご聡明でいらっしゃいますね」

「あはは。まあ……確かに……美しさって力ですよね……」

お客さまはちらりとリチャードの顔を見たあと、照れ隠しのように俺のほうを見た。美貌の店主は礼儀正しく気づかないふりをしている。こういうことはエトランジェではよくあることだ。彼女はご友人にエトランジェを紹介されたそうだ。また来てくれるだろうか。

彼女は石を買わなかったが、手ごたえは上々である。

でもその結果を俺が知ることはないだろう。

「今日も一日おつかれさまでした」

「はい、おつかれさまでございました」

これで終わりだ。

去年の春から今まで、リチャードと積み上げてきたエトランジェでの俺の日々も、これで、終わりだ。

何もかもいつも通りすぎて、信じられないくらいあっけない。

ずっと美しい夢を見せてもらっていたような気がするほど。

そもそも銀座の宝石店というところからして、冷静に考えるとまだ信じられない。何でそんなところで俺が長い間雇ってもらえたのだろう。店主の気まぐれにしても不思議な話だ。だめだ、だめだ。感傷的になるんじゃない。涙腺が緩む。エトランジェが消えてなくなるわけじゃないのだ。たまにここに店があるかどうか確認しに来たって罰は当たらない。

「あ、のさ」

声が奇妙にかすれてしまった。リチャードは特に、何の感慨もない顔で俺を見た。お客さまを見送り、俺と最後のお辞儀をして、ソファに座っている。時刻は午後六時前だ。余裕はある。焦ることはない。だが今言うしかない。

「あのさ、明日は来られないって話をしただろ」

「覚えていますよ」

「……何か、これから土日が、本格的に忙しそうでさ」

「ええ」

「…………辞めさせていただけないでしょうか」

言ってしまった。言ってしまった。本当に言ってしまったと、心のどこかが猛烈にじたばたしていた。でも仕方ないだろう。このまま続けていたら確実に迷惑がかかる。あの男は俺の迷惑など考えず、どこへでもやってくるのだ。それは嫌だ。

そういう建前もあるが。

むしろこれは、俺の意地だ。リチャードは俺のことをとても買ってくれている。どんどん嫌なやつになってゆく俺に、失望してほしくない。

リチャードは何も言わなかった。カップにはもうお茶もない。そうですかとも、いきなりですねとも言わず、じっと俺を見ている。

「いつから？」

「え？」

「いつから店に来られなくなりますかと聞いています」

明日からもう無理だと思うと俺は告げた。準備しておいた答えだ。性急すぎると叱られることも覚悟していたが、リチャードの答えは「そうですか」だった。

「では今日が、あなたとここで会う最後の日だったのですね」

「……そういうことに、なるのかもしれない、な」

　かもしれないじゃない。実際そうなるのだ。一番認めたがっていないのは俺自身だと思うが、そうしなければならない。リチャードはあくまで表情を変えず、しかしたっぷりと時間をとってから、こう言ってくれた。

「では、食事に行きましょうか」

「……今日、これから？」

「ええ。送別会と言うと湿っぽくなります。思い出を作りましょう」

　笑ってしまうような言葉だった。唇がむにっと歪む感覚が、自分で少しおかしかった。百年ぶりに笑ったような気がしたのだ。そうと決まればと、リチャードはてきぱきと片づけを始めた。これが最後なのに感傷に浸らせてくれる暇もないらしい。きっと資生堂パーラーになるのだろう。何度どころか、何十回とお世話になった店である。幕引きにはきっとあそこが相応しい。

　と思ったのだが、リチャードは店を閉めると、すたすたとジャガーの待つ駐車場に向かい、俺を助手席に乗せて、中央通りへ発進した。どこへ行くんだろう。助手席に座ってから尋ねたが、美貌の店主は答えてくれなかった。ぎりぎりまで予定を話そうとしなかった俺に腹を立てているのならわかる。でもリチャードの顔からは、どんな感情も読み取れない。この顔を俺はどこかで一度見たことがあるような気がする。どこだっただろうと思っているうち、車は首都高に乗り、また降り、ジャガーはあまり馴染みのない界隈（かいわい）に到着した。

ここは、いつだったか一度だけ、俺がおつかいに行ったことのある場所だ。マンゴーのムース。パッションフルーツのクリームパン。もはや懐かしい。外資のホテルである。夜の中に巨大な館がどんと聳（そび）え立っている。

「降りましょう」

「……えっ、ここ?」

「甘いもの同様、レストランも有名です」

ファサードに車をとめ、早々にお兄さんに車を預けてしまうと、下ろしたてのスーツの宝石商は、すたすたとホテルの中に歩いていった。予約のラナシンハですと名乗る。お待ちしておりましたと、フロントのお姉さんは俺たちをエレベーターまで案内し、上のボタンを押してくれた。リチャードは何も喋らない。叱られそうな気もするが、一拍あとにいつもの笑顔で笑ってくれそうな気もする。

三十六階まで上がると、待っていたのは見晴らしの良いレストランだった。紫色のベルベットの壁に、シャンパンの積まれたクーラー。窓の外には東京タワーがきらきら輝いている。照明はやや暗く、他のお客さまの顔があまり見えないように配慮されている。レストランというよりバーではないのか、ここは。

「なあ、飲酒運転は駄目だぞ」

「飲みませんよ。ノンアルコールカクテル程度は嗜むつもりでいますが。あなたは？　シャンパンを？　遠慮は必要ありませんよ」

「や…………酒はやめとく」

今の俺を繋ぎとめているのは自制心である。自分を酒に弱いと思ったことはないが、うっかり飲みすぎると醜態を晒す。作戦をふいにすることはできない。今日の俺のミッションは、リチャードの思い出に少しでもましな形で残ることである。やってやろう。アルバイト一世一代の有終の美だ。楽しいディナーを演出してやろうではないか。

元気が出るからカレーかオムライスがいいなと思っていたのだが、注文の必要はなかった。リチャードは何かのコースを頼んでおいてくれたらしく、最初に飲み物のオーダーをとられたあとは、自動的に食べ物が出てきた。小さなトマトに魚のソースがかかったものやら、アスパラガスのスープのゼリー寄せやら、まるで食べる宝石だ。供されてくる皿まで全て意匠が統一されていて、細部にまでこだわったデザイナーズ・ジュエリーのような品々である。ものすごく高い店なのだろう。そして何から何までうまい。資生堂パーラーも好きだが、他にも世の中にはこんなにうまいものがあるのだなと、俺の頭の長い間使っていなかった部分が反応した。体の内側から癒やされてゆく感覚だ。何なんだこれは。

「…………言葉がないよ」

「そうですか」

「お前、いつもこんなにおいしいものばっかり食べて、甘味大王をやってたら、大変なことになるんじゃないか？　俺が言うような筋合いじゃないのは百も承知だけどさ、体には」

「気をつけていますよ。どうも」

「それが本当だったらいいんだけどな」

リチャードはふと、嬉しそうな顔で笑った。

「少しは調子が戻ってきた」

「え？」

「次はステーキが来ますよ。お腹がいっぱいなら食べて差し上げましょうか」

「お前こそ健康のことを考えろよ。いざって時は俺が食べてやるから遠慮するな」

俺たちは久しぶりに笑い合い、運ばれてきた肉料理を食べた。うまい。本当にうまい。ちょっと気を抜くと泣きそうになるのだが、今だったらうますぎて泣いていると思ってもらえるかもしれない。いや、駄目だ。飲んでもいないのに空気にのまれてどうする。

口直しの小品、きらびやかなデザート、駄目押しにもう一つデザート。俺が以前買いに来たのは、このレストランがプロデュースしているスイーツだったらしい。道理でおいしいはずだ。フルコースを堪能する頃には、外の景色はすっかり真っ暗になっていた。携帯の電源は落としているが、つけたらそろそろ鳴り出す頃合いだろう。あいつから連絡が来るのは夜か朝と決まっている。考えた途端に胃袋が鉛のように重くなって、俺は慌てて笑顔を浮かべた。

「うまかったなあ。本当にありがとうな、リチャード」

本当は『最後までありがとうな』と言いたかった。しかし何かが壊れそうな気がして言えなかった。リチャードはいいえと温和に微笑んでいた。夜景をバックに背負ったリチャードは、何と言うか――

こう――

その――

駄目だ。言葉が一つも浮かんでこない。口に出した瞬間、こらえているものが全て溢れ出しそうな気がする。

ソフトドリンクにも水にも手をつけず、言葉に詰まっている俺を見かねたように、リチャードは席を立つように促した。そして再びエレベーターに乗る。これでいよいよおしまいかと、娯楽映画のエンドロールを見るような気持ちであとをついてゆくと、リチャードは三階でエレベーターを降りてしまった。照明が暗い。目の前に見えるのは、今度こそ本物のバーカウンターだろう。

リチャードはよどみのない足取りでカウンターへと歩いていった。隣に男女のカップルがいて、ムードのあるひと時を楽しんでいる。大分場違いではないだろうか。

「リチャード、本当に入るのか」

「このバーはチョコレートがおいしいのです」

「まだ食べるのか？　本気で？　お前大丈夫か？　昨日絶食してたのか？」

「時々は私も我を忘れることがあります」

「そりゃ確かに、我を忘れるほどうまいものばっかりだったけどさ……」

リチャードは俺を無視し、自分にサラトガクーラー、俺にはシャーリーテンプルを注文した。どちらもアルコールの入っていないカクテルである。承知しましたとバーテンは答えてくれたが、ジュースとチョコレートを楽しむには、ここはちょっと雰囲気がありすぎるような気がする。

そういえば。

「リチャード、お前さっきのお店で、支払いしたか？」

「いえ、部屋につけています」

「このホテルに寝泊まりしてるのか！」

金がいくらあっても足りないのでは、という言葉が喉から出かかったが、こらえた。金銭感覚というものは人によって千差万別だ。高い宿というのは安全を金で買える施設でもあるという。思えばバーの人もレストランの人も、リチャードの美貌にいちいち驚かない。なるほど一流のお店とはそういうものかなと思っていたが、見慣れているなら納得だ。

「食べますか」

　白い小皿に盛られたキューブ状のチョコレートは、確かに濃くておいしそうだった。でも食べる気がしない。あれだけ食べたのだからということではない。もうそろそろ元の世界に戻らなければならないと覚悟をしていたのに、最後の最後でギロチンを引き延ばすようなじりじりにさらされて、耐久力が限界を迎えそうなのだ。正直な話今すぐ椅子を蹴飛ばして出ていきたい衝動にかられる。放っておいてくれと叫びたい。駄目だ。駄目だ。今日はリチャードに満足してもらわなければならない。俺がとびっきり満足しているように見えなければ。

「ありがとう。もらうよ」

　味のよくわからない高級チョコを奥歯で噛み潰して、俺は甘いカクテルをあおった。炎を飲み込んでいるような気がする。隣のカップルはわかりやすく、男が女を口説き落とそうとしている。よそでやってほしい。今の俺は男のほうにつっかかって「お前は大丈夫だよな？」「子どもができたら妻を殴るような男じゃないよな？」等と問い詰めかねない。チョコレートはまだ残っている。喘鳴の音をごまかすようにもう一つ口に放り込んだ。

「これ、おいしいなあ。食べ終わっちゃうのが惜しいよ」

「私も惜しい」

「ん？」

「帰したくない」

「……何か言った？」

「あなたを帰したくない」

うん？

今リチャードが何を言ったのか、よそ見をしていたのでよくわからなかった。だが俺の視線の先にいたカップルが、俺のほうをあっけにとられたような顔で見ているので、多分俺は今リチャードのほうを振り返るべきなのだろう。彼らの視線の先にはリチャードがいるはずだ。

カウンターの上に肘(ひじ)をつき、スツールの上で脚(あし)を組んだ男は、優美に懐(ふところ)に手を突っ込み、また出した。名刺入れのような紙のケースから、プラスチックのカードがのぞいている。ああ、わかった。カードキーだ。今時のホテルは金属のキーではなく、こういう電子キーを使うのだ。それはわかる。

理解が追いつかないのは、リチャードが何を言っているのかということだ。

「もう一度言ったほうがよろしいですか？」

「えっと……今のは、俺に言ってる？」

「ここに他の誰かがいますか」

「…………いない」

「ではあなたかと」

「だよな」

「ええ」

行きますか、とリチャードは俺を促した。ジャガーに乗るかと尋ねるような素振りだ。とても軽い。何を言われているのか今一つよくわからないが、今日の俺の行動規範は『アルバイト一世一代の有終の美』である。リチャードにいい夢を見せてやることが目的だ。何を言われても断るという選択肢はない。返事はもう、最初から決まっている。

「何階？」

「ついてくればわかります」

なるほど、道理だ。

死刑執行の前にものすごいおまけがついてしまったなと思いながら、俺は再びエレベーターに乗り、上の階へゆき、スーツの背中を追いかけ歩いた。リチャードは振り返らない。扉が少ないが廊下は広々としている。多分一部屋一部屋がものすごく広いのだろう。本当にここに宿泊しているんだろうか。シャウルさんならもっと安そうな宿を選びそうなものだが。

奥の部屋の前で、リチャードが立ち止まった。俺を見ている。

アフターユー、と言われ、俺はカードキーを受け取った。このくぼみの部分に入れてシャッと引くと鍵が開く。イギリスに行く前に読んだ、旅の諸注意みたいなウェブサイトに、扉を開ける前に背後に人がいないか確認しろという項目があった。後頭部を殴られて部屋の中に押し込まれ、強盗に遭う可能性があるという。変なことを思い出すものだ。ここはリチャードの部屋なのに。

扉にキーを差す。シャッと引く。緑のランプがともった。

扉を開ける。重厚感がありすぎて、とても重い。

扉の向こうには。

「サープラーイズ！　中田くん、お久しぶりですね！　ウォール街の恋人、愛すべき英国紳士、ジェフリー・クレアモントですよ」

「うわあ」

「ジェフ、正義が怖がります」

「そんな人をおばけみたいに」

「うわあ。うわあ」

「混乱してる。リッキー、取り押さえて」

「言われるまでもない」

あとずさりで逃げ出そうとした俺は、リチャードに羽交い絞めにされて部屋の中に連行された。まさかの登場を決めたジェフリーはにこにこしている。リチャードとよく似たスーツ姿で、いつぞやの遊び人ふうの雰囲気は控え目である。最終面接に出てくる高いスーツの人という感じだ。それにしてもこの部屋は何畳あるのだろう。ワンルームではない。バストイレ別。応接間あり。奥のほうに見えるのはベッドルームだろうが、書き物机もある。一泊二万円ではきかないと思う。応接間に据えてある椅子に俺を座らせると、ジェフリーはぽんと俺の両肩を叩いた。

「何ですか。びっくりした。うわあ」

「『びっくりした』はこっちの台詞だよ。何考えてるのさ、君は。ちょっと電話するね……はいもしもし、トラックの運転手さん？　家主の確認がとれました。そのまま運搬お願いしまーす」

「う、運搬って？」

「中田くん、ウィークリーマンションを借りようとしてたでしょ。あれね、キャンセルしておきましたよ。どうせ泊まらない場所にお金をばらまくのも馬鹿らしいでしょう？」

「……はぁあ？」

「忘れてるかもしれませんけど、僕はけっこう長い間、君のことを法の範囲内でストーキングしていた人間ですよ。もちろん反省はしています。神よ許したまえ。反省したから再犯しても許してくださいね。今の君が何に悩んでるかくらいはお見通しなんですよ」

「ジェフ」

「わかった、わかったよ。ごゆっくり、お二人さん。何かあったら外にいるから」

ばいばーいと手を振って、ジェフリーは部屋を出て行った。リチャードが俺の手からカードキーを回収し、再び懐に戻す。そしてもう一脚、布張りに猫脚のきれいな椅子を持ってきて、俺の前に腰を下ろした。

「…………意味がわからない」

「私の台詞です。何故相談してくれなかったのです」

「え？　え？　何の話だ？　何でジェフリーさんがここに？」

「相談を持ち掛けてきたのはジェフリーです」

ちょっと緊急事態かもしれないので話がしたいと。

気分的にはお兄ちゃんである男からのメールを受け、意味がわからないまま、渋々電話をかけたリチャードは、怒濤のような情報にめまいがしたという。エトランジェのアルバイトにつきまとっている相手がいる、しかもどうやらそれが実の父親らしいと。先週の話だというから、あいつとのファーストコンタクトのすぐあとくらいから見張られていたことになる。何なんだ。俺はガラス張りの部屋で生活でもしていたのか。そんなはずはない。そんなはずはない、と思うのだが。

「覗き行為の悪趣味さについては、ジェフリーがのちほどあなたに誠意を尽くして謝罪するので私からは控えるとして、大変な男ですね。あの染野というのは」

　どうしてここでその名前が。息が止まったように黙り込む俺に、リチャードは書き物机の上からクリアファイルを持ってきて、差し出した。引きのばした写真だ。俺とあの男がやりとりをしている風景が写っている。朝の高田馬場もあれば、あの男単体の写真もあり、競輪場が写っているものもある。千円あったらあいつは競輪に行くのか。脱力してしまうのは、必死で隠そうとしていた俺の演技が、何の意味もなかったということだ。

　ちょっとこれはひどいのではないかと、俺が上目遣いにリチャードを睨むと、麗しの男は肩をすくめた。

「あなたも私に、何も言ってくれなかった。あいこです」

「……『言ってくれなかった』って何だよ。こんな話、聞きたくないだろ」

「驚くべき言葉です。ロンドンに飛んだ誰かに聞かせてやりたい」

　中田正義、と俺はフルネームを呼ばれた。リチャードは俺の前に立ちふさがっている。座っているのが申し訳なくなるようなきれいな姿勢だ。

「……何だよ」

「私にとってあなたは、歪んだ鏡のような人です。過去の私は鏡が大嫌いでした。日を追うごとに母に似てゆく自分の面影に嫌悪感を覚えたこともあった。しかしあなたという鏡は、そういう存在とは違う。あなたと私は生まれも育ちもまるで違うのに、魂の性根のようなものが不必要なほどよく似ている。であれば、これをあなたに言うのは私の役割でしょう」

リチャードは俺の肩を摑んだ。左右両方だ。ちょっと怖い。身をすくませていると、覆いかぶさるように距離を詰めてきた。

「私は、あなたが、好きで、好きで好きで仕方がないから、同じだけあなたに怒っている」

「…………」

「何故私を、路傍の石のように扱う。あなたは私を何だと思っているのか。何の役にも立たない、ただの鑑賞用の人形だとでも思ったか。私はあなたよりも長く生きている。あなたよりも深い知見を持っている。私はあなたのために使える余暇と余裕を持っている。なのにあなたは、私のことを置き去りにして、暗いほうへと歩き去ろうとした。暗愚にして不合理にもほどがある。イギリス人は不合理を嫌います。何故です。答えなさい」

言葉でぼこぼこにされるというのはこのことだろう。反論の余地もない。だが、考えていなかったわけじゃない。リチャードの鋭さは俺だってわかっている。あまりにも急なのでは、何かのトラブルに巻き込まれたのでは等と問いかけられた場合、どうやってかわそうか、俺だってちゃんと考えてあった。

考えてあったけれど、ここまでいきなり懐に飛び込んでこられると、そういう対策がほとんど意味をなさなくなってしまう。困った。

だからといって黙り続けることもできない。俺は途切れ途切れに喋った。

「……好きだって……好きだからこそ頼れないこともあるだろ……」

「意味がわからない。私はあなたと生まれも育ちも国籍も異なる人間です。相互理解のハードルの高さはあなたの親類や学友の比ではないことを踏まえた上で、論理的な説明を求めます」

よく言うものだ。俺の知る限りにおいて、こいつほどいろいろな人の心に寄り添える才能の持ち主はいないだろう。いやこういうことを『才能』というのは不適当な気がする。他人の考えていることなんて、最初からわからないものなのだ。でもそこで回れ右をして諦めるか、嫌な顔をされても扉を叩き続けるように諦めず機会をうかがうか、違うのはそれだけだ。こいつはきっと人間という存在が好きなのだと思う。宝石を愛しているのと同じように。

そうでなくてどうして、俺にこんなに優しくしてくれるだろう。

「……さっきのステーキ、超うまかったけどさ」

「ええ」

あれを食べて死ねるなら、それもそれでいいなと、ちらっと思った。リチャードと差し向かいで、あんなにきらきらした店で、うまいものを食べるなんてそれこそ天国だ。死ぬくらいのことがなければ行けない場所のようだと思った。

「……うまいもの食べると、人間ってリラックスできるんだな」

「本当ならいつものカレーライスかオムライスを食べさせてやりたかったのですが、連行先までの距離という問題がありました」

なるほど、俺をここに連れてくるのは、織り込み済みだったのか。確かに銀座のパーラーにこんな尋問室になりそうな場所はないだろう。有終の美どころか、俺は仕掛け人の案内にホイホイついてゆくどっきりのターゲット役だったのだ。声も出ない。

リチャードの目はどこまでも真剣だ。この男の前で隠し事を続けるのは本当に難しい。宝石は何も言わないが、美しさは人を裁くものだと思う。お前はこの美しさに値する人間なのかと、石は持ち主に繰り返し問いかけてくる。リチャードの存在を、初めて今、そんなふうに感じている。演出上手のこいつは、多分意図的にそう思わせているのだろう。優しい男の顔はどこかにひた隠しにして。

耐えられなくなった頃合いに、俺は口を開いた。

「……あのな、俺の親父って、死ぬほどクソ野郎なんだよ」

「それは実の息子に金銭の無心を行ったり、居住環境を脅かすといった行為を繰り返す、迷惑千万な人間であるという意味ですか」

今現在俺が受けている被害を考えるならそういうことになる。でもことの本質はそういうことじゃない。美しさは人を裁くが、俺はリチャードに全てを話す気はない。どこまで話せば許してもらえるだろう。俺の胸の内側には大きなダムがある。たまっているのは水ではなくへどろである。これをリチャードにぶちまける気はない。こういうものは人知れずドブ川に流すべきものだ。

「お前が想像してる以上に、俺もあいつの影響を受けてるんだ。『駄目なやつ』は生ぬるいから……いないほうがいい度が高いって言うのかな」

「それはあなたが、社会的にはあまり受け入れられない類の迷惑行為を繰り返す素養の持ち主であるということですか」

「…………………」

一気に核心まで近づいてくる男である。エトランジェでのリチャードの言葉を柔らかな羽ぼうきだとするなら、今この場でふるっている言葉は大鉈だ。俺の言葉の枝葉末節をばっさばっさと切り落として、シンプルな形の枝にしようとしている。俺が隠している問題の本質を、自慢の鑑定眼で見定めようとするように。

「……俺はエトランジェを辞めたほうがいいと思うんだ。あいつは本当に、自分のことしか考えないし、お前の基準で考えないほうがいい男なんだよ。話が通じないんだ。何を言ってもわかってくれないし、都合のいいように解釈するんだよ。話すだけで疲れるんだ」

「彼が非常に独特なコミュニケーション能力の持ち主であることは、言われるまでもなく資料でわかっています。ですがあなたが私の店を辞めるか否かという問題は、彼の存在とは関係がない。もちろん就職活動とも。何故です。説明を求めます」

沈黙しても、リチャードは待ってくれない。青い瞳が俺だけを見ている。考えようによっては、これは猛烈に贅沢なシチュエーションなのではないだろうか。世界一美しくて、泣きたくなるほど優しい男が、俺にかかりきりになってくれる。ゆりかごであやされる赤ん坊のような贅沢だ。何かが壊れるという予感があった。駄目だと思ったが、コミュニケーションの達人は、一瞬のほころびを見逃さなかった。

「別に、説明してくださらなくても構いませんが、私は寂しい」

リチャードはつんと拗ねた顔をしてみせた。こんな時に見せるような表情ではない。気づいた時には遅かった。俺は笑いを堪えきれなかった。

「寂しいって、さびしいって何だよ。今、そういうこと言うシチュエーションじゃなかっただろ。もう少し厳しい感じの雰囲気だったよ。お前、ほんと、ずるいやつだなあ」

「そうでしょうか」

「そうだよ。お客さんと話してる時にもさ、時々お菓子のことを考えてるだろ」

「そういうこともありますが、わかりますか?」

「『左様でございますか』って言う時に、たまにちらっと、本当に一瞬だけど目が泳ぐだろ。ああ腹が減ってるんだなって、あれでわかるよ」

「その通りですが、今のところそれが問題だと思ったことはありません。あなた以外の誰かに指摘されたことはありませんし、おそらく今後もあなたにしかわかりません」

「本当におかしなやつだなあ」

「あなたも面白い人ですよ」

「そうかな……ああ……ああ、本当に……魔法使いみたいなやつ……」

「私はただの人間で、あなたと同じく、とても小さな存在です。今日は少し怖かった。あなたがあなたではないようだった」

「……本当にきれいだなあ。信じられないくらいきれいだ」

　俺がリチャードの顔を眺めながら、首を横に振ると、リチャードはぽんと頭を撫でてくれた。もう何十秒も前から泣いているので、今更泣くなと言われた気はしない。数えてみると俺は通算四回、こいつの前で泣いている。でも泣きながらでも目をそらしたくないと思うのは初めてだ。今になってわかる。自分のことで手一杯になっていると、リチャードの美しさが届かないのだ。慣れとは違う。何度見てもこいつはきれいなのだから。

　石を宝石にするのは人の力だと、リチャードは言った。逆も然りなのだろう。宝石の美しさが消えてなくなったように感じられるとしたら、それは見ている側に問題があるのだ。

　もう少し頑張りたかったが、相手が悪すぎる。もう駄目だ。ごまかしきれない。

「…………今まで誰にも、ひろみにもだぞ、話したことのない話なんだよ」

「秘密は守ります。この部屋は防音ですので、外にいるＭＩ６気どりにも聞き取られることはないでしょう」

「サンキュ」

あのな、と十回くらい言いよどむ間に、俺はへどろの中に潜っていった。凝り固まった過去の記憶だ。歩いてきた道を全力で遡るような道のりで、息がつまるくらい苦しい。でもそこに行かなければ説明もできない。

思い出すのは、小学生の頃に訪れた図書館でのことだ。

「………あいつが殴る男だったって話は、したっけ?」

「軽く、触れる程度にうかがったことがあったと思います」

「で、子どもなりに考えたんだよ。何で殴るんだろうって」

だって明らかにおかしいだろう。ひろみは何も悪いことはしていないのに、もっと言うなら正常な人間関係が構築できるようなつながりのある間柄にすら見えないのに、そんなほぼ赤の他人のような存在を、どんな理由をつけたら殴ることができるのか。全くわからなかった。わからないことをわからないままにしておくのはいけませんと習ったので、図書館で俺は調べた。キーワードは『ドメスティック・バイオレンス』『虐待』『夫婦間の問題』。小学生には難しかったが、俺は好んで小説を読むようなタイプではないので、思えばあれが随分国語の成績アップに貢献してくれた気がする。

それほど充実していたとも思えない、地方都市の図書館で調べものをするうちに、俺は一冊の本にたどりついた。今思えば翻訳書だったのだと思う。横書きのレイアウトだった。あの本を開いた時、俺はそれと知らず、予言の書を読んでいたのだ。

「……DVを受けるのって、妻が多いだろ。子どもがそれを目撃してることもある。でな、その……目撃した子どもの追跡調査をしたデータが、載ってたんだよ。アメリカの先生の本だったなあ……何か難しいことがいろいろ書いてあって……」

しっかりした本だった。嘘が書いてあるようには思えなかった。

その本の中には、『DVを目撃した子どもは、将来的に自分の配偶者に暴力をふるうようになる可能性が、そうでない子どもに比べると、二五パーセント以上高い』と書かれていた。

これは目撃した子どもが男の子の場合の話である。女の子の場合は、『ふるわれる側』になる可能性が、やはりそうでない子どもに比べて高いという話だった。

あの時俺は心底、女に生まれていればよかったと思った。

「『マジかよ』って心境だったな……でも、そう書いてあるんだから、そうなんだろうなって思った……思い当たるところも、ないわけじゃなかったし……」

「思い当たるところ？」

「……理由はさておきさ、人の家に乗り込んで、家宝の石を投げたりするやつが、まともなやつだと思うか?」

昔から俺にはそういうところがあった。ひろみが空手を始めさせ、続けさせようと思ったのも、俺のいきなり壁を蹴ったりする癖を危ぶんでいたからだろう。よく覚えていないが、俺が賃貸アパートの壁に穴をあけるわ、言うことをきかないわで、ひろみはほとほと困り果てていたそうだ。格闘技をやるとけんかをしなくなるというのは本当だった。自分の拳がどのくらいの力を持っているのかよくわかり、かつ殴る蹴るには意図しないアクシデントも付きものだと痛いほど学ぶので、そんな面倒くさいことをわざわざしようとは思わなくなるのだ。あの経験は、自分の身の丈をよくも悪くも教えてくれる貴重な財産だった。

それでも心のどこかで、熾火(おきび)のようにくすぶっていたのは、ままならないものを破壊してしまいたいという衝動だった。世の中にはうまくいかないことがある。困っている人もいる。じゃあその問題を、誰かが壊してしまえばいいのにと。たとえば俺とか。いなくなっても困らない人間が。

小さな頃からそんなふうに思っていたわけではないと思う。ただあの『予言の書』を読んだあとには、時々似たようなことを考えることもあった。

俺が将来誰かと結婚して、その誰かを殴り始めるより先に。

そういう意味では、あのホワイト・サファイアの一幕は、俺の願望にこの上なくマッチした舞台だったのだろう。

「多分俺は、正義の味方っていうか……『いいひと』になりたいんだな……好きな人にとってのいいひとになりたい。で……いいひとになったところで……消えたいんだ。あんまり長く一緒にいると、俺の中身がばれちゃうから、それが嫌なんだ。見栄っ張りにもほどがあるよなあ。でも、もうこういう人間だから仕方がないんだ。ああ……そのくらいの間合いがいいいな……」

好きな人に嫌われたくない。

人並みに誰かを好きになることは得意だ。でも俺の好意が、他の人の好意のようなものではないのもわかっている。上のほうはきれいかもしれない。だが総体は違う。深く潜ってゆけば、どろどろした煮凝りのようなものばかりだ。上澄みの部分では誰かに好かれるかもしれないが、深い部分まで誰かとしっかりわかりあえるとは思えない。むしろ自分の好意が、ジグソーパズルのピースのように、誰かとはまってしまうことが恐ろしい。

だってそうなったら、きっと俺はその人を殴るのだろう。俺の本質は自分が一番よくわかっている。俺という人間にベストマッチする相手というのは、そういうことだろう。殴られて喜ぶ人なんかこの世にいるはずがない。俺が一番よく知っている。

でも俺は人を殴って喜ぶ人間になるのだ。かなりの確率で。

深いため息を一度ついたきり、黙り込んでいると、空気が動いた。リチャードが俺を見ている。

「中田正義」

「……はい」

「あなたはエトランジェに勤めるべきではない」

胸にぐっと突き刺さる言葉だった。俺がひどい顔をしたのだろう。リチャードは違うと言いたげに眦(まなじり)を決した。

「覚えていますか。私があなたを雇う時に見せた条件を。あの長い要綱を」

「……え？」

そっちの話になるのか。もちろん覚えている。

「『人種、宗教、性的嗜好(しこう)、国籍、その他あらゆるものに基づく偏見を持たず、差別的発言をしない』」

こんなのは人間が人間であるための最低条件だという、リチャードの言葉まで含めて覚えている。リチャードにとって人間というのは、俺が思っているより随分『ある』のが難しくて、だからこそ素敵な存在なのだと感じたことも。俺もそうありたいと思ったことも。

「あなたは差別主義者だ。あなたを雇ったのは間違いだったのかもしれない」

「え？」

リチャードの目は、冷たい光を宿している。白い肌が真珠のような燐光(りんこう)をまとっている気がする。どうしてこんなことを言われている時でも、俺はリチャードの美しさに魅せられているんだろう。本当にきれいだ。差別主義者？　俺が？

「そ……れは……お前のこと、『きれい』って、しょっちゅう言うから……？」

「そのような話ではない」

仮にのお話としましょうとリチャードは前置きした。

「昔々あるところに、一人の正義感に溢れる大学生が住んでいました。彼はある日、偶然酔っ払いにからまれている宝石商を助け、彼との間にそれなりの友好関係を構築してきたとします。しかしある時、急に宝石商が大学生によそよそしく接し始めました。大学生は何故か、どうしてかと尋ねます。すると宝石商はこう答えました。『今まで黙っていたが、私には秘密がある』『実は私の父親はとてもひどい人だった』『ゆえに私もひどい人間である』『だから我々はこれ以上親しくなるべきではない』。大学生はその言葉には何一つとして論理が通っていないと諭し、何が宝石商にそのような凝り固まった考えを持たせる原因であったのかと尋ねました。しかし宝石商は諦めたように首を振るばかりです。『自分はそういう存在なのだ』と。さて、ここに介在している問題を、私は何と呼ぶべきでしょう。『思い込み』でしょうか？　あるいは『差別的偏見』と？」

えっ。えっ。

言われていることはわかる。立場を入れ替えて語っているが、何が言いたいのかもわかると思う。でも、それは、差別なのか?

だって俺はあの男の息子であるというより、自分の父親の暴力行為を目撃した子どもだったんだぞ。そういう人間は暴力をふるう可能性が高いと、そういう結果が出ているのに。それでも差別になるのか。

それは本気で言っているのかと俺が見返すと、リチャードは同じくらい真剣に俺を見返してきた。

「あなたにはこのほうが通りがよいかもしれない。私の先祖にあたる七代目クレアモント伯爵は、息子を愛する父親でしたが、彼は当たり前のように、有色人種を同じ人間と思っていませんでした。だからこそあの条項には異人種間の結婚にまつわる規定が薄かった。同じレベルの生き物であるとは思っていなかったのです。そして私もジェフも差別主義者の血を受け継いでいる。ゆえに私は潜在的に、あなたのことを同じ人間とは思わない可能性が高い。しかるに私はあなたと親しい関係を結ぶべきではない」

いかがですか、とリチャードは締めくくる。

いやいや。大分話が違うだろう。

「お前が、差別をする可能性が高いっていうなら、世の中の人間は、ほぼ全員が潜在的に過激なレイシストってことになるんじゃないのか……それはやばいだろ」

「奇遇ですね、私も似たようなことを考えていました。あなたが、他でもない繊細なまでの気遣いを見せるあなたが、一度を除いて決して宝石を乱暴には扱わなかったあなたが、エトランジェに初めてやってきた時から一年以上同じバッグを大事に使い続けているあなたが、何故、粗雑でどうしようもない人間であるなどと感じ、あまつさえ信じ込んでいるのか、私には全く理解できない。何らかの偏見があるとしか言いようがない」

俺は黙り込んでいたが、でも、と一言言い返した。そのあとが続かない。バトンを受け取り、リチャードは言葉を継いだ。

「あなたはＤＶをふるう父親を目撃していたという理由だけで、その子どもが将来的に不幸な家庭を築くと断言していましたが、くだらないにもほどがある。あなたの不寛容はあなた一人だけの問題ではない。あなたと同じ環境を生き抜いた子どもたち全てへの侮辱です」

許しがたい、とリチャードは付け加えた。俺が口を開く間もなく言葉を紡ぐ。

「あなたは自分の生まれに基づいて、自分自身を不当に貶めている。それがより多くの人間を傷つけることと気づかずに」

そしてリチャードは姿勢を下げ、俺の肩に手を置いた。顔が近い。美しさは力だ。いいですか、と美しい男が俺を見て言う。

「正義、大切なことをよく覚えておきなさい。自分自身に優しくできない人間は、誰にも優しくできないのです。自分自身に刃を向けながら他者に優しくあろうとしても、所詮それは仮初(かりそめ)の優しさです。あなたの不幸に根差した幸福など、あなたを愛する人々にとっては何の意味もない」

「……不幸な家庭を築くなんて、断言してない。みんながみんなそうとは言ってないよ。でも俺は」

「そうですね。あなたは何故か、自分だけは信じられない」

そうだ。理由は――理由は、わからない。俺があいつの息子だから。自分自身の暗闇をよく知っているから。でも。

ひょっとしたらこういうのは、俺だけの話ではないのかもしれないと、初めて思った。

俺が黙っていると、リチャードは少し語調を落として、また語り始めた。

「先ほどの言葉を聞いて、やっとわかりました。あなたが私を繰り返し褒(ほ)めることができる理由が」

「……褒めることが『できる』？」

「その通り」

誰にでもできることではありません、とリチャードは告げた。褒めてもけなしてもいない声だ。

「人間は誰しも、いつもそこにあるものには慣れてくるものです。仮に私があなたの言うように、世界一の美貌の持ち主であったとしても、毎週会える世界一の人間というのは、

『いつもそのあたりにいる誰か』になります。にもかかわらずあなたは私を褒め続ける。一体それは何故か」

そんなこと考えるまでもない。何度見てもリチャードが美しいから――だと思うのだが、違うと言うのか。こいつは。

「あなたは私をあたりまえにいる存在だと思っていない。触れられるものだと思っていない。いつも傍にいるものだと思っていない。だからこそあなたにとって私は、遠い人間のままなのでしょう。まるで同じ川を流れてゆく別々の舟の船頭のように、あなたは私に手を振り、声をかけ続けてくれますが、決して同じ舟に乗ろうとはしない。距離を詰めようとはしない。あなたが受け取るべき『好意』という対価を、私に支払わせようとしない」

そうしてリチャードは、俺に向かって手を振った。踊りのようにきれいだ。でも何故だろう。ものすごく寂しい。多分リチャードもそう思っているのだろう。俺が目をそらすと、少し話がそれましたねと、リチャードは一息ついた。

「結局のところ、これは確率論の問題などではなく、あなたの勇気と、好みの問題です。あなたはどちらを信じたいのですか？　あなたに黒い可能性を提示し、のびやかに庭を駆け回る程度には自由を与えてくれる首紐(ひも)のような統計的データと、あなたの無限の可能性を信じている私と」

選びなさい、とリチャードは言った。

「また、統計学的な知見に欠かせない、初歩的な数学の知識を付け加えさせていただくのであれば、ゼロにはどのような数をかけてもゼロにしかならないということもお忘れなく。逆説的に申し上げれば、ＤＶをふるう人間とふるわない人間を、まえもって峻別することは不可能です。あなたが無類の信頼を寄せてくださっている私も、それは例外ではない」

「……おまえが人を殴るって？　冗談だろ」

「あの人に聞いてみますか？」

そう言って、リチャードは部屋の扉のほうを顎でしゃくった。そういえば、シャウルさんがそんな話をしてくれたような。でもあれは、あんなことがあったのでは仕方がないだろう。普通の人にだってそういうことはある。

そう思って気づいたが、俺は自分のことを『普通の人』とは思っていないのか。

俺と同じ環境で育ってきて、苦しんでいる人たちのことも、知らないうちにそう思って、見下しているのか。

いやだ。それはいやだ。何なんだ。これは同族嫌悪というものなのか。こんなに下劣な形で自分の認識の甘さを思い知らされることがあるなんて思ってもみなかった。でもだからって、俺が他の人たちと同じだとも思えない。

「……俺は自分がどうしようもない人間だって知ってるんだよ。お前には見せてないだけだ。お前に失望されたら立ち直れないから、必死で隠してるだけなんだよ」

「しかしあなたは石を投げたでしょう。世紀の大悪人になる覚悟とやらを決めて、私のために」

「あれは……！」

ぎりぎりのところの決断だったので、自分でもうまく説明できない。ただリチャードが幸せになってくれたらいいと思っていただけだ。

「私があなたを憎むように仕向けておいて、こともあろうに『嫌われたくなかった』とはよくぞ嘯（うそぶ）いたものです」

「……………俺って本当に、よくわからないことばかりしてるんだな」

「僭越（せんえつ）なことを言わせてもらえば、わかりますよ。私には。あなた以上に」

リチャードはそう言って、椅子に座った俺の前に膝（ひざ）をついた。青い瞳がじっと俺を見上げてくる。谷本さんが言っていた気がする。子どもが傷ついている時には、大人の目線からでは威圧感を与えてしまうから、しゃがんで目線を下げるのだと。そうすると話しやすくなるんだよと。俺は子どもか。子どもらしい。この二十九歳の宝石商にとっては。

「正義、暗いところに座り込んでいることにも、楽に息ができるようになる効能があると、私はよく知っていますが、度を越えると死に至る病を呼びよせます。そして没趣味です。あなたの大事な女性が言っていたように、宝石が最も輝くのは自然光、できることなら午前の光の下です。そして宝石商の知見からもう一つ付け加えさせていただくのなら、ジュエリーというものは人間の肌の上に乗せた時、最も輝きます。そういうふうに作られていますからね。不思議なことに、これは人がより輝く瞬間とよく似ています」

陽光の下で、誰かと触れ合っている時。

そういう時に人は輝くと言いたいのだろうか。

結構な極論だ。俺はそこまでアウトドア派ではないので、インドア派の人が聞いたら怒りそうな話だと反射的に思ってしまった。でも、太陽の光の差さない下で、誰もいないところでと、反対に考えてみるとぞっとする。それは嫌だ。アウトドアとかインドアとかそういう話ではない。心の置き場の話だ。

あたたかいところで、誰かと一緒に。

そういうふうに生きていけるなら、どんなにいいだろう。

「…………最悪なこと言ってもいいかな」

「どうぞ。いくつでも」

「……ホームセンターで包丁を買ってきて、帰らないと刺すぞってあいつを脅したよ。あいつが引き下がらなかったら、本気でやったかもしれない」

「それであなたの身が守られたのであれば安いものです。本当に使わなかったことも素晴らしい。グッフォーユー。しかし、とても怖い思いをしたのですね」

グッドって。そんな話じゃない。そんな軽い話でいいのか。

ちっともわかってもらえていないような気がして、俺がすがる顔をすると、リチャードは俺の口の前に手を軽く差し出した。聞けということだろう。

「『殺したいほど憎いという感覚がわかる』とあなたから告げられた話を、ジェフが私に聞かせてくれました。あの子はとても苦しんできた子だから、お前の苦しみが見過ごせなかったんだねとも。ですがあなたは道を踏み外さなかった。人間は日々、思い悩み、苦しむものですが、あなたは明るい道を選び続けた。楽なほうでもなく、捨て鉢な時に衝動的に選びたくなるほうでもなく、明るいほうを。私はそれをとても尊いことだと思います。頑張ってきたのですね」

そう言って、リチャードは微笑んでくれた。

俺が想像していたよりもずっと深いところで、こいつは俺のことを見守って、受け止めてくれていたのだと気づいた時、海の中に放り込まれたような気がした。息ができなくてしょっぱい。俺は確かに駄目人間で、うっかり者で、薄暗がりで膝を抱えて泣いているいじけた子どものようなところがあるけれど、こいつはそれも全部ひっくるめて、それでいいと言ってくれている気がする。気がするだけではなく、俺が信じられないくらい、そう信じてくれているのだろう。

自分がまた泣いているのだと気づくと、俺は咳払いをし、服の袖で目元をぬぐった。大学生の男子が、一晩に何回も泣いてどうするのだ。目に優しい光景ではない。リチャードはさっとティッシュを差し出してくれた。鼻をかむと落ち着いた。

「…………俺は、どうすればいいのかな」

「まず手始めに過去形で、『どうすればよかったのかな』と質問していただけますか」

「……どうすればよかったのかな」

「助けを求めるべきでした。私でなくとも構いませんが、ともかく誰かに助けを求めるべきでした。『とても困っていて、どうしたらいいのかわからない』と。一人でいると人は簡単に追い詰められます。目に見えて顔色が悪いにもかかわらず、ちんけな演技でそれを隠せると思っていた点からも、あなたがいかに自分の姿を見失っているかがよくわかった。いいですか、助けを求めることは、非常に大切なことですよ。人は社会的な生き物です。一人では生きていけないがゆえに、社会というものを構築しているのです。助け合うのは必然ですよ。おわかりになりましたか？」

「……次からは、そうします」

「よろしい」

ふん、とリチャードは軽く鼻で息をした。こんなこともわからないとはと言いたげだが、少し満足そうな顔をしている。多分俺が笑っているからだろう。自分が笑うと相手も笑ってくれるというのは不思議な気分だ。とても嬉しい。

「さて、ここで先ほどの質問をもう一度」

「え？　ああ」

俺はどうすればいいのかな、か。

現在形の質問を、促されるまま繰り返すと、リチャードは衝撃的なことを言った。

「電話を受けなさい」

「え」

「携帯電話の電源を落としているようですが、オンになさい」

あいつからの電話を受けろということか。いやそれは、と俺が言いよどむと、リチャードはご心配なくと請け合った。どういうことだよ。

「『ご心配なく』じゃないだろ！　あのな、あいつは本当に見境がなくて」

「見境のなさという点においては、私の従兄（いとこ）も相当のものです。学生時代はロックを聴きすぎてパンク・ファッションに走り父を泣かせていました。あの時の写真は今でも頼み事をする時の担保に重宝しています。何よりもイギリス人が最も見境がないことは、一度親しくなった人間を決して見捨てないという点です。最初は偏屈だと言われるものですが、懐に入れてしまうと付き合いは長くなります」

それはイギリス人ではなくリチャード個人の見境のなさと情の深さゆえだと思うが、加勢してくれるということか。なお悪い。トラブルになったらどうするつもりだ。俺とあいつの間には血縁関係があるから、問題が起こってもある程度適当な処置で済むかもしれないが、リチャードは赤の他人である。しかも外国人だ。官憲の風当たりは厳しいだろう。

嫌だと俺が首を横に振ると、リチャードは微笑んだ。

声を出さなかったことを褒めてほしい。

世界一の美貌の持ち主が、これでもかというくらいのキメ顔を、至近距離でぶつけてきた。かっこいいとか美しいとか、そういう言葉が意味を持たなくなってしまう。吹き抜けてゆく春の風に名前をつけられるだろうか。大分厳しいものがある。

「何の心配もありません」

「顔、近い。顔が、マジで近いよリチャード」

「何の心配もありませんよ、正義」

「やばい、やばいって。美しさの過剰摂取で死ぬ」

「深呼吸してごらんなさい。きっと私を信じたくなります」

「…………お前のこと、心配なんだよ」

「ですから、ご無用です。私のことは応援団とでも思っていなさい」

応援団って何だ。警察官でも応援するというのか。それとも歌舞伎町（かぶきちょう）でやばそうな人たちを雇ってきてみんなで袋叩きにするとか、そういう作戦なのだろうか。洒落にならない。

リチャードがそんなことをする人間ではないのはわかりきっているが、ジェフリーのほうはまだよくわからない部分が多いのだ。面倒見のよいお兄ちゃんで、兄や弟分の不利益になりそうなことはしない人だろうと思うのだが。

「私たちはあなたが思うよりも大人です。嫌だというのなら、今でなくても構いませんよ。ですがいつかは、どのような形であれ対峙しなければならないでしょう。頑固な汚れを落とす大掃除のようなものです」

「……法律の範囲内にしてくれ。お願いだから、ぎりぎりじゃなくて、余裕の範囲内にしてくれ」

「その点に関しては全く、何の問題もないことを保証いたします」

「……嘘じゃないな？」

「私はあなたに嘘をつきません」

「……今の言葉だけで俺一生、生きていけそうな気がするよ」

リチャードは多少照れたようで、それは何よりですと言いながら俺と距離を置いた。ありがたい。人心地がつく。そして覚悟も決まった。久しく開かなかった鞄を開けて、ひらべったい箱になっているスマホを取り出す。

電源を入れるのは簡単だ。だが入れたが最後、電話はかかってくるだろう。しばらく拒否されたからといって諦めるような男ではない。この部屋にあの男の要素が混じるのが嫌だ。

俺が躊躇っていると、リチャードが夜景の窓の前から声をかけてきた。

「怖いですか」

優しい声だった。そうだ。こんなことを考えるのも嫌で仕方なかったが、ずっとあいつが怖かった。人間誰しも父親という存在なしには生まれてこないが、俺の半分を構成している特権者が、ぶよぶよした、害意とも悪意ともいえない感情を向けてくることが怖かった。でも冷静に考えてみよう。俺とあいつが殴り合ったらどっちが勝つだろうか。殴り合いではなくても、客観的に考えて、主張に正当性があるのはどちらだ。俺のほうに決まっている。

なら、何が怖いんだろう。

俺があいつの息子であるということ以外だと、何が。

よくわからなくなってきた。ペンライトの光に照らされて、石の中のもやもやしたインクルージョンの形がよく見えてくるように、一つ一つ具体的なことととして整理してゆくと、反比例して怖さが引いてゆく。枯れ尾花だと思って見ると、幽霊が怖くなくなるように。

「……お前の顔見てると、『きれいだなあ』ってこと以外どうでもよくなる。怖くないよ」

「もう少し頭を使いなさいと言ってやりたいところですが、まあいいでしょう。私を褒める元気があるのはよいことです」

リチャードは扉を少しだけ開け、待ちくたびれていたジェフリーを中に招いた。彼は飲み物を買ってきてくれたらしい。手渡されたのはミネラルウォーターのペットボトルだった。喉に染みる。涙の痕は気にしないでくれるらしい。ありがたい。

深呼吸をしてみる。

かなり元気が出た。

腹はもともと一杯だ。決着をつけろと言うのなら、いいだろう。電話を受けるだけは受けてやる。

スマホの電源を入れ、五分ほど何もせず夜景を眺めていると、案の定けたたましくスマホが振動し始めた。

「うわあ」

「正義、スピーカーホンに」

「はーい録音しまーす」

もはや乗りかかった船だ。俺は歯を食いしばった。手を放したままでも会話ができる、スピーカーモードに切り替えてから、通話ボタンを押すと、雑音と一緒に男の声が聞こえてきた。

『正義。今どこにいるの？　寒いしお金もないから、家に入れないと困るよ』

用件が一言に全部簡潔に詰まっている。わかりやすくて結構だ。どうしようと俺はリチャードの顔色をうかがったが、宝石商は既にメモを持っていた。テレビ番組の収録中のADさんのようである。『現在地をきけ』。了解である。

「……今どこにいるんだ？」

『高田馬場のバスロータリーだよ。ねえ正義、戻ってきてよ。家に入りたいんだ』

駄々をこねていればいつか願いを聞いてもらえると本気で思っているのだろうか。お前を家にあげる気はないと俺が言っても、男は聞く耳を持たない。寒い。病気になってしまう。息子に冷たくされると悲しい。ひどい子だとわかってはいたけれど親はつらい。勝手に言っていろと思うたび神経が軋む。とはいえ一対一の電話ではなかったし、ジェフリーが途中で派手に噴き出しそうになっていたので、俺もそこまで鬱々とせずにすんだ。身内の恥という感覚はない。ここまで自分から乖離した存在だと、ただ白々とした感慨があるだけだ。

リチャードが新しいメモを提示する。『高田馬場に行くと言え』。

本気か。

大丈夫なのかと何度も目で確認する。大丈夫だと青い目が言っている。信じろとも。ジェフリーも止めようとしない。何か考えがあるのだろう。俺は電話口の会話にくたびれたふりをして、大きなため息をついてみせた。

「……わかったよ。じゃあ、今から高田馬場に行くから」

『今はどこにいるの？』

「どこって、出先だよ」

『僕がそっちに行くよ。誰かと一緒にいるの？』

「一人だよ。飯食ってた」

『どうして一人で外食をしようとするの？　ずるいなあ。今度は一緒に行こうね。到着は、十五分後くらい？　そのくらい経ったらまた連絡するね。でも寒いから早くしてほしいな。それじゃあ』

通話は切れた。こんなにあっけなく引き下がるとは驚きだ。

俺が椅子の上で脱力し、そりかえると、ジェフリーがペットボトルの水を差し出してくれた。スマホの横に置かれていた、小型の筒のような録音機も停止する。水がうまい。そして傍に誰かがいてくれるだけでこんなに気が楽になるとは思わなかった。迷惑をかけることと、俺の本性が知れ渡って軽蔑されることが怖かったのに、二人には全然そんな様子はない。相談しなかった俺が馬鹿みたいだ。実際馬鹿だったのか。いやそれは苦しんでいた俺に追いうちをかけるようでしのびない。反省するのはもう少しあとでいい。

それよりこのあと、どうすればいいんだ。俺は何も考えていない。

「中田くん、安心してください。ちゃーんと録音できてますよ。貴重なサンプルを採取した感があるな。いろんな取引先の人と喋ったと思うけど、ここまでガンガン頭にくる感じは、『賄賂がないと何も通せません！』って大声で言ってくる某国のお役人以来だよ。コメディスターになるべき人だったんじゃないの？」

「ジェフ」

「ごめん。じゃあ中田くん、こっちの部屋のことは僕が引き受けておくから、リチャードと出かけておいで」

高田馬場にということか。本当に行くのか。十五分無駄に過ごしてまた電話がかかってくるのを待って、あいつの暴言をもっと録音して警察に行くというコースではないのか。

リチャードに確かめると、確かにそういうやりかたもあるでしょうがと呟いた。でもサンプルは相当とれてるよとジェフリーが言う。適法内のストーカー行為が実を結んでいるらしい。多分実体は探偵か何かを雇っての情報収集にあたるのだろう。

「もう少し手っ取り早い方法があるから。大丈夫。僕の弟は夢みたいにきれいで線が細く見えるけど、脱いでもすごいんだよ。筋肉もちゃんとついてるから、いざって時にも心配しないで。君に危害を加えるやつがいたら」

「ジェフ」

「陳謝します。ごめんなさい。表現が過剰でした」

「智恵子に連絡したことを黙っていた件は、まだ許していませんので」

「ごめん。でも、ありがとう」

リチャードとジェフリーが会話している。さっきは気にする余裕もなかったが、これはかなりの歩み寄りなのではないだろうか。ジェフリーが何をしたのか俺も一から十まで知っているわけではないが、できることなら和解したほうがお互いに楽だろうと思っていた二人が、そこそこの関係を築いているのを見ると、ほっとする。本当に最近のリチャードは塩対応がひどくてと、新しい語彙を手に入れて嬉しそうなジェフリーが俺の相手をしてくれている間に、リチャードは誰かに電話をかけていた。何語だったのだろう。アジアの言葉だと思うけれど、中国語や韓国語、ついでに言うならヒンディー語やシンハラ語でもないと思う。最近は少し耳がついていくようになったのだ。タガログ語とか？　ジェフリーとつまらないことを話している間に電話は終わり、行きますよとけしかけられて、俺はリチャードに従った。部屋の中からジェフリーが手を振ってくれる。緑のジャガーは、既に俺たちのことを待っていた。いつもとは少し違うルートで、いつもと同じ駅へ向かう。でも怖いとは思わない。隣にいるのがリチャードだからだろう。

「先ほどの件ですが」

「え、作戦のことか？」

違いますとリチャードが言う。安全第一で、視線はあくまで道の先だ。

「どうかと思います。あのようなことを言われて、返事が『何階？』というのは」

バーでのことを言っているのか。理不尽なことを言われている。あれはひっかけクイズのようなものだろう。ひっかけたほうが悪い。俺が嫌だと言ったらどうするつもりだったのだと答えると、リチャードはしばらく押し黙ってから、苦い顔で呟いた。

「そう言われたら、八割がた本当のことを話すつもりでした。『実はジェフリーが上で待っていて、サプライズパーティを企画している。何も知らない顔をしてついてきてもらえませんか』と」

明らかに残り二割に重要な情報が集約しすぎてるよなと言い返す途中で、リチャードは言葉をかぶせてきた。

「そう言われると思っていたのです」

リチャードの声は張り詰めていた。まさかそんなことを言うとは思わなかったと。どっちかというとそれは俺の台詞すぎるのだが、今は黙っておこう。

「肝が冷えましたし、少し腹も立ちました。断るべき誘いを断れないということは、れっきとしたディスアドバンテージです。心しておくように」

「はい。気をつけます」

「よろしい」

「でもお前じゃないやつに同じことを言われても、俺は逃げたぞ」

たとえばこれは、谷本さんに『これから正義くんを殴ってもいい？』と提案されるようなものである。いいよとしか俺は言わないだろう。彼女が俺をどんなふうに殴るのかわからないが、絶対に何か理由があるに決まっている。信頼できる相手がいてくれるというのは贅沢なことだ。言葉通りの意味以外のものが、はっきりと見えるようになる。

リチャードはまだ納得していない顔を取り繕っていたが、顔の動きの感じからして、もう怒ってはいないのだろう。しばらくもったいぶってから、ぽつりと呟いた。

「……でしたら、よろしい」

「アバウトだなあ」

「知ったことか。私はあなたに危害を加えたりしません。自分の身は自分で守れと、黒帯の持ち主に説くのは不毛でしたね。お忘れなさい」

「わかってるし、信じてるよ」

返事はなかった。リチャードは前だけ見ている。でも横顔は見える。満足そうな顔をしている。オレンジ色のライトが窓の外を定間隔で駆け抜けてゆく。ほんの一瞬だったが、神聖な場所にいるような、不思議と清々（すがすが）しい気分になった。怖いものが何もない、人間ではないものになったような気分に。

バスロータリーに近づくにつれ、俺の心拍数は明らかにあがっていった。喉に空気の塊（かたまり）がつかえているように、吸っても吸ってもうまく息ができない。ちょっとタイムと俺が言うまえに、リチャードは車をとめて、やはり今日はやめておきますかと言ってくれた。やめてもいいのか。作戦上の不都合があるんじゃないのかと俺が尋ねると、それほど大それたものはありませんという。一体何をする気なんだ。あいつの借金の証文や、借金している闇金の人たちでも見つけ出したのだろうか。リチャードは全く心配していないように見える。俺との空気の差がありすぎて不安になるほどだ。

　何か絶対的な勝利の確信があるのだろうか。本当に大丈夫だろうか。でも俺が心配しても始まらない。歯医者の治療も嫌な面接もすぐ終わるに越したことはない。行こうと俺が言うと、リチャードはグッドボーイと俺を褒めてくれた。しかし俺の記憶が確かなら、それは犬か何かを褒める時の言葉だと思うのだが、いいんだろうか。

　いつ見ても人がたむろしている駅の前、タクシー乗り場の前あたりに、いた。遠くからでも背丈でわかる。あいつだ。緑の外車に乗ってやってくるとは思いもしなかったらしく、改札のほうをずっと見ていた。

「よし、降りるぞ」

「いけません。あなたはここにいなさい。私が出ます」

「えっ？　ええ……！」

　駄目だ。関係ないだろう。

　キュッキュッというドアロック開錠（かいじょう）の音に振り返った男は、圧倒的な美貌を持つ男にぎょっとしたようだったが、助手席に座ったまま慌てているのが自分の息子だと気づくと、嬉々としてリチャードに微笑みかけた。餌（えさ）を見つけてぱくぱく口を開く鯉（こい）そっくりだ。やめてくれ。そんなやつと話をしないでくれと、今になってもまだ思ってしまう。

「こんばんは。息子の正義の知り合いの方ですか？」

「そのようなものでございます」

「外人さんだ！　日本語を喋るんですね。息子がお世話になっています、父の閑です。いやあびっくりしたな。そうか、きっとアルバイトか何かしているんですね。ホストとかですか？　あいつは自慢の息子なんですよ。正義、何で降りてこないの？　あ、乗っていいのかな？」

　車に触ったらぶっとばしてやるぞと思いながら、俺はガラスごしに男の声を聞いていた。しかしリチャードは、横顔しか見えないが、何だか、ぼうっとした顔をしていた。とぼけている顔だ。何を言われているのかわからない、という顔をしている。

「……あの、言葉がわかりませんか？」

「わかりますが、不思議なことを言う人もいるものだと」

「え？　何で？」

「私がお見知りおき申し上げている彼の父親は、たった一人だけですので」

　その時だった。男の肩を誰かがぎゅっと掴み、振り返らせた。

「こんばんは。中田康弘です」

「ご無沙汰しております、中田さま」

「リチャードさん、ご連絡ありがとうございました」

えっ、えっ、という自分の声だけが、車の中に響いている。

中田康弘って——中田のお父さんだ。

何で？　日焼けした肌と、同じく日焼けした茶色い髪の毛、そして海の男みたいに筋骨隆々の体を持つ——インドネシアにいるはずの人だ。どうして高田馬場に？　リチャードと言葉まで交わしている。知り合いなのか？　ええ？

よろよろしながらもかろうじてドアを開け、ロータリーに降り立つと、俺の実父は筋骨隆々の男に威圧されて、見るからに居心地が悪そうだった。中田さんは怒っている。ものすごく。Tシャツにチノパンという格好は、そういえば二年前のクリスマス、町田のアパートで会った時とおんなじだ。何で冬なのにTシャツなんだろうと、ちょっとおかしかったが、その後またすぐ掘削機械の会社に戻ってしまったので、そんなことも言えなかった。

「えっ。誰ですかこの人。やめてくださいよ」

「ひろみの夫です。うちの息子に付きまとっている人がいると聞きました。染野さんでしたか。うちの大事な一人息子に、危害を加えるような真似はやめていただきたい」

「そ……そんな変なこと言わないでください。正義は僕の血の繋がった」

「あいつの小学六年生の時の、運動会のリレーの順位を知ってますか」

中田さんは、よくわからないことを言った。染野もわからなかったらしい。

彼は畳みかけた。

「あいつが中学で一番好きだった先生の名前を知ってますか」

「あいつが高校で一番得意だった科目を知ってますか」

「あいつが自動車免許を取った日を知ってますか」

「あいつが大学で、何を勉強して、将来何を目指しているのか知ってますか」

「あいつの誕生日は？　好きな食べ物は？　好きなスポーツは？」

「俺は全部知ってますよ」

　染野はぽかんとしている。俺も同様だ。この場にいる四人の中でしっかり立っているのは、中田さんとリチャードだけだ。四十八歳のはずなのだが、どう見ても三十代くらいにしか見えない現場畑の男に、染野は明らかに委縮していた。当たり前だ。背丈が頭一つ違う。

「血のつながりはありませんが、あいつは俺の大事な息子なんです。生まれてからすぐ面倒を見てやれたわけじゃない分、これからも大事にしてやりたい。だからあいつが困るようなことをする人間は、どんな繋（つな）がりがあろうが俺の敵です。お引き取りください」

「そ、そこに……駅前の交番があるのに、こんなことするのは間違ってる」

「交番ですか。わかりました、一緒に行きましょう。リチャードさん、電話で教えてくださったことをもう一度、警察官の前で話してください」

「かしこまりました。電話の録音は回してもらいましたので、再生はいつでも」

染野は無言で中田さんの手を振り払い、交番とは反対方向に駆け出した。一目散にトンネルをくぐって、背中が見えなくなる。逃げた。また戻ってくるだろうか。くるかもしれない。でもそれはいい。

どうして。

リチャードと中田さんが揃って、俺のほうを向く。二人とも全く動揺していない。うろたえているのは俺だけだ。

「中田さん、何でここに……」

「正義、二年ぶりか。立派になったなあ！　ごめんな。ずっと会えなくて、助けになってやれなくてごめん。もっと早く帰りたかった。本当に悪かった」

中田さんはいきなり泣きそうな顔をした。やめてくれ。そういうのはやめてくれ。悪いのは俺なのに。俺がもっとしっかりしていればこんなトラブルには巻き込まれなかったはずなのに。だけどこの人が俺を心配してくれるのがめちゃくちゃ嬉しい。俺のことを助けに来てくれたのも死ぬほど嬉しい。理由を聞くのは怖いけれど、嬉しい。

一日に三度も泣くことになるのはごめんなので、困惑しつつも涙腺だけはセーブしているうち、二人は俺に近づいてきた。中田さんが俺を抱く。両腕が痛いくらいだ。この人の愛情表現はすごくわかりやすい。世界は広くて、陸だけじゃなくて、海の中にも資源があるんだぞと教えてくれた時にも、俺を広い膝の上にのせてくれていた。もう小学校五年生にもなってそんなことをされるのは気恥ずかしくて、でも新しく家族になったこの人がどうにか俺と仲良くなろうと必死なのもわかっていたのでそんなことは言えなくて、少し怖かったけれど、この人はひろみも俺も殴らないんだとしっかりわかってからは、嫌な感じはしなかった。あまり家にいないのは、ひろみと同じだったけれど、彼が家にいてくれる時に感じる、ぬるま湯のお風呂のような感覚が、安心感というやつなのだろうと思った。

　中田さんは腕を離してくれた。あの時より少しだけ、中田さんの角刈りの髪には白髪が増えたけれど、大工の棟梁（とうりょう）みたいでかっこいい。

「リチャードさんとひろみさんから連絡があって、一時帰国中だ。こういう時のために俺は有給をためているんだよ」

「え？　え？　リチャードとひろみ？」

　さっきから新情報で左右の頰をビンタされているような気がする。何がどうなっているんだ。俺が困惑して硬直していると、中田さんはあれっという顔でリチャードを見た。

「リチャードさん、話していないんですか」

「今日ここで話そうと思っていました。黙っていないと今回のことに不都合がありそうでしたので。正義、伝えそびれていましたが、去年の年末日本に帰国し、あなたに会う前に、私はあなたのご両親とお会いしています。イギリスでの一件について、どうしてもお詫（わ）び申し上げたかったので」

息がつまる。

ちょっと待ってくれ。頭がついていかない。中田さんとリチャードは知り合いで、それは去年の暮れからで、中田さんもひろみも俺がイギリスで何をしたのか知っているという。そういえば中田さんは職場の人とのコミュニケーションの関係で、タガログ語を話したなと俺は思い出した。さっきの電話の主は。ああ。ああ。目が回りそうだ。

「……ど、うやって、俺の家のこと、知って」

「雇用時に書いていただいた『緊急連絡先』から」

緊急事態にしか使わないいんじゃないのか。と思ったが、確かにあれもかなり緊急ではあったはずだ。中田さんは困ったような顔をして俺を見ている。怒られるだろうか。困らせてしまったはずだ。有給をためていると言っても、海外から日本に戻ってくればそれで一日潰れてしまう。本当に大丈夫なのか。いやそれ以前に、彼はイギリスでのことを知っているのだから。

「中田さん……」

「正義、一つだけわかってほしいことがあるんだ」

中田さんは真剣な声をしている。俺は身をこわばらせた。彼には一度も怒られたことがない。いや一度だけある。アパートの窓から身を乗り出して、足をぶらぶらさせていた時だ。あの時は何で怒られたんだっけ？

中田さんはじっと、俺の顔を覗き込んでいた。死んでしまいそうな顔だ。

「……なあ正義、お前が俺の息子になってくれたことが、お前にはわからないかもしれないくらい、俺は嬉しいんだよ。だから俺の子じゃなくなるなんて、そんなことは言わないでくれ。今まで留守がちだったけど、これからはもっといいお父さんになれるように頑張るからさ。お前が困ってたら俺は助けたいし、困ってない時でも助けになれたらいいって思ってるんだよ。お前はしっかりした子だから、もしかしたらそういう機会はないかもしれないけど、なくても頼ってほしいんだ」

びっくりしたよと中田さんは言った。ああ、もう、全部、リチャードは話したのだろう。血のつながりはないから、たとえ俺が莫大な借金を背負うことになっても、縁を切ってもらえばそれで問題はないと思っていたと言ったことも。ひろみは俺を許さないだろうと言ったことも。でも、どうして。

あんなにひどいことを言ったのに、どうしてこの人は俺を見て泣いているんだろう。

「ひろみさんは、怒っていたっていうより、呆れていたよ。でも、お前がそれを話そうとしなかったことだけは『わかる』って言ってたな。本当にやめてほしいよなあ。何で二人とも、そんなに自分に厳しいんだ。もうちょっと甘くしてほしいんだけどなあ」

「ご、めんなさい、ごめんなさい。俺は」

「謝ることじゃない。それに……悲しかったけどな、俺はお前を誇りに思うよ。心の底から。お前がやったのは誰にでもできることじゃないからな。本当にすごい男だよ」

うわあ。勘弁。勘弁だ。俺は父と息子の感動ものにめちゃめちゃ弱いのだ。冷静に考えると、そんなのはファンタジーの世界でしかありえないことだと思いながら、心のどこかであったらいいのになと夢見ていたからだろう。それが現実になっている。何なんだこれは。目を開けながら夢を見ているのか。もう耐えられない。

と思ったが、誰かが俺の肩をトントンと叩いた。リチャードだ。

「泣くのには、まだ少し早いですよ」

何だこの顔は。絵に描いたような澄まし顔である。エトランジェで接客をしている時のようだ。中田さんもああと呻いた。

「そうだ、そうだ。今日のメインイベントがまだだった。リチャードさん、本当にありがとうございます」

「間に合って何よりです。彼女は気まぐれなところがあるので」

「しかし本当にいいですよ、あのデザインは」

二人が何を言っているのかわからない。リチャードはジャガーのトランクを開け、黒い手提げの紙袋を取り出した。シルクサテンの白いリボンがかかっている。きれいな袋だ。

中田さんは涙を手の甲で豪快にぬぐってから、リチャードから紙袋を受けとり、俺にずいと差し出した。

「はい正義。これ、お前にだよ」

「……え？」

「開けて、開けて」

中田さんは子どものような顔をしている。リボンをほどいて中を見ると、白い紙箱が入っている。紙袋をリチャードに持っていてもらって、紙箱を開けると、中はベルベットの箱だった。慣れた手触りである。貝のようにぱっくりと上蓋（うわぶた）を持ち上げる。

何だろう、このクッションの上にあるものは。

輝くものが二つ。ピアス――ではない。カフスボタンだ。

青い、きらきら光る宝石が一つずつ、銀色の地金の上に輝いている。どんぐりくらいのサイズの、まるっこいファセット・カットで、高田馬場のネオンを反射してきらきら輝いている。これは、多分、いや確実に、タンザナイトだ。

「お誕生日おめでとう、正義。成人の日に間に合わせたかったんだけどなあ！」

「京都にいる真夜（まや）の最新作ですよ。珍しく彼女がやる気をだして、最終調整の段階であるのにいくつも候補のデザイン画を送ってよこしたもので、まあ贅沢な選択になりました。お気に召しましたか？」

お客さま、とリチャードが俺を呼んだ。憎らしいほどにやにやした顔で。

まあー、という声が鼓膜にこだまする。もう情報の海で俺はあっぷあっぷだ。飽和もいいところである。ええ？　これは？　中田さんが？　まあさんにオーダーしたもので？　誰のものなんだ？　まあさんと俺が品川駅で偶然出会った時、彼女は俺を『お手ての立派なおにいさぁん』と呼んだ。細部のデザインはお客さまとお喋りしながら決めるとも。

呻き声しか出てこない。

俺のものなのか？　こんなにきれいなものが？

「何……で？」

「誕生日だろう。五月十四日」

「………あっ」

そう言われれば俺の誕生日だ。去年は何をしていたっけ。思い出そうとしても思い出せない。何かやっていたはずなのに。今この場のことしか考えられない。中田さんは俺が呆然としている分まで笑おうとするように、朗らかな顔を見せてくれたが、どこかに苦々しさが滲んでいた。

「俺は成人式も一緒に祝えなかったしな。去年は現場で事故があったり人が減ったりで、日本に戻れなかったし……今年は盛大に祝いたかったんだ。受け取ってくれ」

「……いいんですか」

「当たり前だろう！　誕生日おめでとう正義。お前が生まれてきてくれて、本当に嬉しいよ。ずっと俺の息子でいてくれ」

　この人と一緒にいる時に、いつも感じることがある。それは『俺もいつかこういう大人になれたらいいのにな』という憧れだ。強くて優しくて、驕りたかぶらないで、困っている人を自分のスキルで助けている。こんな人になれたらいいなと思うだけ、でも本当は俺のお父さんじゃないんだよなという思いが募って悲しかった。お父さんとして尊敬しているけれど、やっぱり俺はあいつの息子なんだと思うたびに悔しかった。

　でもずっと息子でいてくれというなら。

　いいんだろうか。自分をこの人の息子だと思っても。

　本当のお父さんだと思っても、いいんだろうか。

「……、あの……お父さんって、久しぶりに呼んでもいいすか」

「いくらでも呼べよお！　俺すげー嬉しいよ！」

「お父さん、ありがとうございます……！」

「何でそれでお礼を言うんだよ。お前本当にいいやつだなあ」

　俺のほうこそありがとうなあ、と中田さんは言ってくれた。やばい。俺たちは二人とも涙もろいのだ。お昼の映画番組で、超能力者の死刑囚が冤罪でひどい目に遭う話を見た時には、二人で最後に大号泣し、仕事から帰ってきたひろみにドン引きされた。似たもの親子ですねというリチャードの声が聞こえた気がするが、どうだろう。

　そうだったらいいなと、こんなに強く思ったことはなかった。

「それじゃあリチャードさん、いろいろ大変だと思いますけど、明日までよろしくお願いします。昼には合流できると思うので」

「引っ越しの件はご心配なく。かしこまりました」

リチャードは中田さんにぴしりとお辞儀をした。何なんだ、明日までとか引っ越しとか。まだ俺には聞かされていない話がありそうである。いい加減全部話してくれと、俺が黒い手提げをぶらさげたまますがると、リチャードは何でもないような顔をして言った。

「ウィークリーマンションではなく、あなたはしばらくあのホテルに滞在します」

「…………ええ？　あのホテルって、さっきの？」

溜池山王（ためいけさんのう）の？　世界有数のハイクラスの部屋にか？

「あなたは相当な目に遭っていたのですよ。トラブルをやり過ごしたごほうびか、気分転換とでも思いなさい。費用はジェフが持ちます」

「な、何で。どうして。赤の他人にも」

「ほどがあるだろと？　彼はあなたの身に危険が及んでいるといち早く察知し、『あの子に何かあったらヘンリーが許してくれない』と血相を変えていましたよ。たかり倒しなさい。あんな男は喋る財布とでも思えばいいのです」

「お前本当に……あのお兄ちゃんにだけはきっついんだな……」

「お兄ちゃんではない。私は彼をそんなふうには呼ばない」

冗談はさておきそんなことは受け入れられない。金がいくらあっても足りないし、必要なものは全部高田馬場の部屋にあるのだ。家探しされたあとのような有様の部屋に。と、俺は伝えたのだが。

「あちらの荷物は今頃、ジェフのいる部屋に運び込まれているはずです。許可はあなたの保証人である中田ひろみさまからいただき、アパートの貸し主にもご了承いただいております。あの寮母のような方も、たいそう心配していらっしゃったようで、『気にしないでゆっくりしてきて』との伝言も承（うけたまわ）っていますよ」

手回しが万全すぎる。つまり、俺は、身一つであのホテルに戻ればいいということか。あの夢のような、何畳あるのかもよくわからない部屋に。それもロハで。

「…………ちょっとつねってくれるか？」

「何故です」

「どこから夢なのかよくわからないんだ。俺、どこかで死んだのかな」

「残念ながら現実ですし、死んでもいません。トラブルが完全に解決したわけではないことはあなたもおわかりでしょう。しばらくは学校も休みなさい。事情は中田さまが説明してくださいますし、私も最大限助力します。後手になりましたが、今からでもできる限りのことをしなければ」

「そうだ、そうだ。リチャードさんもな、お前の力になりたいって言ってくれて、今回のことも知らせてくれたんだよ」

そして中田さんは、ひろみは今、少し調子を崩しているが、そんなに心配する必要はないとも教えてくれた。ああ。この人は俺だけではなく、ひろみのことも守ってくれるのだ。大きな木のような人だ。ひろみにとってのあの男の存在の重さは、俺の比ではないだろう。

「……ひろみは、大丈夫そうですか」

「ああ。最初に連絡を受けたのがひろみさんだったからな。それから飛んで帰ってきたけど、まあ最初の頃よりは今はずっといいよ。リチャードさんも随分助けになってくれたけど、お兄さんのほうが、何ていうのかな、プロっぽいんだよ。あの人はカウンセラーさんなんですか？」

「いえ、ただの気ままな独身の穀潰しかと」

しょっぱい対応にもほどがあるが、これはリチャードなりの甘え方だと思う。可愛く見える。俺がにやにやしていると、リチャードはそっぽを向き、思い出したように周囲の様子を警戒した。そうだ。まごまごしていると招かれざる客が戻る可能性もある。俺がぞっとすると、中田さんが手を握ってくれた。大きなごつごつした手だ。

「大丈夫か」

「……平気です。俺けっこう強いんで」

「大丈夫かどうかって、強いとか弱いとかじゃないと思うけどな」

「さっき大丈夫になりました」

あなたのおかげでと、俺は中田さんをじっと見た。俺の大好きなお父さんは、俺の言いたいことをわかってくれて、嬉しそうに笑ってくれた。

「そうか。安心したよ。ひろみさんのことがあるから、俺はこれから町田に戻るけど、ちゃんと電話してくれ。ホテルについた時にも電話だぞ。メールじゃなくて電話だ。頼んだぞ」

「わかりました。ひろみを頼みます」

「任せとけ。ああでも、ひろみさんにはな『正義をよろしく』って言われたんだよ」

そう言って中田さんは、何故かリチャードのほうを見て、もう一度深々とお辞儀をした。

「よろしくお願いします」

「年長者の職分を十全に果たします。到着後は私からも連絡いたしますので」

「……なあ正義、リチャードさんはさ、絶対に俺より日本語がうまいよな？　しかもタガログ語も俺よりうまいんだよ！　すごい人と知り合いになっちゃったなあ！」

「俺もそう思う……」

中田さんはわしゃわしゃと俺の髪の毛をかきまぜ、最後にもう一回派手なハグをかましてから、ＪＲの改札口に消えていった。

「行きますよ。乗りなさい」

「ああ、うん」

ジャガーの助手席に乗りこむ。リチャードが車を動かす。体がゆっくりと引っ張られる感覚と共に、車は元来た道を引き返す。

「…………ああびっくりした！」

「いきなり大声を出すものではありません」

「びっくりしたんだよ！　本当に！　うわー。お前。何やってるんだよ。ひろみにも会ったのか。しかもそれ、俺には内緒にしてたのかよお……」

びっくりしすぎると笑えてくる。多分『泣く』と『笑う』の分岐点ぎりぎりに『びっくりする』という感情があるのだと思う。泣いても笑っても同じだ。

「それで、どうしますか。エトランジェは」

「え？」

「すぐにでも辞めたいとのことでしたが」

宝石商のリチャードさんが、ぱちぱちと音を立てそうなまばたきをする。麗しい。とってつけたように美しい顔だ。俺は助手席のシートベルトが許す限り深く、頭を下げた。

「お願いします。何でもするので、どうか続けさせてください」

「『何でもする』とは何事です。そのようなことをおいそれと口にするべきではありません。『私だから』という言い訳も今回は不許可です」

「……申し訳ありません」

「謝る必要はありません。反省しなさい。おわかりでしょうが、現在のあなたの最重要課題は『自分を大事にすること』です」

自分に優しくできないやつは、誰にも優しくできないのだと。

ホテルでリチャードに言われた言葉が、まだ胸のあたりをぐるぐる回っている。これは新しいステップに進むための言葉なのだと思う。自分を捨てて誰かを助けることは、多分俺にはもうできる。でもこれはその後のことを考えていないから、相手の人にも喜ばれないだろう。

自分も相手もどちらも助けて、二人分うまくやってしまう方法を考えろ、諦めずに頭を使えよと、そういうふうに言われている気がする。俺もそうしたい。

だって中田さんは俺のことを、大事な息子だと言ってくれたのだから。

彼が大事にしているものを、俺の一存で失ってしまいたくない。

「……まだまだ改善の余地はありそうですね。大体、本当に大丈夫なのですか。就職活動もこれからが本番でしょうに」

「どうにかするよ。絶対。どうとでもする」

これだけいろいろな人に、力いっぱい助けてもらったのだから、どうにかしなければそれこそ罰が当たる。

さしあたり一番の課題は引っ越しと学校だが、これはもうどうしようもない。リチャードとジェフリーに少し甘えよう。それにしてもとんでもない騒ぎになってしまってめまいがする。我がことながら、けっこう大変なトラブルに巻き込まれていたのだと、今更実感がわいてきた。改めてぞっとする。

あのままの生活を続けていたら、下手をしなくても、俺はいつか、部屋の中にあいつを入れたかもしれないから。

そして部屋のドアを閉ざしてから、台所のシンクの下の扉を開けるのだ。中には三本、俺の愛用しているものが入っている。肉を切る用、野菜を切る用、果物用と。

「正義」

「……ん？」

「何を考えていましたか」

「…………三枚おろしのやり方を……」

「よくわかりませんが、キッチン付きの部屋にしてくれとジェフリーにかけあいますか」

「いいよ！　いいよ！　そんなホテルなかなかないだろ！」

それにしばらく刃物を握る気分にはなれないと思う。まだ自分が怖い。その点プリンはいい。液体と粉末しか使わない。平和の象徴みたいな食べ物だ。

「さて、どこかに寄りますか。これからしばらくあなたはホテルに缶詰めになる可能性もなきにしもあらずです。大型書店はいかがですか。読書のチャンスです」

「そんな暇あるかって！　就活に全力投球するに決まってるだろ。それとも……」

それとも、今回の件が完全に片づくまでには、そんなに長い時間がかかりそうだということだろうか。

そもそも相手があることだ。あいつがいつまた俺を追いかけてくるかわからない。ホテル暮らしは早々に切り上げるとしても、逃げる生活はしばらく続くのか。

先々の想像が少しずつ具体的な形をとりはじめ、少し胃がつまるような思いを味わっていると、リチャードが軽く鼻を鳴らした。私を何だと思っているのかとでも言いたげだ。心配するなと言ってくれているのか。ありがたい。

「先のことはわかりません。長くなるやもしれませんし、短く済むかもしれません。いずれにせよ安全が確認できるまでは仕方のないことです。ジェフリーも奮闘しています。二十四時間体制で管理人がつめている、オートロックのマンションが見つかるまでは、まあ仮宿で我慢しなさい」

「見つかるまではホテル暮らしってことか。なあ、本当にもうちょっと安い宿じゃなくて」

「くどい。金銭以上に気にかけるべきものがある局面であることを理解なさい。ある程度の安全というものは金で買えます。あの穀潰しも、ああ見えてかなりのやり手です。大船に乗った気持ちでいなさい」

ありがとうジェフリーさん。でもまかり間違って、後々請求されても確実に払えないと思うので、やっぱりあとで個人的に彼に掛け合ってみよう。

「それから、聞いた話ですが、あなたはエトランジェでの収入をほとんど貯金に回しているそうですね」

「……ああ、うん。家賃が上がっても大丈夫だよ。引っ越しの代金も」

「お母さまに学費を返済するおつもりでいらっしゃるとか」

リチャードの言葉は、俺の回答を踏まえたものではなかった。それは、そうだが。リチャードは軽い口調で、伝言ですと告げた。

「『そんなことのために、あなたを大学に行かせているわけではない。必要になった時には遠慮なくむしりとるので、それまでは貯蓄に励むように。返済は必要ない』とのことです」

ひろみ。

息子は死んだと思ってくれと俺は彼女に言いかけた。伝わらなくて本当によかったと思っているし、リチャードもそこまでのことは言わないでおいてくれたと思う。今思えばものすごく彼女を傷つける言葉であったはずだ。でも、こんなに優しくしてくれなくていいのに。お互いに大好きと言い合えるような仲ではないことはわかっている。俺たちは二人でいると昔のことを思い出してしまうから、べったりよりは一人でいるほうがいいと、暗黙の了解でわかりあっている母子だ。でもそんなに仲は悪くないと思っている。

彼女の優しさに、いつか応えられるだろうか。

学費をそのまま返済するのではなく、もっと大きな形で。

でも学費を払うことは、言わせてもらえば俺にとっても意地と誇りみたいなものである。いらないと言われてもそのうち返そう。ただ、今回の出費でそのタイミングは遅れそうだが、それでもいいと言ってもらったことにしておこう。そのほうが俺の心は安らかだ。

「……半分、承ったってことにしておくよ。何だか厄介なメッセンジャーをしてもらっちゃったんだな。本当にごめん」

「謝罪は必要ありません。あなたのほうがよほど、私の家の面倒で大変な目に遭ったでしように」

そのあとリチャードは、今日のもろもろのことを総括するように、急いで結論を出す必要はないので、ゆっくり考えなさいと言ってくれた。夜の道をヘッドライトが往来する。ジャガーの中はとても静かだ。オレンジの光、白い光、遠くに見えるネオンの青い光。

そういえば。

「……何でタンザナイトなんだ？」

中田さんは、タンザナイトが好きだったんだろうか。いや、あの人がそういうものに興味を持つということ自体青天の霹靂だ。俺のバイトの話と、リチャードの職業を踏まえて、お近づきの印も兼ねてオーダーしてくれたというのが真相だと思うけれど、何故タンザナイトにしたのだろう。

十中八九リチャードがすすめたのだろうが。

何故あの石を？

美貌の宝石商は、しばらく間を持たせてから、水底の人魚が泡を吐くように、柔らかく口を開いた。

「タンザナイトの硬度と劈開性をご存じですか」

「……それは、かたさと、割れやすさってことだな？」

その通りとリチャードは言った。知るはずがない。ないが質問されたのだから答えよう。スマホでたたっと調べると、硬度は六から七。劈開は完全。『宝石としては、わりと柔くて、欠けやすい』という結果が出た。驚きの結果だ。だったらカフスには向かないのではないのか。

俺が驚いた顔をすると、リチャードはふっと笑った。

「確かに万人におすすめできるものではないかもしれません。しかし翻って考えてみますと、あのカフスボタンはあなたの『うっかり』を戒める、よい相棒になってくれる可能性もあります」

それは、確かに。

空手の鍛錬の甲斐あって、動作ががちゃがちゃしていると言われたことは幸いなことにない。だが思い立ってから行動に移すまでが少し早すぎると言われたことはある。何度も。自分の決断を後悔することはあまりない。ただ、もう少しよく考えてからにすれば、もっとうまくいったかもしれないのにと思うことは、よくある。

そういう時にはカフスのことを気にしてやるようにすればいいのかもしれない。やや繊細な相棒を連れているとしたら、どうすべきかと。

「かしこまった場面でもなければ、日本人がカフスボタンをつける機会はあまりないでしょう。それでも今後、より一層広い世界に漕ぎ出してゆくあなたへのはなむけとして、中田さまはカフスを贈りたいと仰せでした。あの青は紺碧の海の色のようだと、大層お気に召しておいででしたよ」

「ああ……嬉しいなあ」

「しかし本当に用心なさい。いいですね。慌ただしく取り扱うと、世界で一番恐ろしいジュエリーデザイナーの雷をまともにくらう羽目になります」

「怒るのか、真夜さん」

「無論です。彼女の怒り方は独特ですよ。いつから怒っていたのかわからない上、一筋の逃げ道も残さないのです。いつの間にか周囲を大蛇に囲まれているような唯一無二の緊張感を味わえるでしょう」

「お前もよっぽどやらかしたんだな……」

おほん、とリチャードは咳払いし、改まって俺の名前を呼んだ。

「正義、覚えていますか、タンザナイトの宝石言葉を」

「……『転生』だっけ」

「グッフォーユー。あれはあなたを新しい中田正義へと生まれ変わらせるのをお手伝いするマジックアイテムたる存在です。大事になさい」

また涙腺がじわっと緩む。もうこれ以上泣く必要はないだろう。奥歯を食いしばり、はーっとため息をつく。リチャードに隠しても仕方がないという気はするし、ティッシュがダッシュボードの中に入っているのも知っているが、これもまた意地だ。

「…………俺、中田正義って名前で……よかったなあ」

「私もあなたの名前が好きですよ」

「ありがとう。俺もお前のことが全部好きだ」

リチャードは言葉に詰まった。もう一押し。

「いつになっても最後にはまた会おうって話も覚えてる。でも、最後だけじゃ嫌だ。これからも一緒にいさせてもらえるなら、傍にいたい」

口に出してから俺は恥じ入った。言ってしまった。言ってしまった。多分これが、現状で俺が望みうる、最大限のわがままだ。

うぬぼれていなさいと言ってくれた時に考えた。俺にはいろいろな才能があるのだから、それを自分で解き明かせと。頑張ったのだが『体力があります』『空手ができます』『お年寄りに親切にするのをためらいません』以外はあまり思い浮かばない。時々は自己嫌悪の泥沼につかりそうになる。

だから、謎を解決するのが得意な人間の傍にいれば、俺も自分のことがもっとわかると思うのだ。

俺は雑用も掃除も買い出しも料理もするし、英語も少しずつだが喋れるようになってきた。他にも何かできるようになったほうがよいことがあれば、できるように努力する。

だから、俺のためだと思って、バイトが続けられなくなっても、時々何の用もなくても、会ったりするのを許してもらえないだろうか。

俺が最後まで言うと、リチャードは少し、拍子抜けしたような顔をした。何だろう。

「言いたいことはわかりました」

「ありがとう」

「……ですが、最初の表現が不適切でした。プロポーズされているのかと」

「ごめん」

今からでも別の言い方を考えてみる。何が何でも時間を作るので会ってくれませんか。デートのお誘いか。お前の相応しい人間になれるように頑張るから時々顔を見せてほしい。

悪化した気がする。お前が俺を気にかけてくれる分だけ、俺もお前を——これも多分駄目だ。何て言ったらいい。

すがるように麗しの顔を見やると、リチャードはフロントガラスのほうを見たまま、一瞬だけ、視線をくれた。

「……いいですよ」

「え？」

「言いたいことはわかったと言ったでしょう」

そうしましょう、とリチャードが言った。俺の反対側から、街の光が白い肌に当たっていて、派手な逆光で輪郭線が浮かび上がって見える。柔らかい金髪の輪郭一本一本が金細工のようだ。美術の教科書でこんな絵画を見たような気がする。暗闇の中からぼんやりと浮かび上がる、謎めいたきれいな人間の肖像画だ。

絵の人物は俺を見ないが、車がとまると、リチャードは時々、俺を見た。

「あなたといると随分息をするのが楽だと感じることが、時々、私もありますので」

そしてにっこりと笑う。

今日は——今日だけではない、このところ、立て続けにいろいろなことが起こって、キャパシティのオーバーも甚だしいのだが、今回の微笑みは別格だ。美しいという言葉が陳腐に思える。何なんだこれは。今までの苦労のご褒美とでもいうつもりか。

リチャードは嬉しそうだった。

いつもより少し、笑顔があどけなく見える。

一瞬のまぼろしのような微笑みだったが、永遠に記憶しておくには十分な時間だった。

「さて、書店に寄り道するのはまた今度として、ケーキでも買いますか。夜間にのみ開店しているお店がこの近辺にあると聞きました。目を皿のようにして右側を見ていなさい。左側は私が見ます」

「さっきあれだけ食べただろ……！」

「あなたの夜食を見繕って差し上げようというのですよ。私の分はあくまでついでです」

「痛み入るよ。なあ、血液検査だけは本当にしっかりやったほうがいいぞ」

「言われるまでもない。では、今後ともよろしく」

「……任せとけ」

信号が変わる。緑のジャガーはいつものように、本当に何事もなかったように、夜の東京をのんびりと走ってゆくだろう。だがその前に。

リチャードは俺に片手を差し出してくれた。

ほんの短い時間、俺たちは軽く手の平を打ち合わせ、握手を交わした。

extra case.
シンハライトは
招く

緩い坂を五分ほど上ってゆくと、道の左右に住宅街が姿を現した。今まで通り抜けてきた道には、バラックのような家も散見されたが、ここのあたりの家は造りがしっかりしている。緑のある庭つき、一台分だが駐車場つきの家ばかりだ。ちょっとした高級住宅街といったところだろうか。

坂道を上りきったあたりにある、ひときわ庭の広い家の前で、彼はスクーターをとめた。庭の奥に木造建築の白い家が見える。ここから少し歩きますと言う。ここが薄暗い路地であったなら、私も回れ右をするだろうが、あまりにも緑が気持ちよくて、ちょっと怖いがまあいいかとついていってしまった。妹に怒られそうだ。

庭というより林のようなスペースには、あちこちに果樹が植えられていた。バナナ。マンゴー。パパイヤ。あれは何だっけ。スリランカの言葉ではアノーダというはずだ。露店で買って食べたら、白くて柔らかくておいしかった。木漏れ日がきらきらと輝いて、まるで緑の宝石の天蓋で覆われた別世界のようだ。クウクウという声が聞こえてきて、何だろうと思ったら、庭の中ほどで茶色い雑種の犬が二匹はねまわっていた。彼が帰ってきたのが嬉しいらしい。番犬というには小さなサイズだ。

吹き抜け構造の家に入ってゆくと、彼は失礼と一言慇懃に断って、叫んだ。

「おーい！　お客さんだぞ、起きてるかあー！　起きろー。仕事の時間だぞ」

その瞬間の私の驚愕は、筆舌に尽くしがたい。

間違いなく日本語だった。ネイティブの発音としか思えない。胸の中を嵐が吹き荒れる。何だこれは。英語の発音のイメージとの相違がひどすぎる。英国貴族のような優雅なアクセントだったのに、この日本語じゃ、私と同じ雰囲気じゃないか。夜のコンビニにおでんを買いに来るお兄ちゃんだ。

私が呆然としている理由を何か勘違いしたように、彼は優雅に微笑みかけ、おかけになってお待ちくださいと英語で促した。ほどほどに気を取り直し、私も意を決して、久しぶりに頭の中から日本語を引っ張り出した。

「日本の方だったんですか?」

彼は茶色い瞳を大きく見開いたあと、ええーっと呻いた。痛恨の声だった。

「日本からお越しだったんですか……!　驚きました。てっきり日系人の方かと」

「私もびっくりしました。スリランカに住んでるんですか?　英語、お上手ですね」

彼はお礼を言ったあと、少し気まずそうに、アメリカにお住まいですかと私に尋ねた。言いたいことはわかる。私の発音のことだろう。今でこそ日本在住だが、何年か付き合っていた男がアメリカの片田舎の出身だったため、彼の実家にいるうちに私の発音はすっかりオクラホマ訛りになってしまった。悪くはないのだが、英語で話すと日本人だと思ってもらえない。もう慣れたことではあるのだけれど。

彼は気まずそうにもじもじしていたが、ややあってから、階段の上から、声がふってきた。

『今日は水曜日です』と。

私の間違いでなければ、スペイン語だったと思う。あーあと彼は苦笑いした。

「語学の先生がいるんですよ。月曜日と土曜日が英語で、火曜日と日曜日がシンハラ語、今は水曜日がスペイン語って割り当てになってて、曜日ごとに特定の言葉で喋らないと答えてもらえないんです。この前まで水曜日は中国語だったんですけど」

「えっ？　語学留学でスリランカに滞在して、宝石商してるんですか？」

「ちょっと説明が難しいんですけど」

あれやこれや言っているうちに、控え目な足音が聞こえてきた。ここは三階建てだそうで一階が応接間、キッチンが一階の別棟にあり、二階が彼の部屋と客間、そして三階にあるのが。

「お客さまがお見えだそうですね。ようこそ、どのような石をお探しですか」

たおやかな発音の日本語に、私の頭は再び、緊急停止した。

階段の上に、『何か』が姿を現した。

私をここまで連れてきてくれたお兄さんもかなりのイケメンだったが、これは、イケメンという概念をこえている。ド美人とでも言うべきか。すっきりした顎の形も、すっと上を向いているが嫌味にならない整った鼻梁も、トリートメントがばっちり決まっているであろうつややかなブロンドの髪も、全てが完璧だ。この男に誘惑されて抗える人間はなかなかいないだろう。

私はうわあと呻き、思わず呟いていた。

「リチャード・ラナシンハ・ドヴルピアンみたい……」

えっという低い呻き声はユニゾンになった。日本人の彼とド美人の彼の二重唱である。遅れて私も加わる。何だろう。ド美人の人が不思議そうな顔で尋ねてきた。当然のように、流麗な日本語である。吹き替え版の映画を見ているような光景だ。

「大変畏れ入りますが、その名前をどちらで？　日本でお会いしたことが？」

「……もしかして本当に、リチャード・ラナシンハ・ドヴルピアンさんなんですか」

左様でございますと彼は言う。スペイン語で喋れと言っていたのと同じ人だろうか。信じられないような出会いだ。

「あの……和菓子屋の娘の、姉のほうです」

「和菓子屋？」

「私の名前は、高崎蛍子です。陽子という名前の妹がいます」

ずっと昔に、私はフローライトの腕輪を妹にあげたことがある。ちょっといいものを奮発して買ったのだが、わざわざそんなことは伝えなかった。そのまま私は持病のような放浪癖を発揮し、オクラホマの男と付き合い始め、別れ、うっかり現地の病院で入院などしてしまい、莫大な借金を背負ってひとり日本に帰国することになったのだが。

その時ずっと付き添ってくれたのが妹だった。フローライトは割れやすいから、腕輪にして贈るような石じゃないんだよと、泣きながら説教され、面目ないったらなかった。でもそういう文句は私にあの腕輪を売りつけたパワーストーン屋さんに言ってほしい。石の硬さのことなんて一言も教えてくれなかったのだから。

そして空港で彼女を助けてくれた『信じられないくらい美しい金髪の男』の名前が、リチャード・ラナシンハ・ドヴルピアンだった。何で写真を撮らなかったのというつっこみがお約束になってしまうくらい、私たちの間では彼の名前を使ったやりとりがあった。あの人かっこいいね、どのくらい？　リチャード・ラナシンハ・ドヴルピアンくらい？　とか。私が長い名前を繰り返すと、妹はそのたびに面白がってころころ笑った。正直な話、私の借金の額は笑えないもので——入院という言葉の持つ重みは、保険制度の異なる日本とアメリカでは全く違う。無保険で手術までしたら、関東の郊外に家が一軒建ってしまうくらいの金がかかるのだ——老いた両親にまで迷惑をかけてしまった親不孝者なのだが、彼女はそれでも私に愛想をつかさなかった。勝手に放浪してきたんだから自分の不始末のツケくらい自分で払えと言われたっておかしくなかったし、私はそういうふうに扱われるものだとばかり思っていたのだが、現実にも『放蕩息子の帰還』みたいなことはあったのだ。涙が止まらなかった。アメリカにいた時は、周囲の人がみんなキリスト教徒だったので、ちょくちょく教会に行ったものだが、あの時ほど神の存在を信じたことはなかったと思う。

あれから三年が過ぎた。実家の和菓子屋で、新聞配達で、派遣先で必死で働き、頑固な居候のような借金は、ついに消えてなくなった。ビールで乾杯し号泣する私に、なんと妹は海外旅行のチケットをプレゼントしてくれた。海外の銀行にせっせと送金し続けていた私には、金の延べ棒みたいに非現実的なものに見えた。旅なんか久しぶりだろうし、スリランカにでも行ってきたら？　と。インドほど治安の不安もなく、それほど物価の高くないアジアを選んでくれるあたり、さすがのしっかり者である。

だから私は、彼女のためにシンハライトのお土産を探していたのだ。

シンハライトとは『スリランカの石』という意味だそうだ。ご当地土産にぴったりである。珍しく家を出る前にお土産のことを考えた。高いビールみたいな黒みがかった金色を、妹はきっと気に入るだろう。

できることならほどよい大きさで、でも高価すぎないものがいい。

私がそういったことを語ると、日本人の彼が、リチャード氏をちらっと見た。

「三年前？　成田？　なあ、もしかして」

「…………黙秘します」

日本人のほうがリチャード氏にシンハラ語で何かを話しかける。しまった。ずっとアメリカ人のふりをしていればよかったかもしれない。そうすればこの人たちは日本語で内緒話をしただろう。日本人の彼はリチャード氏の何事かを糾弾しているらしく、白皙の美貌の持ち主はそれをのらりくらりとかわしている。部屋の中には籐椅子とガラスのローテーブル、そして世界中の土産物屋で買ってきたと思しき小間物が並べられていた。銀座の店や、彼らそれぞれの家族らしき人々が写った写真も。風が吹くと、天井につるされた木のオブジェが風鈴のように軽やかな音をたてる。語学留学に来ているにしては、相当にリゾーティなところだし、生活感がある。若いのでスタディツアーか何かかと思ったが、ご商売上の滞在か。

「すみません、高崎さん。三年前っていうと、ちょっとトラブルがあった時で」

「リチャードさんとは、スリランカでお知り合いになったんじゃないんですね」

「いろいろあったんです。そうだ、リチャード、シンハライトだって」

「ディーラーに電話をするまでもないでしょう。高崎さま、少々お時間をいただきます。そちらに腰かけてお待ちくださいませ」

まるで銀座にいるような気分だ。それもそうだろう。本当に彼は銀座で商売をしていたはずだ。妹のもらった名刺には店の住所も書かれていたし、お店のウェブサイトも確かに存在したが、最近になるまでは実際に行ってみる気にはならなかった。怖かったからだ。偽名を使ったとも思われるリチャード・ラナシンハ・ドヴルピアン氏がただの詐欺師で、名刺の住所にあるのがマッサージ店だったらどうするのだ。でこぼこ道の人生を歩む最中に、誰がわざわざ美しい夢を妄想にしたいと思うだろう。だがついこの間、妹と意を決して訪問したら、確かにその場所には宝石店が存在した。店主は日本語の達者なスリランカ人で、昔ここにリチャードさんという、とてもきれいな方がいませんでしたかと私が尋ねると、今の彼は世界中を飛び回っていると教えてくれた。それが真実なのか、それとも私たちの幻想を尊重してくれたのか、未だに確信が持てなかったが、ともかく店主は私たちが持参したどらやきと羊羹をとても喜んでくれた。

いつの間にか日本人の彼は、奥まった場所で何かを準備している。甘い香りがただよってきた。スリランカ名物の、りんごヨーグルトジュースだろうか。

「すみません、私りんごが、ちょっと苦手で」

「ロイヤルミルクティーです。牛乳にお茶の葉を入れて煮込んでます。苦手でしたか」

「あ、それは大好物です」

それはよかった、と彼は丁寧な口調で言った。日本にいると使わない日本語が、日本を離れるとしばしば口をつくようになるのは何故だろう。多分頭の中の『言語の切り替え弁』のようなものの働きが不完全で、言葉がどこかで混じり合っているのだ。アメリカ英語っぽい日本語とか、スペイン語っぽい広東語とか、そういうものになる。でもそれがわかるのは本人だけ、あるいは環境を同じくした同郷の人間だけで、私は日本で時々奇妙な寂しさを味わった。私の中の一部分は、今もまだ確実に異邦人なのだ。

この人ならそれをわかってくれるように思う。

まだ年若く見える日本人の彼は、お茶の準備を整えながら、そうだと顔を上げた。

「高崎さん、妹さんはリチャードのことを、どんなふうに言ってたんです？」

「……そうですねえ、『夢の王子さまの一億倍キラキラした男』とか、『金髪碧眼の理想値を爆上げした男』とか、『女だったら国が傾いてるレベルの魔性』とか、あとはそうですね、『一人だけ二十世紀初頭の映画の中で生きてるような人』とか……」

「待ってください。一回会っただけなのにどうしてそんなに」

私もそう思う。しかし『あまりにも凄まじい美男』という情報だけが、私と妹が共有できるリチャード氏の特徴だったのだ。だから妹は手を替え品を替え、私に彼の美貌のすごさを語ってくれた。そんなにすごかったの、と私が言うと、すごかったよと彼女が言ってくれる。そういうやりとりが好きだったのだ。だからリチャード氏を褒め称える言葉は増殖し、独り歩きし、きっと本物はそんなにすごくないのだろうと私は勝手に思っていたのだが。

百聞は一見に如かずである。

世の中には圧倒的な美というものがあるんだなあと、私がさっき実物を目の当たりにした感想を率直に語ると、きっと笑うだろうと思っていた日本人の彼は、何だか満足そうに微笑んでいた。

「そうですね。俺もそう思います」

晴れやかな笑顔での一言だった。そのあとに彼は、甘さは控え目のほうがいいですかと尋ねてくれた。別に控えなくていい。私は甘いものが好きだ。そして彼がお茶と、可愛いプリンのようなお菓子を出してくれる頃に、リチャード氏も再び階段を下りてきた。この人は歩いているだけで絵になる。

「お待たせいたしました」

「リチャードごめんな、冷たいお茶の作り置きが切れちゃってさ。ホットでいいか」

「構いませんよ。飛行機の中に比べればここは天国です」

「頑張って起きてろよ。すみません、こいつ昨日ブラジルから戻ってきたばっかりで」

戻ってきた。ふむふむ。私は温かいお茶をいただき、本当に日本でお馴染みのプリンだった甘味に舌鼓をうち、ほっとしたところで宝石を見せてもらった。これはいい売り方だと思う。ここまで打ち解けたら断りにくくなるだろう。私のように神経の図太くない日本人が相手ならば、と私は心の中で財布の紐を握りしめた。

しかし、リチャード氏が見せてくれた宝石は、彼自身の輝きに勝るとも劣らない、粒ぞろいの品物に見えた。お茶がなくてもこれは欲しくなってしまうだろう。

コスメポーチくらいの大きさの布張りの箱の中に、茶色っぽい石が三つ、一列に並んでいる。どれも大きくはないが、仄(ほの)かにグラデーションがかっていてきれいだ。

「あの……この石とスモーキー・クオーツを見分けるには、どうしたらいいんでしょう」

「スモーキー・クオーツ？　煙水晶でございますか？」

「ああ……リチャード、高崎さんとは、さっき下のほうの店の前でお会いしたんだよ。ちょっと意地悪な陳列をしてるところがあってさ」

「彼らも懲(こ)りませんね」

　そしてリチャード氏は、シンハライトにはスモーキー・クオーツに限らず、ペリドットやコーネルピンなどのそっくりさんが多いため、本当にその石が欲しいと思ったのなら、信頼のできる宝石商を見つけることが早道だと言った。信頼できる人に判断してもらえばいいということか。道理だけれど、それでも自分で判断できないのは不安だ。私が食い下がると、リチャード氏は思案顔をした。斜めに傾いた顔立ちも麗(うるわ)しい。

「機械によるソーティングを行う前に、どうしても自力で見つけだしたいと仰(おっしゃ)るのであれば……場数を踏むのが定石でございますが、まずは色に注目してみてください」

「色ですか」

「左様でございます。シンハライトの特徴は、グリーニッシュブラウンとも呼ばれる独特の色合いです。長らくくすんだ色のペリドットと思われてきた歴史もございます。微妙な金色、あるいは微妙な緑色がかった色合いが、シンハライトの特徴です。とはいえ、ほとんどラトゥナプラでしか産出しない上に、あまり人気というわけでもない『スリランカの石』ですので、残念ながら宝石商でも間違える時には間違えます」

サファイアやダイヤモンドのように、よく見られる石ではないのでと。なるほど、見分けようにも石自体が少ないから難しいということか。素人が手を出すべき領域の石ではなかったのかもしれない。

私は試しに、紡錘形の一番小さな石を指さし、おいくらですかと尋ねた。リチャード氏の提示した金額は安くはなかったが、まあ納得できてしまうラインのものでもあった。シンハライトを買うために、私は今回の旅行では自分用の土産物も買わずに節制してきたのだ。象の背中に乗ったり仏教寺院で蓮の花をお供えしたり民族衣装を着てみたりと、そういう家に帰って妹に浪費を怒られる心配のない無形のお土産は存分にエンジョイしたけれど。そういう意味では、今もまた楽しんでいるところだ。

私が思う、海外での買い物の醍醐味の一つは、値切り交渉だ。

「その値段だと厳しいです。ちょっと安くなりませんか」

「そうだよ。昔のお前と縁があった人のお姉さんなんだからさ」

日本人のほうは私に加勢してくださるつもりらしい。ウインクが様になっている。彼はあまり日本人という感じがしない。韓国人や中国人かと言われても、やはり違う。語学が得意なようだから、どこの国にもしっくりくるだろうが、どこにいても私はこの人のことをかっこいいと思うだろう。他の人とは雰囲気が違うから。私はいつもそういう、私とは寄り添いたがらない一匹狼みたいな男に惹かれ、結局はうまくいかずに終わる。

リチャード氏は私の予算を聞き、だったらこちらの石のほうがいいかもしれないと、やや大きめだが傷のある石をすすめてくれた。彼も簡単には値切らないようだ。はるばるスリランカまで来たのだからいい石が欲しい、もう少し、あと一声、そこをなんとかと、丁々発止を繰り広げ、最終的に私は、空港までのタクシー代くらいの料金を値切ることに成功した。支払いは全額キャッシュだ。

リチャード氏は小さな石を、可愛い宝石箱に入れてくれた。

「妹の陽子さまにも、是非よろしくお伝えください」

「わかりました。リチャード・ラナシンハ・ドヴルピアンさんは、あんたのことを覚えてたよって、ちゃんと伝えておきますね」

リチャード氏は少し困ったように笑い、もう一杯お茶をいただいてから、私は不思議な庵のような家をあとにした。日本人の彼が私を送ってくれると言ってくれたのだ。バス停まで乗せていってくれるという。いたれり尽くせりだ。

少しずつ日が落ちてきた道を、スリーウィラーで走りながら、あのうと私は話しかけた。

「どうしてスリランカに来ようと思ったんですか」

「八割がた、なりゆきですね！」

そして彼は、何とも数奇な人生のお話を聞かせてくれた。かいつまむと、彼はかなり有名な大学の経済学部を卒業し、官僚になるための試験の二次面接で落とされたところを、かつてアルバイトをしていたお店の雇い主に拾われたという。私が彼の雇い主でもそうすると思う。こんなにいろいろなことができる人材が近くにいたら、駄目でもともとでリクルートをかけるものだ。申し出を受けた彼は、スリランカの風光明媚な街で、宝石商見習いをしているという。ご両親に反対されなかったんですかと思わず私は尋ねていたが、どうもリチャード氏は彼の家族ぐるみのお友達であったらしく、反対されるどころか喜んで送り出されたそうだ。お給料はスリランカルピーではなく日本円での支払い。居住にかかる一切合切のお金はリチャード氏の所属するジュエリー会社持ち。悪くない待遇だ。

しかし彼は、まだ役人になることを諦めていないらしく、二年間ここで宝石商として働くが、そのあとはおそらく日本に戻るだろうと言った。

「はーっ。すごい話ですねえ」

「そうなんですかねえ。あ、そうだ、俺、昔は東京が地元だったんで、関東近辺なら土地勘ありますよ」

「うちの和菓子屋は大宮ですけど」

「懐かしいなあ！　友達と一緒に大宮台地の露頭を見に行きましたよ」

過ぎてゆくヴィクトリア湖を横目に眺めながら、私たちはしばらくローカルトークで盛り上がり、あまりにも場にそぐわない話題に、最後には揃って笑った。

　そのあと彼は、ぽつりと呟いた。

「坂を上ってくる間、褒め殺しをする相手の話をしたでしょう。あれ、実は『知人』じゃなくて、俺の親戚の話なんです」

「へえー、そうだったんですか」

　何となくそんな気はしていたが、もちろん私はそんなことは言わず、そういえばそんな話も聞いたっけな、くらいの軽い声で答えた。彼は私に婉曲な形とはいえ嘘をついたことを後悔していたようで、いやあすみませんと恐縮してくれた。故意ではなかったとはいえ、話したくない話題に突っ込んでしまったのは私の責任なのだから、そんなことを気にする必要は全然ないと思うのだが、彼のそういう律儀なところに、私の好感度はうなぎのぼりだった。この人はいい人だ。私は相槌をうち、話題を変えた。

「それにしてもびっくりしましたよ。お手本みたいなキングス・イングリッシュを話すのに、日本語は何だか、地元のコンビニにいそうな感じで」

　面白いギャップだったと私が告げると、彼は恥ずかしそうに笑った。

「あいつにもよく言われるんですよ。『今となってはあなたが操る言語の中で、一番お粗末なのが日本語かもしれない』って。一つだけあいつに教えてもらえなかった言語だから」

　なんでもリチャード氏は語学の達人で、中国語もスペイン語も彼から習ったのだと、彼は嬉しそうに語った。中古の日本車や韓国車を売っている店の脇を通り過ぎ、三車線が縦横無尽にすれ違う橋を通り抜けて、私たちはバス停にたどり着いた。既に待っている人が何人もいる。彼らの中に日本語のわかる人はいないだろう。

「あの、最後にいいですか」

「どうぞどうぞ。あっ、そうだお土産」

そう言って彼は、ペットボトルの水と、紙ナプキンにつつまれたスコッチエッグを渡してくれた。お弁当だ。けっこうおいしいと思いますと言う顔が妙に得意げで、そうか彼は料理もするのかと悟った。

「大変じゃないですか？」

「スリランカ暮らしですか？　慣れると楽しいですよ。外の風呂場にポーキュパインが出たりするし……何て言うんでしたっけ、日本語で『ポーキュパイン』って」

「『ヤマアラシ』じゃないかな。そうじゃなくて」

あの人と一緒に暮らしてるんでしょうと。

私が尋ねると、彼は何も言わず、ひょっと眉を上げた。少し驚いたという感じの顔だ。

「ここは仏教国ですけど、イスラム法が強い国とのつながりもけっこうあるじゃないですか。カタールとか、サウジアラビアとか。まだ鞭打ちも死刑もあるし」

「そうですよね。でも人はみんな優しいですよ。リチャードも向こうによく行きますし」

「……大丈夫なんですか？」

厳格なイスラム法の下では、同性愛者は死刑か鞭打ちだったはずだ。スリランカは仏教国だが、この国に比べれば日本のほうがまだしもゲイに寛容だろう。少なくとも最近のブームのおかげで、そういう人が存在するということくらいは周知されている。だが信心深い人々の多いこの国では、大多数の認知はそれ以前だ。

彼はしばらく、何を言われているのかわからないというような顔をしていたが、ああ、と目からうろこが落ちたような顔で頷いた。こっちがこの人の素らしい。

「あ、そういう勘違いをされるんじゃないですかって話ですか。全然平気ですよ。話せばわかってもらえるし、それにリチャードはいつもスリランカにいるわけじゃないので」

ややあってから、私は自分の勘違いを悟った。ゲイカップルが宝飾品店をやるなら、オランダあたりで店を開けばいいのにと思っていたが、特にそういう関係ではないのなら納得だ。確定的なことを口に出さなくてよかった。そして諦めていたチャンスが蘇った。

「あの、付き合ってる人いますか？」

「……いませんけど、どうしてですか」

「付き合ってくれませんか？　めちゃくちゃタイプなんです」

私は直球を投げた。お姉ちゃんもうちょっと適切な言い方はなかったのと妹に言われそうな気がする直球だったが、時間がないのだから許してほしい。英語だけを聞いていた時には、ちょっと『付き合ってほしい』という感じではないなとも思ったが、ここまで意気投合してしまえば話は別だ。

　彼は少し驚いたような顔で笑ったあと、すみませんと頭を下げてくれた。誠実な人である。

「付き合ってる人はいないんですけど、好きな人はいるんです」

「ええ……それは、かっこいいですね」

「ありがとうございます。頑張ります」

「わかりました。うまくいくといいですね。気が変わったら連絡ください」

　そして私はメアドと各種ＳＮＳのアドレスを紙切れにメモし、彼に渡した。バスが道を曲がって爆走してくるのが見える。仏教やキリスト教の教えに基づく、交通安全標語の書かれた看板がいたるところに立っているため、インドに比べればかなり穏当な運転をする国だと思うけれど、それにしてもでこぼこ道の揺れ方とシートの汗くささはどうにもならない。

　真ん中あたりの二人掛けの席に陣取って、窓から手を振っていた時、はたと気づいた。

　私はこの人の名前を知らない。尋ねそびれていた。

「すみません！　よければ！」

　スリランカのバスは、化け物の唸り声のようなエンジン音を立てて走る。名前、と言いかけたところで発進してしまった。彼に声が届いたかどうか。なまえ、なまえと私が口の形で繰り返すと、彼はああーという顔をして、口に手を当て、叫んだ。

「ジローと、サブローです！」

十秒くらい考える時間が必要だった。

庵の外にいた犬の名前だと、気づいた時には彼の姿は豆粒になっていた。まだ手を振ってくれている。二匹の犬が羨ましい。痛恨の極みだ。どうしていの一番に尋ねておかなかったのだろう。ジローとサブローって。彼も自分の名前を言いそびれていたことを失念していたのだろう。私もうっかりしているが、きっと彼もそれなりに粗忽なほうだ。

刀を構えた獅子という、スリランカの国旗にもあるシンボル入りのバスは、ひたすら土の道を走ってゆく。振り返っても、彼らの家も見えないだろう。

今日のことを話したら、妹は妄想だと笑うだろうか。それとも旅の愉快な作り話だと――いや。

私の懐には、美しい緑がかったブラウンの宝石がある。これは夢でも妄想でもない。ちゃんと証拠がある。一度見たら忘れられない、長い名前の麗人の面影も、しっかり瞼に焼きついている。

蒸し暑い空気を頬に受けながら、私は残り少ない旅の余韻を楽しむことにした。できればもう一人の名前も知りたかったけれど、こういうこともあると割り切ろう。でも願わくば、彼が私に電話をかけるかメールをするか、コンタクトをとろうと試みてくれますように。もう少しでいい。彼のことを、いや、風変わりな彼らのことを、私は知りたくてたまらないのだ。

旅の出会いは一期一会だというけれど、一期一会で終わらない出会いだって時々はある。時々は。

頼むよと願をかけるように、私はバックパックの上から、シンハライトの入った宝石箱を撫(な)でた。

あとがき

なぜ人は宝石に惹(ひ)かれるのか。

古今東西、文化の相違はあれど、美しい石を尊ぶ文化は世界共通です。何故(なぜ)なのか。世界中のどこの国の人であっても、誰かと仲良くなりたいと感じてしまうことに、少し似ているような気がします。


こんにちは。辻村七子(つじむらななこ)です。二〇一五年の十二月にスタートした『宝石商リチャード氏の謎鑑定』ですが、この六巻でめでたく第一部の完結となりました。お話はまだまだ続きますが、一区切りです。

最初期のプロットは短編用で、シリーズ化の予定のないお話だったため、彼らの物語を足掛け三年も書かせてもらえていることに、今更ながらとても驚いています。

宝石の世界は奥深く果てしなく、光もあれば陰もある広大な世界でしたが、「あれ?」と思ったら食いついてゆく正義(せいぎ)くんと一緒に、旅をするような三年目となりました。その間に助けてくださった多くの方々に、この場を借りて御礼を申し上げます。

シリーズ立ち上げ時、電話の打ち合わせに深夜まで根気強く付き合ってくださった担当のNさま、三巻からバトンタッチし、現在進行形でとてもお世話になっているHさま、ロイヤルミルクティーの正しい作り方と宝石のいろはとスリランカのあれこれを教えてくださる宝石商のXさん、いつも励ましてくれる友人各位と両親、そしてダイヤモンドの輝きよりもまばゆく、朝露にとろける白百合より優しげな『美』の化身リチャードと、男らしさと脆さと不器用さと可愛さを持ち合わせる男子大学生の中田正義くんを描き出してくださる、熟練のジュエリーデザイナーのような雪広うたこ先生。

本当にありがとうございます。背筋が伸びる思いです。今後も精進いたします。

そして最後に、いつも力強く応援してくださる読者の皆さま。

本を買ってくださる方の存在があってこそ、作家は次の本を書くことができます。今ここで御礼を申し上げる機会をいただけたのも、ひとえに皆さまのおかげです。いろいろな場を通して、読者の皆さまからたくさんのことを教えていただきましたが、中でも一番大きな発見は、「人間にはいろいろな嬉しいことがあって、嬉しいといっそう頑張りたい気持ちになって、嬉しさエンジンの回転から生まれてきたものを、さらに誰かが喜んでくれると、言い表せないほど幸せな気持ちになる」ということでした。

今もそういう気持ちです。

ジュエリー・エトランジェの人々を愛してくださって、本当にありがとうございます。どれほど言葉を尽くしても足りませんが、心から、御礼申し上げます。

今後、物語の舞台は少し変わりますが、リチャード氏と正義くんの物語はもう少し続きます。彼らの前途にはどんな道がひらけているのでしょうか。

今しばらく、作者と一緒に、彼らの旅路にお付き合いいただけましたら、とても嬉しく思います。

辻村七子

参考文献

『親権と子ども』（２０１７）榊原富士子　池田清貴（岩波書店）
『ＤＶにさらされる子どもたち』（２００４）ランディ・バンクロフト　ジェイ・Ｇ・シルバーマン（金剛出版）

※この作品はフィクションです。実在の人物・団体・事件などにはいっさい関係ありません。

集英社オレンジ文庫をお買い上げいただき、ありがとうございます。
ご意見・ご感想をお待ちしております。

● あて先
〒101-8050　東京都千代田区一ツ橋2-5-10
集英社オレンジ文庫編集部 気付
辻村七子先生

宝石商リチャード氏の謎鑑定
転生のタンザナイト

集英社
オレンジ文庫

2018年1月24日　第1刷発行

著　者　辻村七子
発行者　北畠輝幸
発行所　株式会社集英社
〒101-8050東京都千代田区一ツ橋2-5-10
電話【編集部】03-3230-6352
【読者係】03-3230-6080
【販売部】03-3230-6393（書店専用）
印刷所　図書印刷株式会社

※定価はカバーに表示してあります

造本には十分注意しておりますが、乱丁・落丁（本のページ順序の間違いや抜け落ち）の場合はお取り替え致します。購入された書店名を明記して小社読者係宛にお送り下さい。送料は小社負担でお取り替え致します。但し、古書店で購入したものについてはお取り替え出来ません。なお、本書の一部あるいは全部を無断で複写複製することは、法律で認められた場合を除き、著作権の侵害となります。また、業者など、読者本人以外による本書のデジタル化は、いかなる場合でも一切認められませんのでご注意下さい。

©NANAKO TSUJIMURA 2018　Printed in Japan
ISBN 978-4-08-680169-0 C0193

集英社オレンジ文庫

辻村七子

宝石商リチャード氏の謎鑑定

(シリーズ)

①宝石商リチャード氏の謎鑑定

英国人・リチャードの経営する宝石店でバイトする正義。
店には訳ありジュエリーや悩めるお客様がやってきて…。

②エメラルドは踊る

怪現象が起きるというネックレスが持ち込まれた。
鑑定に乗り出したリチャードの瞳には何が映るのか…?

③天使のアクアマリン

正義があるオークション会場で出会った男は、
昔のリチャードを知っていた。謎多き店主の過去とは!?

④導きのラピスラズリ

店を閉め忽然と姿を消したリチャード。彼の師匠シャウル
から情報を聞き出した正義は、英国へと向かうが…?

⑤祝福のペリドット

大学三年生になり、就活が本格化するも迷走が続く正義。
しかしこの迷走がリチャードに感動の再会をもたらす!?

好評発売中
【電子書籍版も配信中　詳しくはこちら→http://ebooks.shueisha.co.jp/orange/】

集英社オレンジ文庫

長尾彩子

千早あやかし派遣會社

仏の顔も三度まで

吉祥寺で連続あやかし失踪事件発生!
その背景にはブラック企業が!?
一方、社長と由莉の関係にも進展が…。

——〈千早あやかし派遣會社〉シリーズ既刊・好評発売中——
【電子書籍版も配信中　詳しくはこちら→http://ebooks.shueisha.co.jp/orange/】

①千早あやかし派遣會社
②二人と一豆大福の夏季休暇

集英社オレンジ文庫

愁堂れな

キャスター探偵
愛優一郎の宿敵

愛優一郎の助手・竹之内が襲われた。
現場の状況から愛を狙った可能性が高く、
事件解明のために動き出すが…。

――――〈キャスター探偵〉シリーズ既刊・好評発売中――――

【電子書籍版も配信中　詳しくはこちら→http://ebooks.shueisha.co.jp/orange/】

①金曜23時20分の男
②キャスター探偵 愛優一郎の友情

奥乃桜子

あやしバイオリン工房へ
ようこそ

仕事をクビになり、衝動的に向かった
仙台で恵理が辿り着いたのは、
伝説の名器・ストラディヴァリウスの
精がいるバイオリン工房だった…。

集英社オレンジ文庫

美城 圭

雪があたたかいなんて いままで知らなかった

幽霊が見える千尋の前に突然現れた
赤いマフラーの女の子。ほとんどの
記憶が無いという彼女の正体とは…?
眩しくて切ない青春ミステリー。

集英社オレンジ文庫

希多美咲
原作／宮月 新・神崎裕也

映画ノベライズ

不能犯

都会のど真ん中で次々と起こる
不可解な変死事件。その背景には、
立証不可能な方法で次々に人を殺めていく
「不能犯」の存在があった…。
戦慄のサイコサスペンス!

集英社オレンジ文庫

山本 瑤

原作／いくえみ綾

映画ノベライズ プリンシパル

恋する私はヒロインですか？

転校した札幌の高校で出会ったのは、
学校イチのモテ男・弦と和央。
いくえみ綾の大人気まんがが
黒島結菜と小瀧望がW主演する映画に！
その切なく眩しいストーリーを小説で！